净 城

周晋 著

青海人民出版社

图书在版编目（CIP）数据

净城 / 周晋著. -- 西宁：青海人民出版社，2024.8. -- ISBN 978-7-225-06753-7

Ⅰ. I247.5

中国国家版本馆CIP数据核字第2024S2Y805号

净城

周晋 著

出 版 人	樊原成
出版发行	青海人民出版社有限责任公司
	西宁市五四西路71号 邮政编码：810023 电话：（0971）6143426（总编室）
发行热线	（0971）6143516 / 6137730
网　　址	http://www.qhrmcbs.com
印　　刷	青海西宁西盛印务有限责任公司
经　　销	新华书店
开　　本	890 mm × 1240 mm 1/32
印　　张	10.625
字　　数	250千
版　　次	2024年8月第1版 2024年8月第1次印刷
书　　号	ISBN 978-7-225-06753-7
定　　价	48.00元

版权所有　侵权必究

自　序

"写东西多费工夫呀！"

"都是浅阅读和视频时代了，还有人会花心思来看书吗？"

"读书的人都越来越少了，你居然还要写小说。"

"不如去开直播吧。"

…………

当我向朋友表达想要写一部小说的时候，便听到了如上各种声音和建议。

但我依然在一个清冷幽静的秋夜，于风曳竹影之下敲出了第一个字。

福楼拜有一句忠告："呈现艺术，退隐艺术家。"这一忠告，在浮躁的当下，更加弥足珍贵。在一种坚持、一份努力、一段关系，都急于变现的当下，假如没有知音、没有掌声、没有市场，我们还能秉持自己的意志，不忘自己的初心，追寻自己的热爱吗？在世俗物质之外，理想将如何安放，浪漫主义是否已死，还能有另一种可能吗？

我的答案是：能！

每个人都有自己与世界链接的方式，去通达精神高地和内心深处的神殿。我选择了文字！文字的使命,在于对抗遗忘、记述历史、显刻思想、传递知识、赓续文明……

若阅读是厚积之功，写作则是薄发之力。我爱读书，在以往二十余年的时光漫步中，保持了平均每年五六十本的阅读量。但从壬寅年始，我选择了另一种与文字相处的方式，那便是我以我手写我心，借写作以见自己、见众生和见天地。

弓搭这支探寻的箭矢，我把目光投向了拉萨。

当年，松赞干布领其臣属，见吉曲[1]下游的卧塘措[2]地势开阔、气候适宜、景致优美，便迁居至这块风水宝地和战略要地。如今，这座一片孤城万仞山，偎伏于悠悠拉萨河谷，屹立于苍茫雪域的城市，正以日新月异的变化，带着一身的传统，融入现代的潮流。她像一位从远古走来的老人，又像一块被潮流包裹的琥珀，既有着现代潮流的凝结和塑造，又保留着传统的朴素与旷达。

城市不仅仅是钢筋混凝土构成的"硬件"，更是由其独特的自然、人文、历史构筑的"软件"，后者才是一个城市的精神内核、人文之光和城市之魂。如何探寻这样的城市之内在美，秉承城市传承脉络，并以现代理念经营城市，特别是推出更加有历史深度、时代气度、人文温度的城市名片，是现代人必须面临和思考的话题。

---

[1] 吉曲：拉萨河的藏语称谓,意为快乐幸福的水,雅鲁藏布江五大支流之一。
[2] 卧塘措：藏语意为乳汁湖。

回溯历史，观照当下。可以看到，西藏和平解放七十余年来，三代人在生活、工作和思想方式上发生的变化，但这古老的积淀和三代人的状貌，也共同盛置于这个了不起的城市。正是基于这样的背景，笔者以九〇后卓玛、美朵和八〇后麦子等成长和创业故事为主线，以藏历十二个月为素绳，"拾掇"了一年的多宝之串，展现了她们对故乡的热爱，对传统的坚守，对创新的探寻，呈现了一个传统与当下虽然有异同，但又交洽、和谐、共融的时代图景。

作品通过几个家庭及主要人物的命运交织，展现了传统的拉萨与当下的拉萨。小说既有宏观背景的衬托，也有市井生活的雕琢，呈现了拉萨的文化、民俗和生活场景，也展现了以强子、晓梅、石榴等为代表的"拉漂"生活和心路历程，以点带面地呈现了援藏干部、扶贫专干、基层干部等区内外各界人士对西藏的赤诚之爱。

小说是时代的镜子、民族的窗户和地方的存影，文笔只是创作的工具，时代才是创作的素材，感恩这个时代和这座城市，是她们给了我创作的源泉。故事中呈现的人物，也都是一个个平凡的个体，他们共同熔铸了这座城，像流淌在拉萨河中的水，每一滴都映射着太阳的光辉。

在许多人眼中，拉萨是一个令人向往的神奇之域，由于其独特的自然地理和人文风俗特征，也是一个容易让人将其神秘化、模糊化和标签化的地方。这样便好吗？过度神秘化，甚至低俗化的市场迎合，是无益于探寻和塑造这座城市的精神的。

"城市"，城以载市，市以兴城。不论城，还是市，人是寓游其中的主体。故，笔者以一名"藏三代"的所见、所闻、所思，尝试用"本地人"的视角，借助走过漫长的传统之路，迈入新时代的三代拉萨人，及其融融亲情、友情、爱情和温情之美，去探寻一座城市的精神内核。笔者所谓"拉萨人"，既是世代居此的本地人，亦是于拉萨河谷迁居、常住、行游的结缘人，是古往今来倾心、热爱和寓居拉萨的每一个人。

  万方共仰的皎皎明月，投映在悠悠拉萨河中，伴着古今交替，续着盈虚轮转，它在哒哒的马蹄声中照亮过古人回家的路，也在噜噜的车轮声里照亮着今人回家的路……

  过去，犹如冥冥远去的飞鸿，我愿拾一片羽，见之美好，与您共美其美；未来，犹如濛濛雾间的玄豹，我愿窥一斑纹，觅其玄踪，与您共望其望。

  一部好的文学作品，既是一张城市名片，也是通联在拉萨与读者之间的小窗，寄希望于朋友们能跟随笔者的笔触，通过笔者和小著为您推开的这扇窗，一起探寻、发现并爱上这里。

周　晋

2022 年暮冬　于日光城

目 录
contents

苦行月	001
具香月	022
萨嘎月	045
作净月	068
明净月	093
具醉月	106
具贤月	124
天降月	152
持众月	190
庄严月	226
满意月	256
神变月	308

苦行月

2017年,是中国传统农历丁酉年,也是藏历算法的火鸡年。

公历的2月27日,是藏历正月初一,藏历的一月也叫神变月。听老一辈说,在此期间,尤其是上弦月内,每勤做一件善事,功德都会比平日增上十万倍。

在神变月里,迎来了春分时节,古城的天气也开始回暖,春姑娘温柔地呵一口气,拉萨便开始换起了春装。

等日子进入了四月,也是藏历二月的苦行月。熬过了一整个冬天苦行的山上,冻土舒展着被寒冬封裹的毛孔,一根根嫩绿的草芽开始穿透地表,在漫山遍野粗硬的枯草秆间萌发。

北边的山顶处还覆盖着一层薄薄的雪,在阳光的照耀下泛着皑皑银光,像白度母那纯净无瑕的脸庞。清晨未及蒸发的水汽,拢作缥缈半透的云带,像是一条轻盈的哈达,温柔地围在她的脖间。

山脚处，几头体型健硕、犄角冲天、毛色发亮的牦牛已经嗅到了这一丝嫩草的味道，早早迈着悠闲的蹄步开始上山，把喷着粗气的鼻子埋在草丛间，像剃刀刮蹭一般，拱首啃食着草秆。它们，也是这城市的一员，游走在城市边缘，也记得回家的路。热爱自然与动物的拉萨市民，不论开车，还是走路，遇到它们在马路边游荡，或是悠闲地穿行马路时，总会耐心地停下来，等它们安全地走过。

　　这，是一座城市与乡村并无明显分界的城，也是一个传统与现代交融的地方。

　　在市郊的四周，家家庭院上头，飘浮着一缕青烟，结成朦胧的一层。似乎清晨的风神尚未苏醒，就这样悬浮于房顶上空。缭绕的青烟是家家户户早晨燃起的桑烟，是由糌粑和松柏、小叶杜鹃等植物的枝叶混合而成的香料，先后投进院里或门房上白色的香炉，桑料在像白塔般垒砌的炉膛里熏燃，植物混合起来的特殊香味由此散出。

　　袅袅升起的桑烟，可以净化环境，传达美好祈愿，藏族先民们认为，这桑烟也是地上凡人与天界神灵沟通的媒介。

　　天才蒙蒙亮，屋里的酥油茶已经煮好，砖茶的丰醇清香，酥油的浓郁厚实，再加上一撮粗盐，吹吹表层的油花，一口下肚，醒神暖胃，那浓酽的味道便会在整个口腔不同层次地散开。

　　茶壶坐在炉边保持着温度，壶嘴轻柔地飘着雾气，一家人坐在一起吃早餐，分享着一天的打算，一只小狗在老老少少一家人的脚下打着转……

　　对于一个普通的藏族家庭来说，伴随着东方破晓，一个美好的清晨，精神和身体都需要被唤醒，而在这世世代代传统里的清晨，正是在这一缕桑烟和酥油茶的香气中开启的。

放眼望去，城市周边连绵起伏的山脊线，与湛蓝的天空勾勒出分别线，那里是天界与人间交界的地方。藏族先民认为天地之间的山上和霞光里都安住着神灵，凡人居住在山间的谷地，就像吉曲河谷的拉萨城。一座座山峦层叠相交，在朝阳的映射下，像一朵重瓣金色莲花，古老的拉萨城，就是那被呵护的莲心。

千山环抱三佛地，一水中分两岸花。拉萨河岸，残冰消融，呈辫状分布的拉萨河，静静流淌在宽阔的河道上，漫游般寻找着自由的方向，像一缕缕青丝，时而又挽作发髻。岸边丝丝飘柔的柳条，已经吐露嫩绿的芽苞，像在河边沐发的少女。在柳梢几近垂地的沙汀处，一群黄鸭正在摇动着长脖，慵懒地用扁喙梳弄着翅羽，像是一群方才苏醒的孩子，睡眼蒙眬地适应着晨曦。

这是古城拉萨寻常的一日清晨。

年轻姑娘美朵的家，就在这拉萨北郊排列整齐的安居小院中。

这天，都快九点了，美朵才睡到自然醒，她从被窝里伸出手，扭动着松松半握的拳头，轻轻揉了揉睡眼惺忪的双眼。然后，把胳膊张开过头顶，抻着被窝里的身子。随着她伸高双臂，淡蓝色丝织的睡衣袖滑落，露出一双纤长光洁的小臂。

这时，她才扑闪着又长又翘的睫毛，睁开那藏着宝石一般的双眼。

"呵——"

她张开嘴，呵出一个长长的哈欠，像是精灵舒呵着灵气。

一缕金色的晨曦透过窗帘间的细缝，投射到她挺俏的鼻梁上，如一帘金色薄纱垂在那美丽的脸庞。

或许，是春光撩开了贪恋窥视的目光。

转过脸，透过那细细的窗帘缝，美朵看到天已经透蓝，摸出头一晚塞在枕头下的耳机，闭眼听了会儿歌，她才磨蹭着起床。

起身，坐在床沿，光着脚探到拖鞋。一边向脑后挽着黑色蓬松的长发，一边还随着音乐节奏轻轻摇着头，耳机里是周杰伦半年多前新专辑里一首名叫《说走就走》的新歌，"我将所有的感觉用诗写下，细腻描述你的长发，以及歌词里要对你说的话……"

坐在镜子前，等她用纤长的手指拢好头发，平整的额头像半轮弦月一般，发际线处还有些许卷曲的额发。她抿着嘴左右看看镜中的脸，那是多么美丽又俊俏的一张脸呐。

等她走到快到一楼中间的楼梯转角处，白色的小狮子狗已经在楼梯下等着她，在看到她的那一刻，两只前爪搭上楼梯沿，冲她拼命地摇晃着尾巴。

"哎呀，小团子。"

唤着小狗名字的时候，美朵的嘴角向上扬起，两颊处显出两个酒窝。随着酒窝的牵动，脸颊颧丘上的苹果肌微微凸起，一双柔美的眼睛真像始盛的桃花一样，整个人瞬间笑意盈盈。

在看到美朵快步走下楼梯时，小狗已经开心得原地转起了圈。

她轻盈地跑下这楼梯，轻轻把它抱在怀里，用左脸去贴蹭它毛茸茸的脑袋，一边儿还不停地嘟囔着："小团子，小团子——"

"就你不嫌它脏,赶紧放下,先把饭吃了。"

听到美朵跑下楼,母亲卓嘎扭头看了她一眼说。她的语气很温和。这时,她正在客厅靠北边的一排藏柜前,脚步慢慢向后挪着拖地。

"阿妈啦,团子多可爱呀,怎么会脏呢?是吧,团子。"

说着说着,她换两手把团子举到了面前,正要用鼻子拱它时,妈妈已经松开手中的拖把,把它靠在左边的藏柜边上,转身快步过来,一把将团子抢去,轻轻放在了地上。

靠北墙整齐摆放的这排藏柜,正中间摆放着五彩的切玛盒。

客厅里已经被阳光照得透亮。

几缕透过黄色格子窗打进来的曦光,柔柔地照在摆着木质酥油碗的桌上。

这两张深褐色的藏式矮桌,四周浮雕双重莲纹,边缘处勾描着金线,两侧的四格木板上,是淡淡的铁线莲花。小桌旁浅灰色剪花的藏式地毯上,那个四足镂空彩漆木香盒里,缕缕青烟在光柱中袅袅升腾,一直弥漫到房顶和四边墙壁上,所描绘的吉祥连枝花纹,让整个房间都在阳光中透出一股深沉的木雅香味儿。

房顶是一顶典雅的木构架琉璃兰花吊灯,围绕着吊灯的房顶,绘有吉祥八宝彩绘,它们在回字纹和飘带的勾连下,排列成围绕着吊灯的圆形组合。

等美朵坐在藏式床靠边的老位置后,妈妈也站到小桌对面,从桌中间木托盘上整齐摆放的五个酥油茶碗中,取下其中两个雕有倒马蹄形图案较小茶碗上的银盖,端起旁边的茶壶,转着圈轻摇几下,酥油茶香不自觉地飘进了美朵的鼻子。

家里的茶碗可以说是身份的象征，男人的要大些，女人的要小些，按辈分高低和男女有别的顺序摆放。木碗放在雕花的高足莲花托盘银座上，碗盖也是纯银的，圆形的把手在正中间，像顶可以罩住发髻的高冠。经酥油茶每天的滋养，木碗透着油润的质感，喝完茶要留一小口，这样可以保证木碗不会干裂。要是家里有人出远门时，也要在茶碗里留上一口茶。如果把茶碗里的茶全倒掉，则会被认为对出门的人不吉利。

"你先喝口茶，都这么晚了才下楼，爷爷早就去转经了，爸爸也办事去了。就我饿着肚子等你吃早饭。"

妈妈嘴里虽然唠叨着，却一刻也没有停下来。

说话间，母亲又转到旁边另一张藏式矮桌边，打开两个圆形的褐色木漆盒，又拿起一个大些的木碗，盛入糌粑和碎奶渣，再倒进一些酥油茶汤，这才坐在美朵身旁。

美朵抿嘴笑着，等妈妈屁股刚碰着卡垫，她就斜过身子，一把搂住了妈妈的肩膀，把脸贴在她的左肩，撒娇地说道："阿妈啦最好了。"

"都这么大了，还就你会说，跟你爸一样，嘴巴就跟会上发条一样，拧得我围着你们团团转。"

说完，卓嘎耸了耸肩。

待美朵松手，她又俯身端起桌上的大木碗，并拢双膝，把碗捧在邦典上，娴熟地搓着糌粑。阳光打在她微微弓起的背上，两侧的光影随着她揉搓糌粑时的身影晃闪，那颗镶着绿松石的纽纹金耳环也轻轻摇晃。透过光影，美朵看见妈妈鬓间藏着银丝，以前那浓密的额发明显稀疏，额头越来越向后阔出，眼角的鱼尾纹也越来越浓密。时间在美朵越发浓密的青丝间生长，也在妈妈额前那渐退的发际线中流逝。

阿妈啦身穿浅灰色折襟藏装，腰系五彩横纹的邦典围裙，那双为家人操劳的手，已开始慢慢起了皱皮。美朵清晰记着，在她小的时候，妈妈的衣襟就像魔法袋一样，能给她掏出各式各样的零食。

想到这儿，她又把手伸向正在忙着的妈妈的肘后，环抱着妈妈的腰，把脸颊贴在她那被太阳晒得暖暖的背上，眼睛里噙着泪花。

"快吃了，一会儿不是还要去见老师嘛，衣服都给你准备好了。"听着妈妈说话，耳朵紧贴在妈妈后背的美朵，似乎能感到妈妈胸膛的回音。她伸手轻轻抹去泪花，只听妈妈自顾说道："见什么老师呀，又不是过节，还非得穿藏装。"

"阿妈啦，这你就不懂了，民族的就是世界的，传统的也是时尚的。"

"什么传不传统，时不时尚的，这两天倒春寒，里头衬个毛衣。"

"阿妈啦，你不懂。"

说完，美朵冲妈妈挑一挑眉毛，神秘地笑笑，又顺手接过妈妈递来的糌粑团。

"现在的年轻人，都不怎么吃糌粑了，喜欢吃一些汉堡、薯条、爆米花，还有什么珠珠奶茶的，一点儿都不健康。"

"什么呀，什么珠珠奶茶，还珍珍奶茶呢，人家叫珍珠奶茶。"

"哦，就是那个，一堆塑料球儿，吃了能行嘛。一杯卖那么贵，还没有我们的甜茶好喝呢，好歹甜茶是茶包和牛奶熬的，再差嘛，也是奶粉，喝了营养。"

"哎呀,你不懂,就不要乱说,什么塑料球,人家那是用糯米和木薯粉做的,都是能吃的。"美朵喝一口酥油茶,抿了抿嘴唇,接着争辩道,"阿妈啦,您就知道好喝、营养、健康这些,啥都当饭吃,管填饱肚子,人家那喝的根本不光是茶,是新饮品、新时尚、新文化。就比如说,几个同学去看个电影,不拿个可乐爆米花,谁还拎一壶甜茶进电影院呀!气氛,气氛,您懂吗?"

"唉……"妈妈叹口气,知道讲不过,也懒得跟她讲理。可不是嘛,五十多岁的妈妈,年轻时哪里见过这么多新花样,这些玩意儿在拉萨也才时兴了十来年。

这时,十六岁的保姆央拉从院子西南角的厨房端来一个方形木盒,里面盛着平锅刚煮好的土豆和牛肉,吸过肉汤汁的土豆皮被撑得饱胀而不破,紧实地包裹着里面的部分,肥瘦相间的牛肉纤维间还浸着明亮的油花,旁边放着一碟水辣椒和一把银鞘小藏刀。煮好这样的肉,需要看好火候,央拉是美朵妈妈在老家的亲戚,已经照料这个家两年了,她的个头还没蹿起来,两根粗黑的短辫翘在耳后,两腮是团化不开的高原红。这个言语不多的小姑娘,在给她打招呼时,总是嘿嘿地笑着应答,露出两排小白牙。

虽然有这个小保姆,但母亲总会围着美朵转,给她捏糌粑、织毛衣,一起喝茶,有着说不完的话。家里人,也只有美朵一个人有这样的待遇,就连美朵爸有时使唤她递件大衣,她都会头也不抬地说:"自己拿。"

美朵要去见的老师是卓玛,她正在筹办一场走秀活动。这是一场安排在珠穆朗玛峰脚下的服饰走秀,圣洁的珠峰作背景，湛蓝的天宇作天篷，古老的大地作秀场，需遴选十余名有代表性的藏族女子做模特，演绎一场原生态民族风服装走秀。

美朵已经在卓玛的模特美育班上了两个月的课，她还是一名大三的在读学生，是偶然从校园广告看到的招录信息。因为卓玛这段时间都在内地出差，对这个天赋异禀的学生已有耳闻，便想寻个合适的机会见一见。

吃完简单而又传统的早餐，妈妈带美朵到自己的卧室。等美朵坐到梳妆镜前，她便站在美朵的身后，美朵伸手一扯随意插着的木簪，浓密的青丝如飞瀑泻落肩背。妈妈过肩伸出了右手，一把木梳被递到手里，她一边低头为美朵梳头，一边用左手抓拢束发。不一会儿，对着右边眉头的上面，将头发分作两边，梳成两条辫子，又服服帖帖地将其环挽在脑后。

美朵满意地上下左右转着脑袋看了看，开心地说道："阿妈啦梳的就是又好看、又服帖、又结实，比赛时一定不会掉链子。"

从小到大，遇到考试、出门、过节，妈妈都会给美朵梳头，把她打扮得漂漂亮亮。

"需不需要拨两缕刘海？"妈妈用虎口捏着梳子，把手轻搭在她双肩上，微笑着问道。

"不用，就是要把大脑门儿露出来，敢露出额头的才是大美女。你知道吗？汉族人管这叫天庭，天庭饱满才是富相。黄金比例都是三庭五眼，就是说脸长从发际线到眉骨、眉骨到鼻峰、鼻峰到下颌三等分，五眼就是脸的宽度要有五个眼长的比例……"美朵一边一本正经地说着，还伸出手在自己脸上比画起来，忽然她从镜中看到妈妈歪着脑袋，微微地皱着眉头，一脸嫌弃的表情，便"噗哧"一声害羞地笑了出来，转头又把脸埋进了妈妈的怀里，自我解围地说道，"阿妈啦，这都是夸你呢，都是妈生得好。"

"像我就好了，就不用这么辛苦了。不像我，像你爸。"

妈妈放下梳子，转身从肩部提拎起平铺在床面上的藏装，对美朵说道："快来穿上。"

这是一件浅绿色藏装，衣襟边浮绣着回字纹，对襟的圆领口，堆盘的盘花扣。宽松的袖口处，翻接着一掌宽略微亮色的锦纹袖边。

妈妈两手轻提衣摆，比到合适的位置后，环手在美朵后腰间不松不紧地系成一个蝴蝶结。美朵伸展衣袖适应着，正觉得太过素净之时，妈妈转身从妆匣取出一个纯银嘎乌盒，正面呈八瓣吉祥莲花造型，周边和底部盘着金线蕾丝，莲瓣上裹镶着松石和珊瑚拼成的八宝图，中间有一颗莹白的大珍珠，上下左右分出四颗绿松石、黄蜜蜡、红珊瑚、青金石，既构成金刚杵的形状，也代表了五方佛。

妈妈轻轻地把嘎乌盒挂在美朵胸前，这身浅绿色的藏装顿时化作草地般，衬托着这典雅的嘎乌盒，像是供养着的绿色大地。

妈妈退后两三步，上下仔细打量着，脸上慢慢浮现出满意和欣慰的笑容。

"早点系上邦典就好了。"妈妈并没有对这身装扮作评价，而是这样轻声地说道。在藏地，只有完婚的女子，才会在腰间系上邦典。

"阿妈啦——"美朵嘟起嘴，害羞地低下了头。

美朵低头，左手掌心轻托起嘎乌盒，右手抚摸着上面的宝石。由于年代久远，不论是银质的盒身，还是上面镶的宝石，并没有明晃晃耀眼的感觉，而是通体透着莹润的光泽。

"阿妈啦,这可是您的传家宝呀。有没有简单一些的项链，下次有演出再佩戴这个吧！再说了，这次和卓玛老师见面的场合，在龙王潭公园，那儿的人太多，戴着它也不方便。"

"嗯，有的。"妈妈看着这身衣服的配色，又转身取出一条由一串小珍珠隔串着一颗颗红珊瑚的项链。她右手轻拎着项链的顶扣，把项链摊放在左手手心处，看了一眼花儿一般的美朵，又细细端详着这条项链，仿佛是跟这项链聊天一般，轻声说道，"这是我定亲时，你爸爸送我的呀，我都舍不得戴，等你要结婚时，就送给你。"

"阿妈啦，您又来了。"

"都磨叽到这个点儿了，快打车去吧。"

一切收拾停当，妈妈往美朵手里塞了一百块钱，美朵像蝴蝶般飞奔出房门后，又自个儿"呀——"地一声停在院里，转身跑进客厅阳光房后的另一个房间。只见莹莹如豆的三盏酥油灯前，托钵释迦牟尼佛在佛龛里微微含笑，跳动的酥油灯火焰发出暖黄色的光，柔和地打在涂金的佛面上。两侧供着药师佛和阿弥陀佛，七碗净水爷爷每天都要勤换，这里本来是房子的主体，考虑到爷爷腿脚不方便，爸爸便把佛堂设在了一楼，客厅是后来加盖的阳光房。

佛龛正对面，靠南的墙边，拼放着两张中间无栏的藏式小床，为使爷爷坐在上面身子暖和点，爸爸还在卡垫下加了电热毯。爷爷常坐的座位前方的藏式桌上，整齐地摆放着爷爷礼佛所用的念珠、曼扎、金刚杵和安放转经筒的筒座等。

美朵把鞋脱在门口，掀开绣着吉祥八宝的白色蓝边门帘，轻轻走进去，走到佛龛前，双手合十，十指并拢，掌心微空，拇指内扣，低垂那美丽的脸庞，口中喃喃祈福。

等她再跑出门的时候，已经都快十点了，太阳高出东山一大截，日光城的太阳只要一出来，就把整片河谷照得光明透亮。拉萨城北边是传统的本地居民区，一排排藏式民居间的街巷都不宽，其间零星地开着小卖部、甜茶馆、包子铺，卖餐食的铺子门口冒着热气，来买的也都是熟路回头客，并不需要叫卖声。可能正是因为街巷紧凑，才让居民区显得更加有生活气息，以致转角的人家在屋角竖起小石柱，生怕哪家刚学会开车的毛头小子磕破了屋角。凸起的院门上，有人挂着牦牛的头骨，墙角飘着五色的彩幡。有的人家，院墙上堆垛着劈好的柴火，外边一层已经被日晒雨淋得发黑。还有人家在门房顶上拴着一只黑色藏獒，它把略微发黄的大嘴卡在铁栏间，转动着乌溜溜的眼珠看着人间烟火。这时的街巷已是人来人往，那些没有主人家的小野狗，也蹲在各自熟悉的店铺前，眼巴巴地等着丢来的食物。

城市便是这样，它先经建设者搭建起躯壳，再由生活在这里的人注入灵魂，添上生生不息的烟火气，还有那千门万户的生活。

美朵像是一只从清晨林间奔出的小梅花鹿，身上还带着雾霭、露珠和青春的气息，一蹦一跳地踩过街巷一块块松活的灰石板，向大路跑去。

娘热路从北边的山脚处，一直通到南边的市中心。

北边是一座大山，像海岸阻挡海水的礁石，阻挡了城市漫延的浪潮。北山脚下的色拉寺，偎伏在大块裸露山岩的山麓间，这里是市北的边界。

山脚下，刚好有片北山向平地过渡的缓坡，一座座红白相间的建筑散落其间，在晨间阳光的映射下，佛殿的金顶熠熠生辉。这条拉萨市区最主要的一条南北大道北端丁字路口，就是拉萨的中心城区，向西是壮丽的布达拉宫和前方开阔的广场，向东是比古城还要古老的大昭寺和八廓街。

这条路，仿佛也连结着拉萨的城区与郊区、传统与现代、信仰所系处与生活所居处。对于老拉萨人来说，能在北郊有处居所，是件极幸福的事情。

出了社区，一到大路，美朵就招手拦下一辆的士，直奔龙王潭公园。到地方时，手里的钱，已经被她攥成热乎乎的一团，跟个小笼包子一样，司机笑着拉抻开来，找了九十块零钱，她便往公园里走去。

人间四月始芳菲。虽然拉萨的春天比低海拔的地方来得要迟一些，但是龙王潭公园却尽占天时、地利、人和，这里地下水丰沛，人来人往热闹非凡，又处于城市的中心，阻隔了劲风的吹袭。抬头望去，高大的公主柳和白杨树新叶油亮，映衬着蓝天上渐成团絮状的白云，新栽植的垂柳摆动着细嫩的枝条，粉嫩的花蕾在桃树枝头含苞待放，公园草坪已经绿茵茵的，小麻雀在上面跳跃觅食。

龙王潭公园的藏语名字也叫"宗角禄康"，据说是清初为扩建布达拉宫红宫，在宫殿前后就地取土形成的湖泊。美朵和卓玛约定的见面位置在布达拉宫后侧，公园湖心岛北侧的湖边。

沿着湖泊北畔的小路，美朵远远看到一个时尚的短发姐姐坐在长椅上。往近走去，只见那双被贴身的牛仔裤紧紧包裹着的大长腿，右腿自然弓起，左腿向前伸直，那套着黑色软皮长筒靴的小腿，长得似乎都要抵着前面的石栏，V领的短身薄毛衣外，套着一件黑色收腰皮夹克，与脚上那双靴子相得益彰，就连皮夹克对襟银色的拉链，也和长靴外侧的拉链呼应着。

"是卓玛老师吗？"在距她两步远的地方，美朵站住了身，转头看看湖心岛，又看看近旁无人，便轻声地问道。

跟前这个戴着咖色牛仔帽，正在低头玩着手机的女子缓缓扬起了头，那是一张俊俏的脸庞，她有着比美朵更加秀丽的面容。如果说美朵的眉毛略微自然地显粗，眼前这女子的眉毛则像弯弓的脊，刚好配着那双略狭长的眼睛，美朵则长着略微圆些的桃花眼，一个媚中透着干练潇洒，一个则是媚中含着柔婉多情。

"哦，是我，美朵妹妹呀！"这女子连忙起身，伸手拉着她的右手，引她坐在自己身旁。

"别总叫老师，叫我卓玛姐就好。妹妹可不要介意，我没有安排在咖啡厅啥的，咱们要秀的地方是户外，我想咱们就见见自然光。"卓玛边说，边从长椅右侧拿起一个奶茶杯，把吸管尖头插进杯口的封塑皮，递到美朵手中，"香芋味儿的，还热着呢。"

然后，又轻轻向她推了推手里那杯奶茶。

说话的时候，卓玛薄而红润的两片唇下那尖翘的下巴也跟着轻动，那张似乎只有巴掌大的脸上，居中生着小巧挺直的鼻子，让整张脸显得更加玲珑精致。

"嗯。没事，我听你的。"美朵接过了奶茶，双腿并拢，两手捂着奶茶杯，害羞地盯着茶杯，全然没了刚才在家时在妈妈面前像小羊羔般撒欢的劲头。

这样盯着奶茶杯盖十几秒后,她才支支吾吾地轻声说道:"卓玛姐,你真好看,你的脸就是传说中的三百六十度无死角吧,听说小巧的脸型特别上相,我的脸是不是显大了点呀?"

听到这儿,卓玛笑了,她摘下帽子,平放在大腿上,两手从两侧刘海处向后拢了拢头发,美朵瞥见她没有佩戴任何的首饰。这时,她轻轻扭转杨柳般的腰身,侧向美朵,歪着头看了看,又嫌不够地伸手扶着她的双肩,引着她也略微侧过身来,一边看着,一边摇动着天鹅般的玉颈,轻轻点着头。

美朵不敢直视她的目光,也未低头回避卓玛的"检查",而是忽闪着长长的睫毛,垂目望着卓玛脖子以下的锁骨窝。她锁骨分明,肤色晶莹如玉,指向呈直角明朗的双肩,像白天鹅流线型的双翼。

"美着呢。你长着一张标准的藏族美人儿脸。"

"藏族美人?"从小就在拉萨长大,并未见过世面的美朵似在问,又似在自言自语地思忖着。她不太清楚,藏族美人应该是什么样的面容,外面的美人又该是怎样的模样。随着年岁增长,她大体知道自己是好看的,至少五官长相不算难看吧。只不过,在今天见到卓玛姐后,她被卓玛身上那种柔媚而又自信帅气的气场所触动,开始不那么自信起来。似乎卓玛只要轻抬下颌,扭臀送胯,迈出长腿,就连买个菜也透着气质,而她凝视自己的目光,都能把自己锁定一般,让自己甘心听她的话。原来真有气场在!"我要是像姐这样,该多好呀!"她思忖着。

单纯的美朵就像眼前这汪公园的湖水,从小就被四周的堤岸呵护着,哪怕再大的风也掀不起波浪。还未涉世的她不知道，每一面湖都有自己的美，静静地栖身自然的一角，并不像河水一般你推我赶，沿着外界给的河道往前奔去。如果这么说来，湖水是幸福的。

卓玛可能看出了她的不自在，见她目光下意识地望向湖水，便问道："你喜欢湖？"说着也望了一眼这倒映着蓝天、白云和布达拉宫红墙、金顶的湖面，转头又问道："毕业了有什么打算？"

"呃——"美朵不知道该怎么回答，迟疑了一会儿，"家里想让我考公务员。不过，我也不太想去当公务员，家里的意思是，就算是随便考上一个事业单位，到下头哪个地区当个老师啥的，也算有个铁饭碗，他们也不担心了。"美朵瞅了一眼正专注听着她述说的卓玛，慢吞吞，怯生生，但又老实地说，"可是，我从小在拉萨，一点也不想下去，也不想到单位去，我想着那一堆堆的人就感到浑身不自在。"

"嗯，我大学毕业后也在拉萨上了两年班，就辞职不干了，没必要去'河里'，那股子水流会逼着你往上游呀，就像是洄游的鱼，总得奋力往上游，做一片安静的湖水也挺好，遗世而独立，安静且美好。"说到这儿，卓玛转头看一眼美朵，扶着她秀朗的右肩，笑着说，"哎，看我自说自话的，都扯到哪儿去了，这么说吧，咱们西藏的湖都特别美，每一个都有自己的气质，每一个都是度母的一滴泪水吧，有的慈悲，有的幽深，有的明澈。"

"听说，龙王潭的湖底跟大昭寺、拉鲁湿地都连着呢。"美朵接话道。

"应该是吧，以前不就是吉曲卧塘，都是拉萨河的湿地嘛，水草丰美。"这时，卓玛转身看着面前一排的桃枝说，"天气真好，拉萨暖和了，现在市里的花儿也越来越多了，我们绕着湖走走吧。"说完，便站起了身。

"嗯。"

她们起身的时候，微风轻柔地拂过一双脸，牵动着她们的鬓发，摇曳了身后的柳条，像一只温柔的手，拨动了平静的湖面。此时，一只鸥鸟飘然落下，荡起了一圈圈涟漪，湖心那原本静止的倒影随着水晕也摇动了起来。

两人踩着湖边拼贴得整整齐齐的青石板，在湖边的花径边，顺时针慢慢走着，不免吸引了沿途散步行人驻足回望，她们也依稀听得到从身旁和身后飘来那浅浅的赞美声。

不知是不是湖底深浅不一的原因，这像磨平的松石般静好的湖面上，远近各透着青绿两色。在靠近栏杆的近处，天光云影投射在如镜的湖面，那些生长了两三百年的左旋柳，把遒劲的枝干俯身于湖上，有的像龙爪般伸入湖面，似要拉出这湖底深潜的蛟龙一般。据说这柳树种苗曾由文成公主从中原带来，经过上千年的演进，在海拔三千多米的藏地，一改在中原万缕垂丝的娇弱柔媚，而作虬曲盘结般苍劲有致，宛如当年为藏汉友谊辞别家乡父老、踏上千山万水那柔媚而又坚毅的目光。公主曾因思念绿树成荫的家乡，在大昭寺和玛布日山周亲植，这株株巨柳被拉萨人亲切地称之为"唐柳"或"公主柳"，那厚皮纵裂的枝干，有的已经朽腐中空，却仍然年年生发出新枝，像从远古而来的信使。

西边的湖畔，黄鸭在游弋，三三两两的人依偎在栏杆外，向湖里投撒着捏碎的干白饼，不知道是在喂鱼还是喂黄鸭。白腹灰衣的渔鸥孤傲地上下旋飞，时近时远，啾啾鸣叫。

当她们漫步到布达拉宫所在的玛布日山脚时，沿着山脚成排的转经筒前，鱼贯而过的人们轻拨筒钮，发出一声声"咣啷——咣啷——"的清脆声响，转经筒架子下一双双迈过的腿，有传统的藏式裙摆、时尚的牛仔裤、好看的花裙子，随着右手拨转着经筒，左手也提握拨弄着念珠，一串串各式的念珠在腿边晃悠。还有个头才刚能够到架子处的孩童，亦步亦趋地跟在爷爷奶奶身后。有的老奶奶头发花白，手提细脖嘴的小油壶，挨个在转轴下添油，可能是年纪太大的缘故，连迈腿都是左右摇晃着。

"有一天，我们也会老的。"卓玛说道。

"嗯，小的时候，我也会跟着爷爷奶奶来转，就跟那些小孩子一样，还老想伸手去摸经筒。"美朵也说。

"唉——"卓玛轻叹一口气，"是呀，一圈圈地走着走着，就长大了，就变老了。所以，我想做的，就是尽可能让人们在记忆里留住或延续青春那短暂易逝的美好，让更多的人有懂得美、欣赏美、追求美的意识。"

"哦，就像在平常生活的客厅里插上一束鲜花儿。"

"对呀，你说得对，说得也很好。"

这时，已近中午的太阳照在布达拉宫的金顶上，虽然是在山的背面，却并不会感到阴暗，反而使山体和宫室整体看上去更加嵯峨。从背面看上去，少了建筑覆盖，突出的山岩更加有气势，保持着冷峻的自然肌理，零星的小灌木丛攀附着石缝，就这样仰着头看上去，白云团簇于金顶红墙，像是覆在布宫头顶的羊皮帽。

"其实，小的时候，跟着爷爷奶奶跑出来，小短腿一点都不觉得累，就是想跟着吃藏面和肉饼。"美朵怔了一下，忽然想到什么，扭头对卓玛说，"卓玛姐，要不，我们就在这儿分别吧，爷爷早上转经，现在肯定在路对面的茶馆休息，我陪他打车回去了。"

"哦，你怎么知道他在哪儿。"

"他们几个熟悉的爷爷经常待在固定的几个茶馆，从小时候跟着出来，到现在都没有变过，都知道的，一准儿逮得到。"然后，美朵停下脚步，转身扯着卓玛的袖口说，"卓玛姐，我这是通过了吗？"

"通过了，通过了，一百分通过。"卓玛笑着说。

听到这儿，美朵下意识地在胸前握起两个拳头，那粉白两颊的酒窝便又浮现在嘴边。

这时，湖边的桃花似乎也跟着绽放了两朵，在那轻柔和煦的春风里，仿佛听得见花开的声音。

这天是公历四月四日，藏历的二月初八，也是药师佛的节日，药师佛是主掌健康的佛。美朵的爷爷围着林廓路转了一个大圈儿，从娘热路过来后，在龙王潭公园开始，要向东经过林廓北路，在五岔路口向南转向林廓东路，再折向东西横穿拉萨城其中一段的江苏路和金珠东路，后向北转向德吉路和斜向布达拉宫西北角的林廓西路，便到了布达拉宫背后。龙王潭公园的北侧，再往西走一点，就是娘热路口，刚好围成一个闭环。

这时，从早上五六点开始出门，已经是正中午的时间了，转经的老人们，并不急着回家，而是会在这一排的茶馆里，要上一壶香浓的甜茶，一边休息，一边聊天，顺便吃上一碗藏面，或者土豆粉汤、咖喱土豆牛肉盖饭，还有中间夹着一层薄薄肉馅的油圆饼,在温度不要太高的油锅里过油捞起来,不论是趁热直接手撕着吃,还是泡在藏面的牛肉汤里,都很香。

不论春夏秋冬,拉萨的老人们习惯了这样日复一日、月复一月、年复一年的生活,世世代代都是这样,在高原四季的轮回里,就这样安详地走完自己的一生。

"呀,聂普姆。"这是藏语"我的姑娘"的意思。在龙王潭北侧的甜茶馆门口,刚才找了个太阳好的位置坐下来的爷爷,一眼就看到了人群中这个美丽的姑娘。她一米七二的身高,还有这身漂亮藏装,侧身穿过熙熙攘攘转经的人流,像枚嫩叶舒展过干枯的树枝,很难不被人注意到。

看到爷爷往里面挪动着身子,在排椅上给她留出一点儿位置,她便一闪身,坐在了上面。

"我就知道,差不多该到这个点儿了。"

"你怎么跑来了?吃饭了没有?跟我们老家伙一起吃午饭吧。"爷爷一边说着,一边朝两排餐位中间过道上不停忙活着的服务员小姑娘挥挥手,那姑娘往这边瞅了一眼,自己"哦"的一声,转身先拿过来一个黄褐色的玻璃甜茶杯,给美朵倒上一杯后,就盯着她看,准备着点菜。

"哦,要一碗藏面。"看着小服务员刚要转身,美朵又补一句,"还要一个肉饼。"

然后,便笑着转身,双手拉住爷爷带着酥油味儿和晒了一上午阳光味儿的藏袍袖子。

"波啦[1],累不累呀?"

"不累,不累,坐在家里才累呢,转经好嘛,身体也好。"说完,爷爷开心地笑了,皱纹便像风箱拉手连着箱体的皮囊,

---

[1] 波啦:藏语,对爷爷的称呼。

一层层堆叠在那张黝黑干瘦的脸上。

可能是在太阳下走了一上午的路,才刚刚坐下来喝了两口热茶,爷爷的脸也红润了不少。只是,不管他手里怎么忙活着给孙女美朵递筷子啥的,左手的念珠都不离手,不跟美朵和旁边人说话时,他就嘴里念念有词地拨弄着珠子。这串带着两根各十个银质小卡环计念的珠子,末尾分别有小小的银质金刚杵和铃,它们的功能其实是计数器,带铃的是计百位的,带杵的计千位,还有个小银夹子是计万位的。为了不影响平时拨弄念珠,计数器不直接拴在佛珠的珠线上,而是在珠线上穿小环,再将计数器穿在环上。持珠是一百零八颗金刚菩提,在爷爷手里七八年了,已经从开始的土黄色,变成了油润的枣红色,两侧的蜜蜡配珠,也已经油润通透,顶珠是一颗有着虎纹线的药师天珠。

具香月

  美朵的爷爷是位老藏戏艺人，以前并没有什么科班出身之说，就是跟着藏剧团边打杂边学，也有很多人是父子相承。不过，爷爷那时候因为家里穷，相当于是投奔了戏班子，本来想混口饭吃，没承想一演就是半辈子，直到六十多岁，腰扭伤了才休息。

  "本来是想找个寄身的地方，结果一喜欢上，就拔不出腿了，一干就是一辈子。我们这一行，没有退休这个说法，要么是跳不动了，要么是不想跳了。藏戏是咱们民族文化的活化石，从汤东杰布那时算，有三四百年的历史，世世代代都这么跳，多跳一天也是多将祖先的文化传承一天。要不是这腰不争气，我还能再跳上两年。"

  波啦经常给美朵讲他的故事，说是讲他的故事，倒不如说是讲藏戏，"藏戏种类繁多，波啦经常演的是蓝面具藏戏。演出一般分为三个部分，第一部分为'顿'，主要是开场表演祭神歌舞;第二部分为'雄',主要表演正戏传奇;第三部分称为'扎西',意为祝福迎祥。"

藏戏的服装从头到尾只有一套,演员不化妆,主要是戴面具表演。直到现在,虽然跳是跳不动了,但逢年过节的时候,波啦喝上几碗青稞酒,也能拉着嗓子给家人清唱一段。每当那个时候,只要马步一扎,双手一伸,嗓子一开,这个老人的身体便像有一股真气,瞬间能回到年轻时的状态,每一段清亮浑厚的唱腔过后,总能获得家人齐刷刷的掌声。这时候,他虽然连声谦虚地说道:"唉——老了,老了,唱不好了,跳不动了。"但瞪得像铜铃一样的眼睛里,总会闪着光。

要是按波啦另一种说法,藏戏的历史往上算起来,可不止三四百年,在吐蕃时期松赞干布颁布《十善法》的庆典仪式上,就有头戴面具,击鼓曼舞,欢腾跳跃,或者扮饰成牦牛、狮子、老虎,在爷爷看来,这也是藏戏。

波啦说,"早在西藏的苯教时期,专门有人从事说唱被称作'仲'的口头神话、历史典故、传说故事,各个地方也都有'卓'这种戴面具的鼓舞,'鲁'只唱不舞,'谐'既唱又舞,这些都是藏戏的重要元素。"

总之,一说起藏戏,波啦似乎三天三夜也说不完,更不要说藏戏里的故事,还有他去演出时的故事。

这几年,老人最高兴的是,他的大孙子,也就是美朵的哥哥多杰,圆了他的愿望,在区藏剧团工作。

"以前,让你爸爸跟我学唱戏,他就是不干,非说没前途,要去参加个正式工作,工作还分啥正不正式,当老师就是正式了?我们学戏也跟师傅,爷爷也带过徒弟嘛。"

每当听到波啦一遍遍地唠叨着这个,美朵也不答话,总是抿着嘴，笑着点头。就像她的妈妈跟她理论新生活的时候，到最后也没法跟她计较，就撇着嘴听她自己争辩。这是隔代的代沟呀，一代人有一代人的记忆和经历、经验，怎么能说得清理呢。可能是爷爷带哥哥比较多，哥哥从小就亲爷爷，居然就说动了他去学藏戏。

为了这个事儿，波啦倒是乐得合不拢嘴，总觉得为藏戏传承做了贡献，爸爸旦增可是不愿意了好一阵子，总是念叨着说："搞藏戏，没张好的文凭，以后可怎么办？"

这个事，还是妈妈后面劝说了爸爸。她说："旦增呀，阿爸啦一辈子都在跳藏戏，阿妈啦又生病离开得早，藏戏就是他的生活，是他的念想，也是他的命，跳藏戏又一直在外头跑，腰也给弄伤了，现在年纪大了，多依着他点儿。"

两口子念着对老人的孝顺，最后才妥协顺从了波啦的意愿，也正因为多杰工作的原因，他们更坚持让美朵去考公务员，按他们的说法，家里总得保个"铁饭碗"吧，这不觉让美朵感到压力。

可是，自从在龙王潭公园和卓玛见过一次后，美朵便对卓玛念念不忘，她打定了主意，要跟卓玛学习，虽然她还不太清楚走秀是怎么回事，做一名好模特也并不只是化化妆、走走路、拍拍照这么简单。她更多是被卓玛举手投足的气质吸引，这个正青春的女孩儿想着，我也要像姐姐一样有气质。

于是，跟波啦回家的路上，她不自觉地放稳了脚步，想着刚才卓玛的走姿，在心里默默念着节奏。

要不要给妈妈说呢？美朵思量了半天，想着这只不过是一次活动的选拔面试，于是把结果和跟卓玛见面的情况给妈妈讲述了一番。

"阿妈啦,今天我见的那个姐姐,比我还要高,长得也好看,可时尚了,气质型的,反正就是身高、长相和气质都被她占完了。"

"哎哟,我家小仙女这是去天宫遇到大仙女了?"

"可不是嘛,漂亮的女孩儿倒是见过,但是像卓玛姐那样的可没见过。阿妈啦,你想不想见见?"

"哎哟,你这是去面试,还是交朋友去了?想请人家来家里做客就说嘛,你的朋友咱家都欢迎。"

"嘿嘿……"美朵在那儿偷笑着。然后,又转身跑到妈妈身边,"啥都瞒不住阿妈啦。不过呀,不着急,等我先去学几招,不然阿妈啦一见着她,都把我比下去了。"

"贫嘴,想去就去,学学也好。快把波啦的围腰拿进去,在院里晒着呢。"

"好嘞。"

美朵从藏式床上起身,来到院里的晾衣绳下,取下羊皮裹布的围腰。她把羊毛捂在脸上,被晒得暖烘烘、毛茸茸的羊毛温柔地贴着她的脸。

波啦今年76岁,他的皱纹里藏满了故事。

在每一个孩子的眼里,不管外面世界有多大,家才是通往世界的源头。从他们记事起,这个家以前的事情,都如遥远的故事一般。

波啦长大的地方,在色拉乌孜山的另一边。只有五六岁的时候,美朵曾仰起稚嫩的小脸,天真地问爷爷:"波啦,你不是说你的家在那边吗,你怎么天天也不回家呀?"

说着,她还伸出小手,指着北边的方向。波啦和家人哈哈大笑。这件事，成了家人们常会拿出来说的一个话头儿，直到现在都还会。每次一说起来，大家还会哈哈大笑。

山梁的北边，是一片神奇的土地。稍微大一些后，波啦会给她讲起山北边自己家的故事。

"那里，是古老苏毗女国的领地，她们也爱美，所以会用颜料涂在脸上。"爷爷说。

"颜料，什么颜料呢？"美朵问。

"一种草根，煮得时间够长，就会变成黏稠的液体。涂在脸上，可以防晒。"

"后来呢，她们去哪儿了？"

"她们被从南边过来的松赞干布的父亲赶跑了呀……"那里可是一片肥沃的土地呀，有四条大河流过，开阔的青稞田、美丽的大草原。咱们拉萨古称'惹萨'，那驮土填湖的白山羊，传说就是来自澎域的。相传，松赞干布将王城从山南搬到拉萨以后，夏天最爱去那里巡游休息，最后也在那里逝世。"

"哇，好神奇呀。"

波啦说的地方，是现在的林周县，也是被称为"拉萨后花园"的澎波地方。

这些久远的故事，让美朵开始感到这平凡的大地变得神圣起来，让她产生无限的遐思。她会把从波啦嘴里听到的故事，讲给身边的孩子们，可也总引来一阵唏嘘声。她在回家的时候，放下书包，就会跑去问波啦："你说的是真的吗？"

"真的，是真的。"

"你说的是布达拉宫法王洞里那个人吗？"

"是！"波啦确定地说。

这时,少女美朵才又展开一脸的笑容。

波啦也不只会给美朵讲遥远的故事,也会讲自己小时候的故事。但在美朵的眼里,那些故事也一样的遥远。

"波啦九岁就去跑戏班了。"

"九岁?"美朵一脸疑惑,"不用上学吗?"

"那时候的爸爸妈妈,养活自己的孩子,可不像你们现在。"波啦慈祥地抚摸着美朵的头,娓娓道来,"波啦的兄弟姐妹可比你多,可家里的牛羊都属于上头的人。有一天,看到演藏戏的,在跳完唱完之后,人们奉送了吃的,波啦的眼睛瞪得大大的。便趁别人走的时候,跑了过去。一开始,他们不要我,把我都急哭了。"

"为什么不要?"

"因为我不是他们自家的人呀。"

"哦……"美朵还是似懂非懂,便又问道,"那波啦去演出,肯定走过很多路,去过很远的地方吧?"

"演戏的机会也不多,不演的时候,还得去放牛。年轻的时候,波啦都是骑着马去放牛,波啦可是得过赛马的冠军呢,一骑上马鞍子,两腿就跟长在上面一样稳,波啦懂马的心,会跟马说话呢……"说到这儿,波啦的脸上洋溢着自豪的笑容,"不过,波啦走过最远的路,去的最远的地方,可不是演戏。"

"是哪里呀?有多远?"

"嘉那!"[1]

"嘉那……我都没有去过呢。"

"长大了,会有机会的。现在的交通多好呀,汽车都不算什么了,又是火车,又是飞机。"波啦微笑着说,"1966年

[1] "嘉那":藏语,传统语境中意为"汉地"。

的春天,嘉那的邢台发生了大地震,号召给受灾的地方送马,四面八方的人都来捐马。可是,这么多马,一路上总要有人照料,那时候波啦二十五岁,也被选去送马了。"

"有多少马呀?"

"有二百四十匹,到现在都记得呀。大家可真实诚,是真心实意地捐,波密那地方的人,为了把最好的马拿出来,他们还办了赛马会,选出最好的马送来。"波啦抿口茶,润了润嘴唇,"一路上,可真辛苦,路不像现在那么好走。不过,咱们这糌粑可是好东西呀,口粮带身上,路上全靠它。路上还生了小马,我们也喂它吃呢。送到了地方,帮他们搭房子、收麦子,那也是波啦第一次见到小麦,和咱们这儿的青稞长得差不多,就是麦芒短了些……唉,地震可真厉害,倒了好多房子,可怜呐。"

说完,波啦还忍不住摇着头咂舌。

"波啦,这么多的故事,都是发生在路上,我以后也要去走远一些的路。"美朵歪着脑袋又想了想说,"不对呀,波啦,哪儿来的马呀,不是说自己都没有牛羊的吗,哪儿来的马呀?"

波啦笑了。

"傻孩子,那是以前。到波啦十八岁的时候,共产党、毛主席就把牛羊从那些上层人的手里分给了老百姓。不光是牛羊,还有青稞田,咱们老家那个地方,可是有农有牧的宝地呢。"

"哦……"

美朵的哥哥多杰,比她年长四岁,也爱听波啦讲故事。只不过,他就喜欢《格萨尔王传》。

格萨尔王传说是神子化身,自幼家贫,由于叔父离间,母子相依为命，漂泊为生。16岁参加赛马选王并登位，进驻岭国都城，娶珠姆为妻。格萨尔一生降妖伏魔，除暴安良，南征北战，统一了大小150多个部落，岭国领土始归一统。

头戴金冠、身披甲胄、背插靠旗、身跨战马的格萨尔王无数次出现在少年多杰的梦里，他是少年多杰心中的大英雄。

这些神话传说，不仅装点了藏族少年的梦，也激发了他们对故乡的热爱、对英雄的崇敬、对自然的敬畏，这些故事可都是发生在雪域大地的高山、密林、湖泊之间呀！他的想象，随着格萨尔王赤色战马所踏的五彩祥云，还有爷爷口中的讲述，早就飞到了那些地方。

多杰到成都读书的时候，在一堂西方艺术史课上，听到古希腊诸神的故事，又兴奋了起来。

"古希腊诸神都是半人半神，我们家乡的格萨尔王也是这样呀。"他激动地说道。

"那些都只是传说，不要这么激动。"旁边的同学拍拍他的肩膀说。

"不，不只是传说。再说了，即使是传说，也是一代代祖先们共同的记忆，他们糅合了不同的时间、地点和人物，为后人们留下了浪漫的历史记忆。至少，他们追求的理想是至美的呀，就像古希腊神话里的诸神，有战神阿瑞斯、爱神阿佛洛狄忒、光明和预言之神阿波罗……"

…………

妈妈是这个家里美朵最能腻歪的人，其实妈妈才是美朵心窝里最美的人。她和爸爸都是老师，妈妈在小学部，爸爸在中学部。因为从小学到初中都在美朵上学的学校，几乎一年四季无间隙地看着宝贝女儿长大，最了解她，也最疼她。

有时候，美朵也为此烦恼。从小到大都在拉萨上学，像个妈宝一样被照看着，上学最远的地方就是从北郊到了河坝林的西藏大学。这所大学的前身，是西藏师范学院，美朵的妈妈也是从这里毕业，走上教师岗位的。

"如果拉萨选一个大北郊长公主，一定非我莫属。我可跑过大北郊所有街道。"

美朵经常跟朋友们这样开玩笑地说。于是，从中学时候起，她就有了个"长公主"的绰号。

让她烦恼的还有一件事，那就是从上高中开始，别的姑娘就悄悄谈恋爱了，虽然那所谓的恋爱也不过是像过家家一样地写封情书、请吃个冷饮或交换个作业啥的，可她也一概不敢。也不是不敢，因为她压根儿就没有半点机会，几乎连上下课都是跟爸妈一起，哪个小子敢招惹"带着护法"的姑娘呀。所以，在整个中学时代，她连个想住校的机会都没有，甚至会羡慕地区来的住校生，又总被同学们取笑说，"你这是公主想体验平民生活呀！"

在这样的环境中长大，她享受着幸福，又渴望着自由。特别是随着上大学后，身体和心理的双重发育，她对美的意识逐渐觉悟，自然少不了收到男孩子的情书，也不会拒绝跟男女同学去玩儿，虽然也会尝试着打扮自己和偶尔出去聚会，但骨子里仍然是一个很传统的本地女孩子。

随着她跟卓玛的相处，她才慢慢了解到，这个满身时尚的姐姐，居然是从农区走出来的。

"哇——"当她第一次听卓玛给她讲起自己的经历时，她难以置信地瞪大了眼睛，像第一次见到蝴蝶的小鹿，她扑闪着长长的睫毛，满心佩服地说道："卓玛姐，你可真是白手起家。哦，是自学成才。也不对，是破茧成蝶……"

她语无伦次地说着，恨不得把所有的赞美都加在姐姐头上。

卓玛的家乡在日喀则江孜县金嘎乡。说起江孜县，是西藏一个很有名的地方，位于中印边境亚东县和拉萨市之间，县城距离拉萨三百多公里，这里曾发生过抗英斗争，以一部电影《红河谷》走入大众视野。电影里抗英义士们奋起阻击侵略者，最后被困跳崖的宗堡至今还矗立在县城。

江孜县藏语意为"胜利顶峰"，宽阔的年楚河从县城西侧蜿蜒流过，历史上人们也称江孜地区为"年"。这里山谷十分开阔，年河水滋养着沿岸平坦的土地，这样的平地在西藏并不多见，年河流域也是西藏有名的粮仓。

卓玛的家就在县城西南四十公里的金嘎乡。

后藏地处喜马拉雅山北麓，山形没有拉萨高，表面的沙土含量更多些，整体显得没有那么冷峻。但是，这里开阔的河谷却有着另一番景象，时常能看到大片的积雨云翻滚在远山，在那层次感分明的青云间，缥缈的雨雾有时会像沉郁的倒流香一样从天而降，西边的太阳照射在云柱上，隐约出现半段绚丽的彩虹。

这种山长水阔的壮丽，对于从小在这里放羊的卓玛来说，一点儿也不稀奇，算不上什么风景。相反，山谷里说风就是雨的天气，经常让赶着羊群放牧的她，跑也跑不及，只能跟着淋雨。她时常想，这光秃秃的河谷，除了满地的石头，连个巴掌大避雨的地方都找不到，不如就让小羊们多啃一会儿草吧。

如果不是那年考上内地西藏班，她可能以后都要在这河谷生活，找个踏实的男人嫁了，再给他生上几个娃。

卓玛去上学，实际上是一个人上了两个人的学。因为妈妈生她时难产早亡，家里的重活累活全靠爸爸，比她大四岁的姐姐上完初中就放弃了学业，帮着爸爸照料农牧，好让卓玛安心上学。

　　离开家去西安读高中的时候，卓玛硬是抱着姐姐哭了半天都不撒手，惹得平时寡言的爸爸也跟着抽搐起来。

　　"别哭了，去内地多好呀，总不能一辈子待在村里吧。这么好的事，哭什么哭呀。"姐姐劝着卓玛。在劝卓玛时，自己也流着泪。

　　眼看着本来该上大学的年纪，却因为天天放羊干活，两只手都磨出了茧子、脸上晒出高原红的姐姐，卓玛怎么也忍不住泪水。

　　好在整个高中都是顺利的，除了前半个学期因为基础差，功课总落下别人一大截以外。

　　但一想到家里头辛辛苦苦的爸啦和姐姐，卓玛便加倍努力，终于慢慢赶了上来。考大学时，她也选了离西安不远的咸阳——西藏民族学院。

　　"卓玛姐，你是怎么想着去当模特的，除了个子高以外，总得有个原因吧？"这天上午，大家正在训练室练习走步，趁休息时，美朵坐到卓玛姐身边问道。

　　从上个月跟着参加训练以来，美朵都像个小迷妹一样跟在卓玛身后，乌溜溜的大眼睛就像一对摄像头，跟踪、捕捉着卓玛的一举一动，全都扫描进她那渴望蜕变的大脑。

　　"这可说来话长了。"美朵的问题，把卓玛的思绪一下子拉回了当年，那可是比如今的美朵还不知青涩多少倍的时候。

看着这个漂亮又可爱的妹妹,她说道,"等会儿课完了,我带你去吃饭。"

"好呀。去哪儿?"

"问题可真多,十万个为什么呀?到时候你就知道了。"

卓玛看着这个对满世界都充满好奇,像一只憋足了劲儿想要冲出森林的小鹿一般的妹妹,轻轻摇了摇头。

训练室就在拉萨有名的宇拓路旁。这个被拉萨人通常称为步行街的街道,应该是整个拉萨市区最美的一条街了。从朝西的大昭寺正门,一直延伸到布达拉宫广场前,只有七百米长的街道上,平整的花岗岩通体平铺,玉柱雕栏,花圃绚烂,在两侧的人行道旁,是开店的风水宝地,一间挨一间的宽敞明亮的商铺,橱窗里摆满了各式的土特产,有虫草、藏香、藏红花、各种珠珠串串。塔状的雪松和针叶云杉树对称分列,那些上了年头儿的槐柳也都保留着,伸展的枝丫上,新发的幼叶像刚蜕了皮的蝉翼般嫩绿。二人挽着胳膊走在这石板路上,脚下是"哒哒"的声响。

往大昭寺的方向,快到广场前的十字路口,右手边有一座琉璃桥,是清代朝廷拨款修筑的,藏语称"宇拓桑巴",意思为"绿松石桥"。这座拉萨最美的廊桥,藏式的桥身,用方整的大石块砌筑,刷着乳白色的灰料;汉式的覆顶,歇山式桥顶琉璃绿瓦,像琉璃鸟拱翅停歇。"人"字形的顶,出檐深远,翼角起翘,在正午阳光的照耀下,犹如碧玉流光。桥墩为五孔石柱,桥中有甬堂相通,两侧对称开五孔,顶脊装饰着琉璃宝顶,两端有琉璃供果脊饰,四角有龙首飞檐攒出。伸展的桥檐下,在四周翘出的汉式木斗拱上,以及花瓣般围绕一圈的桥楣,描绘着红蓝相间的藏式花纹。多么精巧又浑然的藏汉美学结合呀，就像藏汉联姻家庭生出的小家碧玉。

这座修建于18世纪的廊桥，因大昭寺和寺北的驻藏大臣衙门与布达拉宫间有条小河，不便往来，便兴此桥。清代诗人孙士毅曾经此桥，赋诗曰："花雨随渡任溯洄，藏江东下亦萦回。琉璃桥下琉璃水，曾为将军洗马来。"

桥西侧有一株合臂围抱的老树，干枯粗壮的树干虬曲向上，像是为它铺展着绿荫华盖。二人停步歇立在这树荫下，看着这已如城市建筑一般，桥下早已没有一滴水的廊桥。"以前，这里应该是流水潺潺，湿地泓清，绿草如茵的吧。不然，修这个桥干嘛。"卓玛说道。

这时，耳畔仿佛听到从历史之河淌出的潺潺流水声，三三两两身着传统服饰的祖先正从桥上走过，他们脚下那玉带般流淌的河水，仿佛一条绿色的哈达，捧献给古老的拉萨城。

"是呀，传说前面的大昭寺不就是建在湖上的嘛，以前能住在这里的都是达官贵人，说不定我们脚下就是一座龙宫呢。"美朵跺跺脚，咕噜转动了一下也像是黑色琉璃般的一对眼珠儿，又调皮地笑着说，"被这钢筋水泥封印了。"

"哦，多像传统的弃儿呀，孤零零地蹲在这儿，像守着走丢了主人的忠犬。"卓玛若有所思地说道。美朵在旁边轻轻地点着头。

她看着眼前这孤零零兀立的廊桥，又转头看看周边一排排现代建筑，忽然觉得，本来是现代的闯入孤立了它，却让它显得另类而格格不入，像亭又不在山野，像屋又没有人居住，像桥又不见一条河，只有顶檐那僵硬冰凉的滴水造型，沉默地向人们传达着幽幽古意。

卓玛轻轻踩了踩脚下那硬邦邦的石板，转头对美朵说道：

"有些失去的东西,就很难找回来了。"

美朵点点头,轻启朱唇,两排珍珠般的齿缝轻轻发出"啧啧——"的咂舌声。她用环绕在卓玛右臂的胳膊轻轻扯一扯,说:"姐,饿了。"

"哦,走。"

过了十字路口,二楼的转角是家尼泊尔风味餐厅,二人点了两套牛肉咖喱套餐,配一片香甜软糯的烤薄饼,美朵手撕着白饼蘸咖喱汁,连不锈钢的餐盘都抹得干干净净。等她抬起头的时候,卓玛正看着她淋漓痛快的吃相,眼藏疼爱,嘴角带笑。

"姐——"美朵害羞起来。

"没事,你还在长个子嘛。"卓玛笑着给她递上一张餐巾,"快擦擦。"

大昭寺广场之前拥挤的简易棚店已经被搬进了八廓街东北处的新八廓商城,换成了铺着平整石板的广场,像撩开了刘海的女子一般,露出了明朗的额头。平时,本地人朝佛都从大门北侧排队进入,此时长蛇般的队伍一直转过西北角,因为赶中午这会儿时间,卓玛拉着她走向了南侧的游客通道,她从售票处递进身份证,里面值班的僧人探出头看了二人一眼,便把身份证递出来,挥手示意直接进去。

"妥切啦——"二人点头致谢,这是对本地人,也是对民族传统和信仰的尊重。

从游客通道进入侧门,是一个充满生活气息的小方庭,转过左边窗台上摆着小花盆的房舍,就进入了寺前小广场。这里是清代扩建出来的,一根根红色立柱撑起上层廊台,用作法事和集会等仪式。小广场北侧向阳的二楼，黄色围幔裹着小观礼厅。天南地北的游人们三五成群地堆簇在导游的身边，听着讲解。手里提着一个个燃灯酥油暖瓶的本地人，鱼贯而入。本地人和游客一眼就分得清，游客的眼睛里满是好奇，入神地听着导游的讲解微张着惊奇的嘴巴，在听到精彩的讲解或好奇心满足后，会轻轻地点点头。由小广场北侧进入的本地人，则排着有序的队伍，不管队伍再多再挤，也一步步慢慢挪动着双脚，向廊道旁的壁画恭敬合十。

"看，这壁画多么精妙殊胜，但它们都是描绘在泥巴墙之上，人们看到了它们精美的外表，却看不到藏在它们背后的底色。"

卓玛拉着美朵来到南侧的壁画前。这些壁画经过时间的沉积，已经开始蒙上一层尘灰，在四合院般的小广场边，被来来往往的人们遗忘。人们大都是奔着大殿去的，匆匆经过，甚至连瞥都不会瞥上一眼。

"哦——"

美朵也像那些游客一样，频频点着头。

"刚上大学时候，我就像个丑小鸭，那时候已经抽着条儿长现在这么高了，除了个子长得高，人堆里扎眼一点，这也不懂，那也不会，自卑得很。有一次，陕西职业模特协会来我们学校选人，我是个从小在土里摸爬出来的孩子，改变命运只能靠自己，一咬牙便站了出来。"卓玛深情地看了一眼面前的壁画，似是看着知音知己，"就像描绘这幅壁画的画师，他最开始就要在这普通的泥土墙面上刮灰、勾线、浅描、重彩……直到最后点睛的一刻，这幅画才真正活起来。没有人知道画师的样子，也没有人看到其间的辛苦，但他们用自己的方式传承着信仰,也把庄严殊胜和启发留给了人间。"

"姐姐是不是想说,你骨子里还是传统的呀。"

"对呀,正因为这样,我才做了咱们这个学校,想在传达时尚的同时,也宣传民族服饰,我希望能够把美和自信传递给每一个学员。除了这个,对我个人来说,我觉得自己也找到了生命的热爱,像是一座通往自己内心的窗,也打开了一扇通向世界的窗,更重要的是让出身农区的我建立了自信。现在,这份工作不仅成了我的职业,也成了一份可以让我终身追寻的事业。"

"姐姐,你有心了。你给我说这些,是希望我能够正确认识和对待这份工作吧。你比那些导游说得好多了,你这叫场景教育,我可是听进心里头去了。"

"算是吧,美朵妹妹快要工作了,姐姐希望你用耐心成就更好的自己,一笔一画地书写好自己的人生。"卓玛笑了笑,看了看腕上的表,说道,"差不多了,走吧,我们回去。"

"什么,这就回去?我们不往里头转转了?"美朵脸朝向主寺幽深的门洞看了一眼,满怀不解地问道。

"下午还有课呀!你已经领悟到了,今天就不再转了。再说,今天也太仓促了,不够恭敬。等下个月吧,下个月萨嘎达瓦,我们一早再来好好转转。刚好,爸啦也要来呢。"

"嗯。"

拉萨的旅游旺季来了,人一下变得多了起来,天南地北的人一下子涌入了机场、车站、景区、餐厅、街上……

卓玛也迎来了一位特别的客人。

这天,卓玛正在健身。放在跑步机中控台上的电话铃声忽然响起,一看来电显示地是西安,便轻摁耳机,接起了电话。

"喂——"

"卓玛。"

听到耳机里传来的声音,还在跑步的卓玛伸手按下了降速键。

"怎么是你?换电话了。"

"嗯!你还是老习惯,一直用这个号码。"

"是呀,太多的号码,照顾不过来。"

"你在拉萨吗?"

"嗯!"

"我想来一趟。"

"什么?"听到这话,卓玛直接将慢走模式摁停,用挂在脖子上的白色毛巾擦拭了一下额头,还有胸前滴滴的汗珠,走下了跑步机,又确认地问道,"听同学说,你结婚了?"

"没错。不过,这次是因为自己的事。我想先来适应一下,中间去转一下冈仁波齐。"话筒那边沉默了几秒,"我想了很久,一晃两年,既然来了,不知道能不能再见一面。"

卓玛这才咕咚一声,喝了一大口水,淡淡说了一声:"嗯。"

卓玛没心情继续锻炼,而是坐到了临窗的休息台前,大口大口地继续喝着柠檬水,在休息片刻之后,她走进了淋浴室。

来电话的人,是她大学时候的男朋友。毕业后,两人已经两年多没有联系。

她把淋浴开得大大的,水花酣畅淋漓地打在她的头上,在她身上流淌成小河。她闭上眼,仰起了脸,在水花儿下左右轻摇着脸,一幕幕往事涌上心头。

上大学时,刚加入模特队,她还不知道该怎么走。看着别人走得自信洒脱,自己一站上 T 台,就变得手脚失调,特别是一到泳装训练时，总觉得所有的目光都在自己这儿。这时，一个面相阳光的男生走了过来，她下意识地向两边看了一下，自己的身旁和身后并没有其他人。没错，他面带微笑，向她走来。

"新来的？"

"嗯。"她面露羞涩，脸红了起来。

"没关系，刚开始都这样。先别管技术，先走出自信。"说完，他转身从队友手里接过一条纱巾，递给她，"我叫陈亮。来，先系上，跟我走……"

贡嘎机场，远远看到陈亮走出机场，虽然比两年前略微胖了些，卓玛还是一眼便认了出来。

"是不是不做模特了？"卓玛迎头便问。

"哦？有那么明显吗？"

陈亮伸开双臂，低头打量着自己。

"可不嘛。"

没有迎接客人时客套的欢迎词，就在老朋友一般拉家常的工夫，卓玛已经把哈达在他胸前挽了一个结。

"你这从天而降的，吓了我一跳。"回去的路上，卓玛扶着方向盘说。

"嗨，嫌我来晚了？"

"少贫嘴。"卓玛瞪了他一眼，又望向前面的路，"怎么，是什么风把你吹来了？"

"唉——"

一声叹息后，陈亮并没有回应，而是把座椅靠背向后调了一下，抬头望着头顶的天空。

一路无言。快到拉萨时，卓玛伸手拍了一下他。

"到了!"

"哦。"陈亮支起身,看了一眼远处的布达拉宫,并没有显露出太多的惊喜,"晚上找个酒吧。"

"怎么,不怕高反吗?"

"怕?怕就不来了。"

三年前的暑假,陈亮曾来过一次,那时候他大四,卓玛大三。毕业后,两年多没见,看到他有些反常的状况,卓玛也没有再多问什么,而是轻轻地点了点头。

简单吃过晚餐,卓玛陪着他找了一家音乐酒吧。

"怎么,不评价一下?"

"酒吧还不是都差不多。"

卓玛轻轻摇了摇头。面对眼前这个熟悉的陌生人,那个阳光大男孩儿好像已经是老电影里熟悉的片段,曾经那么鲜活,却又恍如隔世。

"你经历了什么?"

两杯一碰,喝过头一口酒后,卓玛便直接问道。她放下酒杯,眼睛毫不避讳,直接盯着陈亮。

陈亮看了她一眼,把空酒杯悬在半空,轻轻转了两下,才把酒杯放下。他深深地吸了一大口气,又呼了出来。

"你还在做模特吗?"他反问道。

"嗯!"卓玛点点头。

"真好。做自己喜欢的事真好。"他在放下空酒杯后,一边说话,一边低头倒着啤酒,又举起杯,"敬你一直走在梦想的路上。"

卓玛随着他举杯,但并没有干杯,只是抿了一口。

"我喜欢我正在做的事,辞职也是为了能继续做自己喜欢做的事。"

卓玛说这话时,她的语气是真诚的。

"唉——毕业后,我只做了半年的模特。做模特多累呀,又挣不到钱,还得看脸色。怪我,跟着别人去做生意,被骗了。"陈亮一口闷了那杯酒,摇了摇头,"这个世界怎么了?不是我不够努力,你知道,我家条件算不上好,我爸拿了半辈子的工资,就被我这一下子给打了水漂。他打我、骂我也好呀,他也不说个啥……"

卓玛一时也不知道该怎么安慰他,只有默默地给他倒酒。她知道,这样去问,会揭开他的伤疤,但就像要在伤口上涂药,必须要先忍痛挤出脓水。

"去吧,去神山走走。每一步都听着自己的心跳,不要问神山答案,就放空自己,感受每一步,不要着急,不要后退……"

"半年了,这半年我都走不出来。前些天,我看到纪录片里在放西藏,想到你,想到你说过的神山圣湖。"

"说是那么说,我都没有去过。"卓玛淡然一笑,"但,每个人的脚下,不都有一座座的山要上,也有一座座的山要下吗?有时候,下山的时候,更加考验人。希望,等你转完山,回来的时候,可以看到原来的样子,是你给过我自信,希望我也能给你,希望西藏的山也能给你力量。"

卓玛轻轻拍了拍他的手。

"转。"陈亮抬起头,两眼茫然地盯着台上的驻唱歌手,轻声问,"需要手杖吗?"

"不需要,你不需要手杖。如果需要,回来的时候,带回自己的精神手杖吧。"

卓玛带着信任的目光,坚定地看着他,就像当年他朝她走来,眼里有一道光。

九点钟,酒吧还冷清,乐队也没有上场,这是独唱的暖场时间。酒吧歌手已经调整好麦克风,随着音乐的前奏把全场气氛引向那一触即发的热烈,他停下了伴着鼓点轻轻点着的头,手里弹着吉他,下巴凑近话筒,音乐像晚风送来的潮水一般,拍打着每一个人心灵的沙滩,"曾梦想仗剑走天涯,看一看世界的繁华,年少的心总有些轻狂,如今你四海为家……"

在拉萨休息了两天后,陈亮便踏上了朝圣的路。

临行前的这天下午,他在八廓街商店买了一顶棕色毡帽,帽檐和帽圈连接的地方,可见深色亮皮线的花纹,帽子上还有一圈辫状的腰线。他把这帽子戴在自己的头上,压着那微卷的长发,正配那棕色皮夹克。他下身穿牛仔裤,脚上是双马丁靴,做足了徒步的准备。

帽子戴在头上时,他先用左手推着那头长发,顺势将帽子从前向后推戴,当他抬起头时,帽子也戴好了。

"好看吗?"

"嗯。"卓玛在旁边点点头,"这个时间刚好,雪已经融化了,雨季还没有到来。你是不是做了功课才来的?"

"没有。"

说着,他付了钱,就把帽子戴在头上。

走了几步,前面就是位于八廓街东南角的玛吉阿米藏餐。

"住进布达拉萨宫,我是雪域最大的王;流浪在拉萨街头,我是世间最美的情郎……"

陈亮仰头,两手摊开,脚下戏剧性地交叉着双腿,口中念念有词地往前走着。

"中毒不浅呐。"

"什么?"

"什么情郎?你们这些游客,对仓央嘉措误解太深。"

"难道不是吗?他和玛吉阿米的爱情故事……"说着,他手指着小楼上那幅含羞的女子画像。

卓玛也抬头看了一眼。

"作为一位历史人物,仓央嘉措的遭遇注定是不凡的,他生活在夹缝里,那是时代和个人命运的夹缝,也是时局和万般无奈的夹缝,但我们不应编织他的生活,那种离谱的形象塑造不好……人家也没净写什么情呀爱呀的情歌,或许是颂扬度母圆满福相的道歌呢。"卓玛看了一眼听得云里雾里的陈亮,也不再说下去,而是轻淡地说,"算了,各花入各眼吧。"

这时,他们已经走到了大昭寺正南方,这里竖着根经幢,正是纷纷扰扰的立位之争平息,为格桑嘉措所立。转过弯,就回到了大昭寺正门前的小广场。

"哦,对了,明天从哪里搭车?"

"从平措康桑酒店帮你找好了车,到时候就从那儿出发吧,路上还能有个伴。"

说完,卓玛将手伸进包里,等抽出胳膊时,伸出了拳头,把拳头反扣。

"什么?"

陈亮看了一眼卓玛。卓玛冲他眨了一下眼睛,又把握着的拳头冲他抬了抬。

陈亮也伸出手,摊开掌心。卓玛把反握的拳头伸过去,松开手。他的手心多了一个银制的十字金刚杵,系在一根编织成圆形的皮绳上。

"真没有想到,再见到你时,还能和你一起走走八廓街,看看拉萨河,晒晒拉萨的太阳……"

两人走在八廓街上,阳光明媚,人流如织。

"我自己也常会来走走,每次走到这里,才感到走回了老拉萨,跟外面不一样。"卓玛扭头看了一眼陈亮,"你心里有不安,我把自己转经的福报都回向给你了。"

"什么?什么回向?"

卓玛淡淡地笑了笑。

"人这一生,有缘能一起走过的路,都很难得。"

"还记得我带你去西安的老城墙上,一走就是半天吗?"

"记得,我们藏族女孩儿,别的说不好,但是懂得感恩呀。"

时光就像流水,过去就不再回来。曾经的美好、分别的不舍、所有的可能,都在当年火车驶出站台的那一刻,留下了该留下的,带走了该带走的。青春的爱情是美好的,那是一段相遇,无关生活负累,即便无疾而终,也是一串省略号,而不是一个句号。

卓玛想起毕业回来的那天,陈亮去送她,她扭着脖子,把脸贴在车窗上,直到他变成小点,消失在世界尽头。原来,离开并不是转瞬即逝,只不过是距离的拉远。这时,他微笑着向她慢慢走近的样子,在记忆中与这分别的场景重叠。

陈亮出发的时候,脖子上戴着那条项链。

五天后,他从阿里昆莎机场离开了,他没有返回拉萨,也没有告诉卓玛他的答案……

萨嘎月

从四月的浅草稀松,到五月的繁花满枝,进入六月的拉萨,已经是绿树成荫,就连鸟雀也不知从哪儿钻了出来,整日在树杈间叽叽喳喳叫个不停。拉萨河的鱼没有鳞,它们长着厚厚的皮,能够抵抗雪山融化的冰水,随着河水越来越暖,也到了繁殖的季节。

万物繁生的季节,也是放生最好的时候。

"我们救了这些鱼,也不能救下所有的鱼呀。这个月,市场的鱼贩生意肯定好多了。"

在人声鼎沸的菜市场外的水产市场边,美朵两手撑着膝盖说道。

"那也不能因为救不下所有的鱼,就一条都不救吧,主要是心意吧。你听说过'劝君不吃三月鲫,万千鱼仔在腹中;劝君不打三春鸟,子在巢中望母归'吗?这时候放生,也不只是为了这些鱼。"

"老一辈不是都说咱们拉萨是'龙和神的寓所,人和鸟的故乡'嘛,世世代代都这样,选择这时候放生,也是一种朴素的自然之道吧。"

"是呀,其实放生也不光是在咱们这儿,更不单纯是佛教的引入,以前听老师说,先秦时期就有正月初一放生的风俗。"卓玛一边用水瓢盛着鱼苗,一边接着问道,"这个月你吃素吗?"

"家里人吃,在家我跟她们吃一样的,做什么,吃什么。"美朵伸手夺过姐姐手里的水瓢,嘿嘿笑着说,"不过嘛,外头有好吃的时候,我就忍不住嘴了。哎呀,罪过罪过,让我也捞一些,将功折罪了。"

"这也算数儿?行行行,算你还在长身子吧。"

二人买好了鱼,装进打了氧气的袋子里,就开车去往南边的拉萨河。或许是为了接爸爸,卓玛刚买了一辆吉普牧马人,坐进车里,扑鼻而来的,还是一股新车座垫那浓重的皮革味儿。

"我还以为姐会选霸道的红色呢。怎么选土黄色呀?"

握着方向盘的卓玛并不看她,而是盯着前方的路,问道:"为什么是红色?"

"红色,玫瑰红,不是很炫的嘛,浪漫、奔放、盛放嘛。多符合你的气质呀,帅。"

"哦,忘了大昭寺里咱们咋说的了?"

"嗯——"美朵歪着可爱的脑袋,望着戴着咖色太阳镜、专注开着车的卓玛姐,忽然恍然大悟地挺了挺身子,转过身来说道,"泥土,泥土,不光是玫瑰,再美的花儿,也是从泥土里生长出来的。这么说来,这颜色有内涵,好看,也耐看,也像姐姐。哎呀,这下我说对没有嘛。"

"差不多吧,小机灵鬼。不过,咱们这边的路上灰大,特别是一到秋冬天,这个颜色比较好打理嘛。"

车子平稳地驶过开阔的布达拉宫广场,右转向仙足岛拉萨河边的方向驶去。

又过了两天,卓玛开车回老家接爸爸去了。也许是为了体验一把越野的感觉,好好检验一下这大越野的劲道,她没有选择走318国道,而是选择了需要爬坡上坎的羊湖方向。从这里走,在绕过不知道几十道弯后,过了美丽的羊卓雍错湖畔,穿过湖畔的山南浪卡子县,绕过卡若拉冰川,就到了江孜县。

"哎,羊湖像是天湖一样,生得这么高。难怪姐姐上次说咱们西藏的湖,都是度母的泪滴呢。你说,这又是哪一尊度母呢?"

在长蛇一般的盘山公路上,美朵又开始了她的好奇追问。为了能跟着卓玛回趟老家,她边缠着姐姐,还要缠着妈妈,好生磨了几天。

"你呀,记性倒是好。不过,也不用着急分得这么清吧。这就容易着相了。"卓玛一边优雅地挥动着她的长胳膊,反复轮转着方向盘,解释道,"度母以母亲般的悲心救度众生。我们藏传佛教里的度母有二十一尊,每尊实际上都出于一体,仅有名号及身相区别而已,都是由俱生本智化现出的不可思议无数妙相而作利益众生之事。"

"嗯,这个我知道,她们都是观世音菩萨眼泪所化生,绿度母是众度母之首,爷爷给我说过。"

"哦,答对了,满分。"

说着说着，车头仰倾，美朵顺势让后背贴在副驾驶的座椅靠背上，视线里满是堆涌在蓝天上的朵朵白云，仿佛这车正在往天上开去。

海拔渐渐升到四千四百多米，发动机也像缺氧般有气无力，猛踩油门也没有用，像是一脚踩进了细软绵柔的流沙，卓玛的右脚根据坡度，稳着劲儿平衡着力道。右舷窗外对面的高山，几乎可以平望到山顶，伏在谷底的拉萨河，就像扎木念六弦琴，已经显得细长的几股河水，像绷在琴颈上细细的筋弦。为了看清前面悬在崖壁上的路沿，卓玛的前胸几乎都贴在了方向盘上，她伸长了脖子，小心翼翼地驾驶着，嘴巴都不自觉地略微张着。

爬过最后一道坡，车子冲上了山顶，头一回开山路的她，长长地舒了口气，向后靠了靠身子，放松了绷紧的肩膀。

一片碧绿澄明的湖水扑面而来，仿佛天宫遗落人间的一面玉镜。山顶转弯处的公路边，停放着一排车辆，车上的人纷纷兴奋地冲到路边，脸上带着得偿所愿一般的欢喜，他们蹦跳、赞叹、拍照……全然忘记了高原反应。还有的不停地挥着双手，像是招呼着久违的朋友。

沿着湖畔的草地，最先得到羊卓度母慈悲的眷顾，生得像厚厚的绿毯一般的草地，牦牛悠闲地伫立其间，它们根本就不用挪步，转转头就可以吃得饱饱的，阳光打在它们油亮的背脊，泛着油画一般的轮廓高光。

由于她们是从北边拉萨的方向过来，先是到了羊湖北岸的山顶上，自然有种近大远小的视觉差，对岸的山线显得柔和了许多，山坡自上而下呈现出土黄、黄褐和绿的颜色，山脚临近湖面的平缓处，一块块金黄色的油菜花田和绿油油的青稞田，像是贴在黄色牛皮信封上一枚枚五彩的邮票。依稀可见零星的藏式房屋，像是蘸了铅白色油画颜料，被刷子轻轻地点印在其间。

除此之外，便是满目的蓝天，还有一湖的澄绿，这个六百多平方公里的湖面，是杭州西湖的七十倍。相传，它原来是九个小湖，空行母担心湖中的许多生灵会干死，便把黄金抛向天空祈愿，让几个小湖连成一体。那些湖畔和小岛上时起时落的黄鸭、灰鸭、红嘴鸥，应该都记得空行母的祈愿吧。南北两侧头戴银盔的山峰，灰色战裙在绵长的湖岸摆动，裙边镶着绿色边纹，形成了蜿蜒的岔口，使长长的湖面像翠绿的珊瑚枝。巨大的云朵映射在湖面和岸堤边，也在远山的山顶投出大块的阴影。呈东西狭长的湖面已经是一眼望不到边了，但是在无穷无尽的虚空里，这些巨大的景物依然像是缥缈的幻境一般，不断被飞驰的车子甩向身后。

"天上的仙境，人间的羊卓；天上的繁星，湖畔的羊群。"美朵拖着长长的尾韵，轻声念着。然后，她想起要去见卓玛的父亲，便又扯出话题问道，"叔叔平时不来跟你一起吗？"

这样的路途中，有美朵在身边，都不用开车载音响，她的情绪永远都是真挚而又饱满的。不过，除了妈妈，就是卓玛，她也不是对每个人都这么亲密无间地撒欢，就是在爷爷跟前，也总是会顺着他，爷爷说什么就是什么。要是在严肃的教导主任爸爸面前，那就更是恭恭敬敬的了。

"阿爸啦喜欢待在老家，那会让他安心吧。前几年在外地上学，也照顾不了他，后来让他来吧，他又不愿意。虽然我们觉得拉萨各方面都好，可他还是觉得江孜好，可能是习惯了吧。我们现在能插上翅膀，天南地北地飞，看惯了花花世界。他们就在那里,生来就过着跟上一代一样的生活,好像是从一个模子里头抠出来的,非要适应一种新的生活,也确实会觉得有点为难。"

"哦。"

"他就像头倔强的牦牛,不想做的事,拉都拉不动。不过,这次到拉萨是他自己要来的,说了小半年了。就是去拉萨,也是进到大昭寺,在觉沃佛前拜一拜,他的心愿就是这么简单。不像我们,说去就去,转转八廓街,像游客一样,他要去一次,攒在心里很久,是满怀虔诚的。"

说到这儿,卓玛扭头看了一眼听得全神贯注的美朵,微笑从嘴角舒展开来。

"是呀,每个人对幸福的理解不一样。现在世界变化太快,叔叔觉得在传统里安心,姐姐肯定想追上时代的脚步,好在姐姐还能心怀传统,这一点特别棒。像我爷爷吧,就跟叔叔一样,他生活在市区,可脚步基本走在转经路上,还有甜茶馆里。就算是甜茶馆,也就认那两家。给他说哪家新的茶馆茶好饭好,他也从来不去。"美朵边说着,边又忽然转过头问道,"那你做这个事业,这么时尚,他能懂吗?"

这就是美朵,脑子里像住着一头小鹿,她安静的时候,静若处子,转眼之间,又蹦跳了出去。她这个问题,像一铲子挖进了卓玛的心里头。

"哎——"卓玛轻叹一口气,"就是不理解嘛。不要说我现在做的事了,好不容易出去读个大学,终于在拉萨有了一个固定的工作,让他在村里骄傲了好一阵儿。中途我就不干了,不给他说,怕他生气,给他说了,又不同意,理都没法讲。"

"那后来怎么就同意了呢,依姐姐的性格,也不会顶着叔叔的脾气吧。"

"嗯,越来越懂姐姐了。姐姐也有个姐姐呀,后来是我姐替我说服了他。其实,姐姐才是最早反对的,以前上学的时候,给她看演出照片,有一些稍微露肤的,就会一直说我,还各种的担心,怕我在外头学坏了……"

温暖的阳光打在卓玛的脸上,完美地勾勒出她小巧匀称的侧脸轮廓,就像印刻在银币上美丽女士的浅浮雕,略微翘起的鼻尖和下巴,随着车辆颠簸微微点动。

快到中午,车里越来越暖和,卓玛脱掉身上的浅蓝色短款牛仔褂子,里面套了一件纯白的圆领 T 恤,除了正式演出的时候,她都愿意穿得舒适些。干练的短发和领口之间,是长颈斜向肩部的线条,就连隐约可见的后肩,也与细长的脖子一起,连成一个平整光洁的倒转 T 字。短发别在耳上,那一缕云鬓下,精灵般轻薄粉白的耳垂上,戴着一副彩金的圆形耳环,像枚藏鸡蛋般大小,闪耀着太阳的金光。加上太阳镜腿折叠处那一块金片,不时把晃动着的金光反射在顶棚。

美朵的耳垂不像卓玛那样从腮边斜上,而是略微显得方方肉肉一些,似乎更搭她那蓬松微卷的头发。她戴着妈妈给的圆形珊瑚耳坠,指甲盖般覆碗状的耳钉中间,有一朵像花瓣形状的金花,说是一朵小金花吧,又像是珊瑚的花心,刚好从后面延伸出穿过耳洞的小钉。这时,她正敬佩地转头望着这个有主见又勇敢的姐姐,心里头默默攒着劲儿。她跟卓玛一样,牛仔裤配 T 恤,只不过,她的 T 恤是麻灰色,她觉得穿白色的会衬得自己肤色黑,不知道从什么时候开始,什么都要跟卓玛比一下。

这时,车子早已穿过羊湖西边的浪卡子县城,进入了峡谷,视线被高山收紧,像掉进了漏斗一般。两山夹道,一路中开,青灰色的云遮蔽了山谷间的天空,就连车子嗡嗡的回声也大了起来。随着轻微的摇晃,像个小记者一般,说了一路话的美朵也靠在椅背上,慢慢合上她那两排微翘的长睫毛,晃着脑袋,沉沉睡去。

等美朵在一处转弯被摇醒的时候,车子已经转过了泛着蓝晶色的卡若拉冰川,那是从乃钦康桑峰南坡的山顶一直堆落至路边的巨大冰川体,一年四季都冷峻地凝望着来来往往的人们,仿佛是几万年前哪一场山神对决中,被霎时冻住的雪崩瞬间,覆盖着不为人知的秘密。

车子驶入江孜县周边大片开阔的平地,在长风经久的打磨下,沙土地呈现出灰白色,延续到辽远的山脚。这些厚厚的沙土地下面,或许也掩埋着远古的湖泊、河道,或是村庄、寺庙。

车子平稳地行进在绿油油的青稞田间。跟小时候相比,柏油路已经通乡进村,再不用人背马驮的了。

从江孜出发半个多小时后,车子进入一片小村庄,在一处古朴的藏式院落门口稳稳停下。

"阿爸啦……"

像每一个孩子,到家第一句话,都是呼唤生养大的父母一样,连车子都来不及锁,卓玛就推开了家门。

这是后藏地方传统的民房,泥土砌的厚实围墙只有一人多高,抹泥的时候,用手指划出竖纹,再在其间用四指拉出竹节一样的拱纹,围墙和屋面淋涂着一层白色的灰浆,隐约透着墙体的土黄色,就像是卓玛车子的颜色。门上凸出一个垛形,摆着一个牦牛头骨。已经显得斑驳的木门两边的白墙上,左右两边各用火红的涂料画着一对蝎子。

院子里的土地不知道是被夯过，还是因为经久的踩踏，踩上去平整结实。院角的地方搭起了一个小棚子，里面堆放着一垛子干草料，旁边还有一群小羊羔，在那里"咩咩咩——"地叫着。它们的妈妈，躺在地上悠闲地晒着太阳，看到有人进来，也只是抬了一下脑袋，便又躺倒在地上。

对门有座两层四方的白色小楼，正对着中午的太阳，里里外外照得明亮。卓玛的父亲正坐在正屋的东头，这里摆着一架两米多高的卡垫编织机，这织机由两侧"人"字形的木架支起，木架子中间密密麻麻的经线上，是已经织了一半的卡垫。他正在用鸭嘴形的木拍，从左至右打紧着刚扣上的纬线。可能是他正沉浸在这有节奏的拍打声中，卓玛的叫声也太温柔，直到卓玛走进了正屋，又轻喊了一声，他才反应过来。

"哦，到了。"

正盘腿坐在一方小垫子上的爸啦并没有着急起身，头也不转地往回又继续打着几排盘扣。阳光打在他的背上，常年弯腰编卡垫的原因，让他的背脊已微微弓起，一头灰白相间的头发，辫着红绳，盘在头顶。深褐色短款藏装右边的盘扣敞着，那是一颗空心小铜扣，衣襟和方形的衣领处，缝饰着金丝线的边条。

直到他看到又有个人影进屋，转头看到美朵，才放下那锤板，两手往胸前噗噗地拍拍，扶着地上的小卡垫起身。他脚上也穿着藏式的牧靴，那是厚底包着棉线边，用揉软了的牛皮手工缝起的高腰靴子，硬实的鞋底不怕草秆扎脚，半长的软筒也可以套得更紧实，靴筒和面上缝着几条红色花边。

"哦呀，还有客人来呀。"

"嗯，是呀，这是我的好妹妹，美朵。"

卓玛说着，便把手伸进站在一旁的美朵胳膊肘里，站了过去。

"阿古啦[1]。"

爸啦笑了，本就消瘦的脸上，颧骨更加明显了。

"哦呀呀——普姆宁杰啦[2]，你俩个子都高，像姐妹。"他说道。

"嗯，她一米七二，我一米七四。"卓玛说。

"卓玛，你咋没说妹妹要来，姐姐早上打的茶还有，还好我刚才喝了酒。不然，茶都不够了。"

只见卡垫织机的座位边，有一个油光发亮的小矮桌，上面放着一个小玻璃杯，还有一个塑料可乐瓶子，里面乳黄色的液体已经快见底了。

"上午就喝完一瓶了呀？！"卓玛一边去取茶碗，一边念叨着。

"嗯。"

她记得小时候，家里自己还做青稞酒，后来阿爸老坐着编织卡垫，就去村里的小酒坊打酒喝，卓玛喝空了的大可乐瓶子就成了阿爸的酒瓶子。自从卓玛的妈妈因生她之时难产去世，他就跟村里的人学上了编织卡垫，经常一个人一坐就是一天，卓玛的姐姐要帮着去放羊，身边也没个人添茶倒水的，青稞酒就成了他手边的常伴儿。毕竟，这东西不像酥酒茶一放就凉，它不但解渴，下肚还暖。

喝了两口茶，美朵便三两步走到织机边，像弹琵琶一样

---

[1] "阿古"：藏语，意为"叔叔"。
[2] "宁杰啦"：藏语，漂亮、可爱、怜爱之意。

轻轻拨了一下阳光刚好晒上的经线，然后俯下身子，轻轻捏了一下织好的毯边，那软硬适中的毛质感，纺织细密，很有弹性。从已经织成的半张毯来看，这是无边框的虎纹毯，应该是新式的图样。

"小心呀，把这线扒断了，看爸打不打你。"卓玛起身，边走边说。当她也走到织机旁时，抚摸着这已经有着包浆般年代感的织机，给美朵娓娓道来，"你看，挂好这些不打结的整根线是织毯的第一步，根据要织卡垫的大小，均匀地挂上一百或一百二十道。把这些经线绷紧之后，接下来，就开始织纬线了，这才是江孜的独门绝技。织毯是指间的舞蹈，把一根铁杆放在经线上，不断绕着铁杆结扣，毯的密度由铁杆的粗细决定，这是藏毯独树一帜的'穿杆结扣法'，也叫'8字扣'。这样织出的藏毯，牵系牢固，毯绒较长，更加柔软而富有弹性，也不会掉绒，是一般机器编织无法企及的。"

说完，卓玛抓起美朵的手腕，让她去摸背面均匀凸起的小疙瘩，那些都是结扣的地方。

"哦，原来是这样做出来的呀，根子扎得这么紧实，末端又相互贴撑着，所以这么细密还不掉绒，怪不得江孜藏毯这么有名。"

"这才只是编织环节呢，织好了还得用大长剪刀修茸，然后剪花，就是沿着这些褐色的虎斑边上剔剪出宽窄一致的凹纹，让图案在细密的绒面上更加有立体感。然后，卡垫两头织上五彩的山和云纹，烘托一下山中之王的意境，再把经线在两端留出一小截，自自然然地垂着，特别好看，就跟服装设计一样，既有实用的一面，也有设计的成分。这些工序爸爸自己都能完成。"卓玛继续讲解道。

"哇，真厉害。"美朵拿起旁边架子上的大剪刀，提在手里说，"可真重，怎么不用小点的剪子呀？"

"刚拿是有点重。不过，太轻巧的反倒不好驾驭，会剪的到处都是坑了。"看着美朵领悟地点点头，卓玛接着说，"不过呀，以前普通人家是不能用这样的卡垫的，只能给寺庙、佛爷，或者是贵族人家。一般人家只能织些花形草茎的图样，边上也多是一圈几何形的线纹。"

"姐姐懂得真多。"美朵竖起两个大拇指。

"这些都是从小看着阿爸啦做的嘛，你们在市里头，直接市场上买，自然看不到这做活儿的过程。"

不难想象，织就这样一块卡垫，需要累月的时间。卡垫，又被称为小地毯，就是藏式风格的坐垫，大小刚好能放在藏式床上，这是藏族人家常用的东西，也是新婚必备的新物件，就像汉地人家备新被褥。这样的技法，除了能编织座毯，也能编织挂毯、地毯、靠垫、马鞍垫等。

就在卓玛为美朵讲解的时候，阿爸啦坐在阳光下，吸着鼻烟。这是一种白鼻烟，只见他把左手食指勾卷起，大拇指刚好顶在指窝处，从怀包里掏出鼻烟瓶，轻轻往大拇指指甲磕两下，细白的鼻烟粉便倒在了指甲盖上。

这种鼻烟的制作方法十分复杂。产自喜马拉雅山麓的上好烟叶，精选出油化和香味好的，晒干和入药材，研磨成细粉，装入罐中陈化一年以上，高级的还要加入薄荷、麝香、龙涎香等名贵香料。吸食这种烟粉，往往需要指尖轻沾一些，直接吸入鼻孔，可阿爸啦嫌那样不过瘾，总是右手食指和大拇指一撮一撮地捏着往鼻孔送。随着头微微一仰，轻轻一哈气，一小股白烟就会被哈出来，在阳光射入厅内的光柱中看得更加细微。

阿爸啦的鼻烟壶也很特别，不像那种常见精致的内画琉璃瓶，而是牦牛那牛角尖的一截，锯开的底孔用一块铜片包边做底，再切掉牛角尖，当出烟的壶口。那本来呈角质的物料，在他经年累月的盘磨下，呈现出玻璃脆般的光洁莹亮。就连那块包在下面的铜皮，看上去也像一面小铜镜，跟这牛角像天生长在一起般的自然协调。

阿爸啦吸鼻烟的瘾还挺大，从这牛角壶的个头儿也看得出来。鼻烟虽然制作复杂，但外出携带方便，吸服不需要明火，所以这种鼻烟流行于草原民族，在蒙元和清朝时期，皇帝往往连烟带壶地赏赐大臣。现在各类卷烟的种类越来越多，可抽这鼻烟的人并不多，需要从江孜往南的亚东口岸进口商店才能买得到。卓玛小时候遇到个感冒鼻塞，阿爸啦便会掏出来，用小拇指少蘸一点儿，放在她擤红的鼻子下，她便会张大了嘴巴，痛快地打上几个喷嚏，瞬间感觉鼻通脑醒的。她至今还记得那股子奇怪的酸胡味儿。

美朵坐回到一旁，看着阿爸啦像变戏法儿一样地吸着鼻烟，那捏着鼻烟的手指细长而又粗糙，食指的外侧看得到明显的硬茧，带着浅浅的黄色，像包了一层黄蜡一般。真不敢相信，就是这双手，这么灵巧，能编织出这么好看的东西，她在心里这么思忖着。

直到左手指窝的鼻烟没法再被捏起，爸啦低下头，把高高的鼻子凑近鼻烟窝，眼睛一闭，轻摇一下头，便把余留在缝里的鼻烟粉吸溜得精光。再从怀里拿出一块棉布方巾，往鼻子下一抹，残留在鼻翼处的灰白色烟粉瞬间被擦干净了。

美朵还是头一回看到有人吸鼻烟，直勾勾地盯着他看。他憨厚地冲美朵笑了一下，端起面前的酥油茶，深深地喝了一口，伸出右手，摊开掌心，示意她也喝茶。

美朵却往左边一挪，一把拉住了他伸出的右掌，让爸啦略微有些惊慌。她两只手攥住这只编织的巧手，看着上面深深的掌纹，不住地念道："哇，阿古啦，这双手好厉害，好厉害呀！"

这时，卓玛的姐姐旺姆和姐夫巴桑也赶了回来。

"卓玛。"

"唉，姐姐。"听到外面的动静，卓玛转头看到姐姐走来，便跑出去抱住了姐姐。

从妈妈去世后，姐姐辍学后，便承担起几乎所有的家务，卓玛有多么努力，姐姐也有多辛苦。幸运的是，卓玛可以为自己的梦想打拼，姐姐努力的是让一家人安稳，并不敢有过分的奢望。卓玛时刻不敢忘记，她的幸运是怎么换来的，便更加珍惜生活的恩赐。

"卓玛。"

又一声朴实的问唤。

"姐夫，你又胖了。"

只见姐夫轻抬了下手里拎着的两条羊腿，憨厚地笑了一下，说："生活越来越好嘛。"说是这么说，这羊腿可是孝敬爸啦的。只见他问候完卓玛后，便迈着结实的双腿，跨进屋里，把那羊腿往桌上的木盘上一放，"爸啦，风干好的，去拉萨可以带上一条。"

"好。"

姐夫坐下来，拿起桌上自己的木碗，给阿爸啦续上热茶后，也给自己倒了一碗酥油茶。

"巴桑，最近生意还好吧。"爸啦和他拉着家常。

"挺好的，现在政府扶持我们这些农民施工队，建设项目比较多，也越来越重视传统技法，特别是文物保护修复工程，还得靠我们这些传统的工作，水泥抹出来的不好看。慢慢做出了口碑，现在除了江孜，别的县有活干，也有主动找过来的。"

"那就好，你们这个活儿也辛苦，不像那些水泥活，可以用机器，我看那些有的机器特别地大，一台机器能顶十几个人干的活儿。你们这个木工、雕工、画工，全靠人一点一点地做，跟我们编织这个卡垫一样，该有的线一根都不能少。这样算下来，用人多，工时长，工资也得发不少呢。"

"是呀，好在这些年，我自己带了一批熟悉的人，县里有时候也办些培训班，上头对传统文化的保护和实用人才的重视也越来越下功夫了。"说到这儿，巴桑掏出一支烟，轻轻夹在指尖，并不急着点上。稍停片刻，又若有所思地说，"比较担心的问题是，有很多手艺上的活儿，也不能停下来。工人不能停，停下来容易手生，也容易变懒，一些年轻人没事干就容易学坏，像匹野马一样，一旦跑了，就不好往回拉。所以，逼得我也不能停，我得不停地去联系业务，给他们找活儿干，把他们组织起来，用好。"

"好刀子放久了不用，也容易锈呀！"

阿爸啦点着头，慢悠悠地说着，右手又伸进了衣襟里，摸出了那油光锃亮的牛角鼻烟壶。

巴桑是江孜县郊人，中等个头儿，原是个画工，小时候被家里送到唐卡师傅那里学画唐卡，一幅小唐卡也要画几个月,他压根儿坐不住。他看上去憨憨厚厚,可脑子却很活泛,对市场反应灵敏,一天到晚地想着做生意。久而久之,师傅见他抓耳挠腮的跟孙猴子一样,一坐在画布前就像被压在五行山下百般痛苦,便放他自谋生路去了。说来也怪,这一放出去,他倒找到了取经的路,这么些年干下来,在当地还小有名气。

最初,他也只是跟着一些本地修房子的工头描楣画梁。藏式建筑讲究彩绘,不论是大户人家,还是普通家庭,修房子有个攀比心态,一家修得要比一家好。而要论好,不光看房子大小,还要看彩绘高下。江孜齐吾岗画派是有名的唐卡画派,以色彩浓重、铁线描边、高光挑亮等艺术手法见长,是西藏艺术风格在吸纳南亚、克什米尔和汉地艺术风格的基础上,形成本地民族画法的重要一支。有一定唐卡功底的巴桑,用画唐卡的技法去画墙画,自然是画得又好又快,总能第一个结到工资,这可比画唐卡见效快多了。

"你有这本事,就算是画唐卡,多下点工夫,早晚也能画成个好画师。"

刚认识的时候,旺姆不解地问他。

他憨憨地一笑,不紧不慢地说道:"这个我知道,我喜欢画画。不然,家里也不会把我从小送去学画了。我是家里的老大,爸妈都七十岁了,下头还有两个弟弟和三个妹妹,他们上学、看病、吃饭都要我供,我哪儿有心思坐在那里熬成大师呀。你看,就这时候,头发都白了。"

说完,便低下头,扒拉着头发,让旺姆看他那少年白的头发。

"人家电视剧里有'三毛',你这是'二毛'。"

"什么二毛？"

"白毛和黑毛。"

"那不是跟熊猫一样了。"

巴桑说完，便哈哈笑了。他笑的时候，眼睛就变成了两条尾巴朝外的小鱼，旺姆便心疼地伸出大拇指在上面轻轻抹一下。

虽然旺姆自己也很辛苦，都是家里的老大，可比起弟弟妹妹一堆的巴桑，她的压力要稍微小一些。她在县城经营了一家卡垫店，虽然大家售卖的东西都差不多，但旺姆待人总是那么热情朴实，生意自然也是过得去的。要是赶上大单子，能让她高兴好几天。

头一回跟巴桑见面，就是因为巴桑接到个活儿，需要配置些藏式家具和卡垫，这天傍晚询价到旺姆店里时，被她的热情和做生意的方式所打动。

"这都是正宗江孜手工卡垫。"

才十八岁的旺姆，默默地跟着这个一进店来、一句话不说、先挨个儿把样品正反两面摸上一遍，还细致地一一翻看着标价的年轻人，简简单单地说道。

旺姆细细打量了一下这位普通的顾客，只见他身材瘦瘦的，套一身松垮垮的灰色西装，脚上明明穿着双系带皮鞋，但两个鞋帮子上粘的都是泥巴，已经磨糙的鞋面上也都是灰尘。那一头微卷的头发像圣斗士漫画一样自在地飞扬着，看起来也是灰扑扑的，鬓角长得都过了耳垂。只有那双眼睛，明明亮亮的，像蒙了一层灰的老壁画上，在眼睛处被抹了一把。她暗自猜测着他的身份，说像民工吧，西装革履的；说像老板吧，又灰头土脸。

这时，客人也在打量着她。只见她头发油亮，梳成两条大辫子，背在后背上，可能是因为发量太大，洗过头之后看起来更加蓬松浓密，她便顺手在掌心搓了点酥油，把头发在头顶捋得服服帖帖，当他们讲话离得近时，还能闻到一股淡淡的酥油味儿。干起活儿来，这两根大粗辫子实在是碍事，她还不到妇女们盘头的年纪，干脆在两根辫子末尾用一根橡皮筋给扎在一起。虽然一身黑色氆氇让她显得成熟，但那看起来细嫩的皮肤和扑闪着的一双大眼睛，仍然盖不住那纯朴的稚气。在她捏着卡垫介绍产品时，从厚重藏装下那淡紫色涤纶衬衣袖口伸出的手，却和脸上的皮肤不大相衬，明显要粗糙厚实很多，一看就是双干活的手。

"这条街都转遍了，你家的东西跟别人家也差不多呀。"客人问道。然后，又略带迟疑地接着问了一句，"哦，你是这家店的老板吗？"

"是呀。不过，就是一家小店子，算不上什么老板。不知道你是哪里人，你在江孜买江孜卡垫，那肯定是差不多，都是江孜的东西，我也不能说我家的好，别人家的就不好，那等于就是说我们江孜卡垫不好。"旺姆说道。

一听这话，客人顿时觉得她这种谈生意的方式还挺新鲜。在别人家谈生意时，脚还没有踏出门，有的便说，别往下走了，我家的最好；或者是，要的多，给你少点；还有的，一看要的多，便问是不是公家要的，可以商量些回扣出来。到了这个小店子，听这个不知道是店主还是店员的小姑娘几句话，人虽说还年轻，但话说得在理。

他又定睛打量了一下这个做起生意有些特别的小姑娘，也直接问道："不管别人家的，你说说你家的有什么好？"

旺姆倒也干脆，请他坐下，倒了杯甜茶后，接着不紧不慢地道来："你先坐上去感受一下，质量我就不多说了。既然你也看了这么多家店，应该对我们江孜卡垫也有一些了解，我这儿的质量给你保证。除了这点，你在这条街上买卡垫，虽然买的是同样的东西，我能给你的是不一样的服务，在我家买的卡垫，只要是你有需要的话，我给你免费洗上两年。这东西纯羊毛的，一沾水可重了，你自己洗着多麻烦，要是弄些脏东西上去的话，我有专业的洗涤剂，给你恢复好，还不伤羊毛。"

"哦……"客人细细品酌着香浓的甜茶，只是应了一声，却转开了话题，"这甜茶是你打的呀？"

要论做生意，这客人其实也是一把好手，他喜欢动脑子，想新颖的办法。刚才，听旺姆这一番推介，他心里已经有了定见。

"是呀，自己家里养的牛，新鲜牛奶打茶，不是奶粉兑的，喝了不上火，你多喝点吧，逛街也挺累的。"

说罢，旺姆从柜台上端起暖水壶，弯腰给巴桑续上了满满一杯热乎乎的甜茶。客人瞅见她的腰间并没有系上邦典，说明还是个未婚的姑娘。

喝完这杯茶，他便把斜挎在身后的包转到胸前，从里头取出一沓钱，伸出舌头蘸了点口水，当着旺姆的面嗒嗒数着，等刚好数到一万块时，停住了麻溜搓钱的指尖，把这数好的钱递到她手里。边低着头往包里放回剩下的钱，边轻声说道："这是订金，我要十二套，三个月内要货。一定是三个月，不要耽误了我的工期呀。"

还没反应过来的旺姆接过钱，心里想着，耳朵没听错吧，一下订十二套，这可是笔五六万块钱的单子呀。于是，高兴得连连说道："谢谢老板，不会的，不会耽误的。"

当客人带着满意的神情走出店门的时候，太阳已经西斜，把高高的宗山和山顶的宗堡照得黄灿灿，抗英纪念碑的身影长长地投射在僻静的小广场。太阳从宽敞的门口直接照进小店，照在墙上挂着的卡垫上，那些被染成彩色的羊毛，每一根都发着轻柔的光。

客人叫巴桑。

从那时候开始，巴桑便成了旺姆名副其实的"大客户"，他不但有货就从旺姆那里订，四邻八乡的人和那些合作伙伴，只要是有人需要卡垫，他就往旺姆那边介绍。

这时候，姐姐和卓玛正在厨房里忙活。因为阿爸啦要去拉萨，家里的菜也不能剩，旺姆翻着厨房里的存货，炒了份土豆丝、小白菜和青椒牛肉丝，主食就是一大碗糌粑，旺姆简单抓揉一下，放在桌子上，谁吃谁端起碗，自己抓捏成团，一口菜一口酥油茶地吃，然后又把糌粑碗放在桌子上，等下一个人去抓。

大家吃过午饭，就锁好门，旺姆夫妇去了县城，三人则往拉萨返回。回去的路，她们换到了途经日喀则市，再沿着雅鲁藏布江往东的318国道，这条路要平坦安稳得多。

6月的拉萨，雨水渐渐多了起来。雨和云都是水做的，就像萦绕在人间难以弃置的悲辛，有人像雨水一般，让它飘摇洒落；有人却像云一样，让它深怀于心。阿爸啦就是后一种，他沉默的外表下，藏着深深的忧伤。二十五年前那个六月的深夜，也是一个细雨霏霏的日子。那本该是一个喜庆的日子，等候在县医院产房外的阿爸啦，等来了自己的二女儿，却失去了孩子的妈妈。

生活就像一条长长的走廊，一头通往幸福，一头连着悲伤。

卓玛第一声哭喊过后，她和里面忙活得满头汗珠子的医生，悬着的心都放了下来，但没一个人高兴得起来。医护人员沉默地低着头，有的偷偷转过头去抹眼泪，阿爸啦抱着襁褓里的小卓玛，脸部的肌肉忍不住地颤抖着，像是一块包裹着雷电的乌云，想要把悲伤的大雨痛痛快快地洒落，却又只是翻滚着电光石火般的霹雳，只能任其撕扯着自己的内心。

有一个好心的护士在辛苦了半夜后，没有忙着出去，而是一直默默地帮着他给婴儿裹上襁褓，帮她找新生的妈妈，给孩子喂第一口奶。

看着孩子被护士抱出去的那一刻，这个一米七几的大个子，终于摇晃了一下两根大长腿，但那腿像是不听使唤一般，终究也是没能挪动半步，只能扶着这迎来也送走生命的小小产床，蹲在地上，双手掩面，痛哭失声。一颗颗豆大的泪珠从他的指尖滚落，在掌心化成一片滂沱。这难言的大悲、大喜和大爱，终于像最后那声炸雷一般，从浓密的云层中劈开一条缝，一起洒落了下来。

从那以后，他几个月的时间里，都把自己泡在青稞酒里，远远就能闻到那一身的酸臭味儿。亲朋好友们来帮忙办完葬礼后就散了，各家有各家的事，也不能常陪着他。直到村长来找他，谈了大半夜的话，让他去跟村里的藏毯匠人学藏毯编织，他才一坐就是一天，不停地转动着手指。仿佛那样，才能让他那像河水般翻腾的内心找到平静的河床。

出生那晚发生的事，卓玛在长大之后，才慢慢多少知道一些。她从爸啦平静的表情上，已经读不懂什么是悲伤，但是她的名字却是阿爸啦做主取的，她并没有像村里其他的孩子，出生后要抱到寺庙的佛爷面前求取名字，她的名字就是她妈妈的名字：卓玛，意为"度母"。

阿爸啦说，她就是母亲的再生，是母亲在生死轮回中的奇迹和生命延续。因为，直到她发出第一声响亮的哭声之前，阿爸啦以为他将在卓玛母亲声嘶力竭的痛苦声中失去所有。

二十五年后的六月，藏历萨嘎达瓦，正是卓玛的生日当月，也是她的母难日，这个月也是佛陀出世、悟道和涅槃的月份，信仰之人会以整月吃素来作纪念。

藏历十五，卓玛陪着阿爸啦走在八廓街上，他们要去朝拜觉沃佛，也就是释迦牟尼佛十二岁的等身像，这是和文成公主一同从大唐长安来到这里安身的佛像。无数虔诚的人们从四面八方汇聚于此，哪怕是磕着长头来，不幸死在了路上，同伴也会取下一颗牙齿，带到大昭寺，钉在寺柱上，代表着已完成大愿，身心皆已拜临于此。

寺前的两个煨桑炉，早早升起了桑烟，直通高邈的天际。寺门上的双鹿跪法轮，象征着佛陀在鹿野苑初转法轮时，连苑中的野鹿在听闻佛法后，也跪伏于当下。三百六十度绕着大昭寺的环形道上，人们顺时针一圈圈绕转着，他们衣着拉萨本地、那曲牧区、安多地区等不同地方的服装，阳光洒在他们写满虔诚的脸上，等着进入大昭寺的人们，队伍已经排到了寺北的转经道上。

这座建成于藏王松赞干布时期的寺庙，距今已有1300余年的历史，寺庙最初称为"惹萨"，后来惹萨又成为这座城的名字，并演化为今天的"拉萨"。这座规模看起来并不很大的寺庙，不仅是西藏现存吐蕃时期最辉煌的建筑，也是西藏最早的土木结构建筑，开创了藏式平川式建筑规式的先例。环大昭寺中心释迦牟尼佛殿的一圈称为"囊廓"，环大昭寺外墙一圈称为"八廓"，寺外辐射出的这条环街就是有名的"八廓街"。美朵爷爷常转的，以大昭寺为中心，将布达拉宫、药王山、小昭寺都包括进来的一大圈称之为"林廓"。这由内而外的三个环形，不仅是人们转经的路线，也是拉萨古往今来的精神之核。寺内万盏酥油灯青灯常明，寺前的门槛被亿万人踏破，门框被触摸得显现多处凹痕，寺前青石板上磕长头的印迹，处处留着岁月和朝圣者的痕迹。

走出大昭寺，卓玛静静地跟随着阿爸啦，脚步围着八廓街转了一圈又一圈，阿爸啦脸上也渐渐浮现出安详的状貌，就连额间堆叠的皱纹也好似平整了起来。人群中的他们就这样一圈圈重复地走着，每一步都那么匀称有力，不是因为他们不想走出去，而是这使得他们认为自己是正走在信仰的路上。路中间的条石上，那些磕长头的人，一步三叩首，将身心紧贴这片土地，套在手上的扣板，不时在头顶、唇间和胸前被啪啪啪地拍响，那代表着他们身、语、意的奉念。

作净月

"爸爸,你记不记得妈妈的生日?七月几号来着?具体哪天我有点记不太清了。"从江孜回来,美朵就用双手遮挡着爸爸的耳朵,小声问道。

爸爸把脸侧开,身子稍微向后仰,望着一本正经的美朵。妈妈则在一旁边织毛衣,边瞟了二人一眼,继续低头织着毛衣,笑吟吟地说道:"你们俩儿,又有什么坏主意哦。"

爸爸看了一眼妈妈,抿着嘴笑,默默伸出了左手食指和中指。

"哦。"美朵会意地笑了。

待到七月二日这天,大家在院子西南角的小厨房吃晚饭。

饭菜刚摆上桌时,美朵忽然神秘地跑回了主屋。妈妈一脸茫然地看着她这一溜烟儿地跑出去,说道:"这孩子,又搞什么名堂。"

不一会儿,她就转了回来,手里提着一个包装精美的小圆盒。解开系着的红丝带,掀开上头的盖子,一个单层奶油小蛋糕露了出来。这时,妈妈正盛好羊肉萝卜面疙瘩,把饭碗端到爷爷面前,转头看到那蓬松油润的白色奶油上红色果酱挤出的"阿妈啦生日快乐"时,才记起今天是自己的生日。

爸爸似乎是早有预感,抿着嘴笑,伸手接过她手中的饭瓢。

这时,妈妈温柔的眼睛里,像是涌出温泉水一样,泪水已经浸满了眼眶。爸爸在旁边一直带着微笑凝视着她,又默默地递过来一张纸巾。她接过纸巾,接住了那两汪幸福的泪水,这才"扑哧"一声笑出来,轻轻捶在爸爸身上,说:"你是不是知道,也不说一下,看我出丑。"

"真不知道,一点儿也不知道呀。"爸爸故作委屈地说道。

爸爸的确不知道,自从江孜回来,美朵知道卓玛的母亲难产而死,她便为卓玛姐的遭遇难过起来,紧紧地抱着她的胳膊,把脸在上面贴了很久,既想安慰卓玛姐,也为了忍住不哭出来。

从那天起,她自己也犯起了嘀咕,原来生命来得这么不容易。哥哥从小就在外头上学,自己在家人身边长大,每年自己的生日,妈妈都精心做着准备,备上一顿好吃的餐食、一个小蛋糕、一份小礼物,还把自己打扮得漂漂亮亮的,一家人到城里好好玩上半天,就像是家里盛大的节日一样。自己都从来没有问过,也不关心妈妈的生日。她那颗沉浸在幸福里的心似乎像这入夏的雨水一样开始觉醒,默默汇聚着每一颗小小的水滴,在不为人知晓的夜里化作甘霖,去回馈大地的恩惠。

吃过饭,就是切蛋糕的时间了。

第一块蛋糕被端到了爷爷面前,爷爷乐呵呵的,笑得合不拢嘴。

老人一边笑着,一边转过头去,轻轻揽过孙女的头,把自己的额头贴碰过去,说:"我们家女孩儿长大了哦。"

"可不是嘛。"爸爸说。

此时的爸爸脸上也浮现着笑容,沿嘴角左边那道二指长的伤疤,看起来就像是小丑妆画的唇线,这让不苟言笑的他,看起来凶巴巴的。加上他那一米七八的个头儿,当教导主任时,往调皮的学生娃面前一站,自然带着大山一般的压迫感,有时候都不用开口训导,那些调皮的孩子就个个顺服了。

伤疤是他小时候放羊时留下的,美朵上小学的时候就摸着它,好奇地问过爸爸。

"爸爸,你这里是怎么弄的呀?"

"十来岁时候,就要放十几头牦牛,还有四十多只羊。有一天傍晚,其他的牛羊都归圈了,平时每只牛都认得自己的位置,就像它们自己分得清身份一样。那天,有只公牛不老实待着,忽然就往外冲,我去追的时候,天就开始黑了,在一个荒滩处,不小心踢到个石头,身体失去平衡后,脸直接趴在了地上。哎,地上都是石头,天气又冷得很,当时就疼晕了过去,要不是爷爷他们半夜找过来,爸爸还不知道会怎么样呢。"

当时,爸爸摸着那条伤疤,轻轻咧着嘴角,好像那疼痛现在还能清楚地记得一样。

"菩萨保佑着你呢,捡回了一条小命。还好,留的疤不是很严重,有这一条疤,倒更像个汉子了。"妈妈在一旁笑着说。

"你得谢谢那经历。让你上学,非得要在家放牛,从那以后,还是把你赶回学校去了。要不然,说不定现在还在放牛呢。"爷爷在旁边笑呵呵地说。

"那牛呢，找到了吗？"美朵好奇地问道。

"没法找，只要它想跑，蹄子一撒，跑得可快了。第二天呐，自己又会跑回来，不但回来了，那牛还带了一头母牛。"爸爸笑着说。

"美朵，快来，一起拍个照吧，记录一下妈妈的幸福，还有你的成长时刻。"这时，听到爸爸的招呼，美朵便凑了过去，嘟起那花儿一样的嘴巴，轻轻贴在妈妈的脸颊上，惹得妈妈笑得更开心了，眼睛里像藏了片星空一般，闪着光。

"就差你哥了，这个野孩子，天天在外头，年纪都这么大了，也不要个朋友。"妈妈从手机里翻看着刚拍的照片，嘴里嘟囔着。

听到这话，美朵眼睛一眨吧，接着便说："阿妈啦，卓玛老师可好了，不但长得漂亮，还特别能干，等下次有空的时候，咱们请卓玛姐到家里吃饭吧。"

妈妈放下手机，一边收拾着桌子，一边跟美朵说："好呀，上次你不就说想请人家来玩儿。七月的拉萨天气最好了，不但暖和，雨水也不像八月里那么烦人，可以玩水。要不，就去过个林卡吧，过几天你哥哥也回来了。"

"去达东吧，听说那里新开了个林卡，环境特别好。我好几个朋友都去过了。"美朵一边削着土豆皮，一边转过头，"刚好，卓玛姐的爸爸也从老家来了。"

"好，过林卡，就是要人多点才热闹。"

"妈妈最好了。"

"把邓珠家也喊到一起吧。"爷爷在一旁也说道。

"好。"

邓珠是爷爷的老伙计，这一家也是住在他家西边的老邻居。

邓珠虽然听起来像藏族名字，但人却是地道的山东兰陵人，就是现在的临沂苍山县，跟寿光一样，是个以种菜闻名的地方。邓珠从师范学校一毕业便来到西藏亚东县当音乐老师，跟数学老师德央相好后，就一直留在了亚东县。两人生育了一儿一女，现在都已经工作了，大女儿考上了日喀则的公务员，后来又公开选调到自治区单位，嫁给了一名警察，在拉萨安了家；小儿子这才毕业，在成都读的武警指挥学院，去年才回亚东边防当了武警。

为了照顾女儿，老两口用一辈子攒的钱，在拉萨北郊买了这房子。退休后，小儿子还在外地上学，原本计划在卓嘎老家宅子里安度晚年的老两口，也走出了亚东那个喜马拉雅四季如春的小山谷，搬到了这里。

邓珠本不是他的原名。他原名叫邓国恩，邓珠是藏文名字"顿珠"的谐音，"顿"是事情的意思，"珠"是完成的意思，合在一起大致就是事成或事事如意的意思。这名字是老伴儿帮他取的，从两人谈恋爱以来，大家便一直这么叫，久而久之，除了亲近的人以外，外人便以为邓珠就是他的名字了。

"我这就给老邓说一声。"

爷爷说着便起身，冲着西边的墙头喊了一嗓子："老邓，在不在？"

"在呢，你这老戏子，嗓门还挺大，又有什么事呀？"

墙那头传来带着山东味儿的应声。

"快过来一下，有事跟你商量。"

"行！"

美朵家的苹果树有小半棵都窜过了墙头，跑到了隔壁院子里，结的果子在谁家院里，就由谁家摘着吃。邻居家养了一只小橘猫，经常沿着墙头来来回回走着猫步，压根儿没把这院墙当成是隔墙。美朵还专门买了些喂猫的零食，放在家里，等那猫咪跳下墙到自家院里时，便会喂它些吃。

听两位老伙计这么隔墙对话，美朵已经把院门打开了。不多时，一位头发花白的老人走了进来。

他的平头几乎是贴着头皮剪的，短得都看得到那明晃晃的头皮，脸颊上的皮肤泛着红光，那皮肤看起来比较薄，像煮透了的抄手皮儿。整个人虽然看起来比较消瘦，但那山东汉子的大骨架，让他看起来依然伟岸魁梧。

爷爷看着他那泛着潮红的脸，又见他两手虎口处环掐着一捆豇豆，笑着说："又在干活儿呢？"

"山东老农民这习惯，到哪儿也改不了。"他也笑着，边走边说。

"别人都是在院里栽花种树，你是直接开了个菜园子。拉萨一入秋，天气一冷，户外的花就不好养，你这可好，小温室里一年四季瓜果飘香，不光有花看，还能结果子。"

说完，坐在院里阳光棚下的爷爷拍了拍旁边的座位，邓珠便坐了过去。美朵过来接过那捆还散发着新鲜豆角味儿的豇豆，嘴里甜甜地叫着："邓伯伯好"。

"哎，好好好！"

邓伯伯的小菜园里，美朵没少去。能干的邓珠绷起塑料布，在院里搭出一人多高的温室，不管多冷的天，只要往里头一钻，总是热烘烘的。里面整齐地开出菜畦，按季撒上菜籽，各种嫩绿的小苗便能一天一个样儿噌噌地长。美朵记得，她初中时，邓伯伯还指着棚子上挂着的一颗颗小水珠，给她科普说："看到没，这土地和菜苗也能呼吸，这就是它们哈出的气儿。在我们老家的话，种地得看准二十四节气，在这儿得摸准它的脾气。"蹲在菜畦里的邓珠说完，还不忘用手拍拍这菜地。

听到邓珠的声音，妈妈也从小厨房里走了出来，手里拿着一个玻璃杯，一边给老邓倒着茶，一边客气地说："真是太谢谢您了，上次拿的西红柿和黄瓜都还没吃完呢。"

"谢什么，不客气，退休了也没事做，孩子们平时上班，忙得见不着人，以前还得忙着带孙子，现在送去幼儿园了，种点菜就当消遣了。"

这时爷爷说道："我还羡慕你呢，就是没那个技术。"

"你转转经也挺好，多走走路，腿脚灵光。"

"下次，带你一起去转转……对了，这几天有空的话，一起去过个林卡吧，发挥一下你音乐老师的特长，带上你的扎木念。"

"好好好，转经我是走不动了，亚东那地方潮湿，快待出老寒腿了。去过个林卡还挺好，我那琴，也是该动动了，估计那弦都松了。一会儿，我回去看看挂蜘蛛网子没有。"

"哈哈哈……"

二人就这么你一言我一语地拉着家常，笑得合不拢嘴，身后的小叶杜鹃开得正艳。日光城的夏天，天黑得越来越晚，夕阳暖暖地照在两个人的身上，也把那杜鹃花儿照得更加红艳艳。这种小叶杜鹃长在喜马拉雅山麓的高低海拔相交地带，多是伴着高山草甸，上有雪山融水的丝丝融浸，下有河谷气流的滴滴滋养。老邓知道他这位老伙计爱花儿，专门让他在亚东边防工作的儿子休假时带回来了两盆。

爷爷浇花儿的方式也很特别，他总喜欢嘴巴里饱含一口水,然后像个喷壶一样,带着"噗噗——"声朝花叶喷去。

虽说邓珠是爷爷的老伙计,但邓珠比爷爷的年纪小了近十岁,又比美朵的爸妈要大一些,他以前待过的亚东帕里镇位于喜马拉雅山麓谷地向北部高寒地区过渡地带,不像县城那里长满了遮天蔽日的森林,四季如春。海拔四千三百多米的帕里镇,满是凄冷厚实的荒滩草甸子。老邓快退休时,到那里当了几年小学校长,工资也比县城要高一些,按海拔换算工龄,退休得也早一些。

邓珠十分喜欢美朵,总是给美朵妈妈说:"卓嘎呀,你们家有福气,美朵这姑娘生得真俊,要是能做我们家儿媳妇就好了……"

老邓可不只是说说,就在去年夏天,他们正说着话,老邓就拿出手机,翻出一张照片来,直接把手机翻转过来,一脸自豪地给卓嘎看。

卓嘎将头靠近一些,定睛一看,手机屏幕有张照片。那是一个年轻人的照片,身穿橄榄绿军装,他身后的山坡上,是一片盛放的杜鹃花海。

"这不就是你们家亚东吗。"

"是呀,都工作了。"

老邓眉毛一挑,那欢喜都跳上了眉梢。

从小像呵护温室的小花一样呵护美朵的爸妈极力反对女儿早恋,可邻居老邓总算不得外人,小邓这孩子他们也见过几次。再加上,两家人都是教师出身,平时也谈得来,总是多几分亲近。

"哟,难怪说'团结族'生得好,结合了你俩的优点。小邓这孩子从小就白净,这身橄榄绿衬的,看这脸盘更帅了。"

卓嘎拿着手机，左看右看地说。然后，就把手机往美朵手里递，美朵并没有伸手去接，而是害羞地跑到爷爷身旁。

爷爷倒是一眼看清了手机上的照片，又抬头看着邓珠说："这孩子，皮肤和个头儿像你，眉眼长得倒是像他妈妈多一点。"

坐在卓嘎旁边的爸爸顺手接过了手机，边看边说："一转眼就工作了，还总记得以前上学的稚气样儿呢。老邓呀，别的老西藏是献了青春献终身，献了终身献子孙，你这是直接安家落户，献出子子孙孙了。前些年，我还总寻思着，你会不会耐不住，跑回老家去呢！"

"山东人本来重乡情，可家里也没啥人了，倒是有些远亲，出来这么多年，也没有个走动，大都淡了，就挂个名。老婆孩子都在这儿，这里就是家了，还能撂下不成？跟孩子他妈相好那会儿，他妈最愁的就是这，那时候也没想这么远，嘴上哄着她不回去，心里可没个什么准数。可这么多年，一晃就这么过去，两人都老了，这根是扎下去了。原来，还以为就长在亚东沟里了，这老了老了，还跑到拉萨来，也是享清福了。"老邓端起茶碗，喝了一口酥油茶，咕咚一声咽下去后，舒着酥油的醇香，一脸陶醉地说，"这嗓子被酥油茶滋养惯了，不回去了，孩子名字都取成'邓亚东'了，也没叫个'邓山东'嘛。"

说完，邓珠开怀地笑了，他笑的时候，颧骨那细薄的皮肤上，细纹才明显起来，像捏过的抄手皮子。大家也跟着笑，只有美朵还偎在爷爷身边，两手抱着爷爷的胳膊，两边的脸蛋红扑扑的，跟身后的杜鹃花一样。

"是呀，亚东我去过，特别是搁以前，从亚东沟里回去一趟，来来回回可真不容易。"卓嘎说。

"你这老伙计，嘴上说是不想家，那小孙子可取名叫'念东'，念的山东还是亚东，可是说不准。"爷爷在一旁，笑呵呵地说道。

"哈哈哈，你这老家伙，眼力劲可真毒。"老邓拍着大腿，笑得上半身都仰靠在了椅背上。等笑过一气后，又说，"都念，都念，不光念山东、亚东，也念着这屋东头呢。按我们老家的话说，这远亲不如近邻嘛。"

说完，老邓又瞅了一眼旦增手里捏着的手机。

卓嘎领会到了他的意思，又从旦增手里拿过手机，微笑着说："老邓你是有心了，亚东是个好孩子。"说到这儿，她抬头看了一眼刚才走过来给邓伯伯添茶的美朵，缓缓说道，"不过呀，都说这谈恋爱、谈恋爱，恋爱是谈出来的，得让孩子们自己谈谈看。"

爷爷和爸爸笑呵呵地端起了茶碗，美朵倒完茶，头都不敢抬，直接溜到屋里去了。

"好好好，刚好亚东呀，过几天就要回来一趟。"一直看着美朵进了屋，老邓高兴得嘴都快要合不拢了，又喝了一大口酥油茶，马上站起身来说，"老同事从县里带回了些酥油，有帕里的牦牛酥油，也有亚东沟下司马镇的犏牛酥油，我都给切一点儿来。"

说完，他麻利地转身往外走。

"哎，先说好，这不算聘礼哈。"

爷爷也笑呵呵地说道。话音未落，老邓的后脚已经迈出了他们家朱红色大门上虚掩着的小门。

爷爷转头给儿子说："旦增，把我的仁青常觉[1]给老邓拿一点，机器老了，需要保养。"

---

[1] 仁青常觉：藏药名，具有清热解毒、调和滋补、养胃祛溃之效。

"好。"

其实两家人说这事,也不是第一回了。美朵见过邓亚东,那还是他上警官学院放假回来时。记忆里,他个子虽然生得高大,但长得却有些奶气,也许是带着学生气。可能真是随了爸爸的好皮肤,又一直在雾蒙蒙的成都上学,肤色白白净净,嘴角总带着笑,虽然是单眼皮,但眼睛生得大,笑意盈盈地漾在两道浓眉之下。鼻子虽然高挺,但鼻峰并不算尖俏,加上略微婴儿肥的腮帮子,让他看起来面相也是很和善的。

去年夏天,邓亚东暑假回来时,两家人还在他家一起吃了顿饭。当时老邓亲自下厨,张罗了一桌子好菜,稀罕珍贵的亚东黑珍珠木耳炒鸡蛋,在发木耳的时候,一抓就是一大把,一点儿都不觉得心疼。

"少放点,这东西可是长在深山老林里的稀罕物呢。"提前过来帮厨的卓嘎提醒道。

"没事,稀罕啥,再稀罕也还是木耳。年轻人能吃,让他们多吃点儿。"

说完,又开始在碗边上磕开几个藏鸡蛋,"嗒嗒嗒"地搅了起来,那嫩黄的蛋液跟着翻搅的筷子被拉得老高。

"老邓呀,你这是一个外孙子还忙不过来?"卓嘎在旁边洗着红溜溜的西红柿,笑着说道。

"别跟他一般见识,这可真是不怕贼偷,就怕贼惦记,为了儿子惦记上你家姑娘了,给我念叨好几回了,说这姑娘看着就懂事,不像别人家孩子那般调皮,爸妈教得好。"德央坐在门口,一边剥着大葱,一边低头笑着,"再说,现在的孩子腿长了,有自己的想法,都是自由恋爱,家长可是说了不算数呀。"

"唉,算不算数的,算是个念想吧。"

老邓放下手里搅好的鸡蛋液,开始往锅里倒菜籽油。

"你这嘴,什么时候也变这么油了?"德央停下手里剥着的大葱,瞪了一眼老邓。不过,老邓也看不到,他正往锅里倒着刚才搅好的鸡蛋液。德央又一脸微笑地对刚才搬个小板凳坐到她旁边择菜的卓嘎说,"以前,街上也没几家馆子,朋友之间周末往来,都是相互串串门、做做饭、拉拉家常啥的,那时候年轻,也没啥负担,喜欢凑热闹,倒是好久都没这种感觉了。老邓这一手好菜,都是那时候磨出来的,一会儿你尝尝他做的小炒鸡炖蘑菇,干榛菇都是托亲戚从老家寄来的,特别是肉嫩,一点都不柴,做得真是好吃。"

说到这儿,德央冲那已经开始噗噗冒着气的高压锅咂了咂嘴。

卓嘎瞅了一眼,老邓正炒着菜的右手边,那双灶煤气灶的另一边,蓝莹莹的小火苗正舔着高压锅底,锅底已经熏黑的银灰色大高压锅,盖子中间的气阀已在不断地飞旋,噗噗地窜着热气,那鸡肉裹着干榛菇的香味儿,坐在门口都能闻得到了。

"是呀,那时候菜也没什么好菜,一天到头地吃土豆、萝卜、莲花白。我们学校以前有个田老师,家常菜烧得真好,我们也经常往来,还跟她学会了打毛衣,吃完中午饭,一针一眼地,晒着太阳能学一下午,然后再一起吃顿晚饭才回家。唉,这一算,她也退休回老家好几年了,再也没有回来过。"卓嘎轻声叹口气,从菜筐里拿出一个莲花白,一边剥着外面那层皮,一边扭头对老邓说,"老邓,加个菜,炒个糖醋莲花白。"

"行,你俩这是忆苦思甜呢,保证给你炒出老味道。"老邓翻着炒锅,头也不回地说。

邓亚东放假回来时，美朵还没有放假，邓亚东可能是数着日子，一等到周末的时候，便给美朵发来了信息，说是约美朵去吃西餐。

"去八廓老城里吧，那里藏着很多好吃的。"美朵回复。

邓亚东心想，自己以前在亚东和成都念书的时间长，也就这几年放假才回拉萨家里，拉萨街上有什么好吃好玩儿的，还真是一头雾水。憋着脑袋想了几天，不如就听美朵的，反正她怎么高兴就怎么来。于是，拿出手机，回复了个"好！"

约好的时间，美朵一开门，邓亚东已经站在她家门外了，本来还是两手插兜，一副百无聊赖的样子，听到美朵家门响时，眼睛立马亮了起来。

美朵冲他抿嘴一笑，反手关了门。她心想，难怪说看人看眉眼，隔着十几步的距离，这样打望上一眼，脸面虽是一晃而过，倒是眉目入了眼界，眉如山峰，眼似明湖，眉清目秀，两眼有神。

"走吧。"她关门，转过身，轻声对已经站在她旁边的亚东说道。只是，头也不抬地做着一切，也不看一眼。

"嗯。"

二人并排走出了小区，拐几个弯来到娘热路，一前一后地坐上一辆的士。车子一路往南，转过林廓北路，右拐到朵森格路北段，也是被市民称之为青年路的一条街，随后在新华社西藏分社门口下了车。

十字路口的东南方就是八廓古城。路边的人比刚出发时的北郊明显多了起来，时不时有拉着游客的观光三轮车在人行道疾驰而过，穿着绿色马甲的骑手不时左右摇晃着腿间的刹车杆，发出"吧嗒——吧嗒——"的声响，这是他们传统的"铃铛"。当然,他们在摇晃刹车杆的时候,一只手紧握车把,顺势把后背压低,遇到行人横穿,迅速压下刹车,身手矫捷得像只猫。

美朵走在前面,亚东紧跟其后。

过马路时,眼看一辆三轮车冲来,亚东马上从后面伸手,一下扯住了美朵的衣袖,美朵扭头看了一眼,那三轮已稳稳停住,骑手直起了身,左手扶住车把,眼盯着红绿灯。那人力三轮的顶棚四周,挂着飘逸的幔帘,车把的中轴上,还绑着束塑料花。

"唉,没事,这条路上就是这样,车多人多,还有拉货卸货的。人家说,想考驾照的话,这里比考场还难过,能开着车从这头冲到那头儿,准能过。"美朵淡定地边说边指了一下东边。

亚东松开手,紧赶一步,走到美朵左手边,扭头往东边一看,等红绿灯的车已经停了一长溜,加上边上的三轮车和过街的人,犹如涌跳着的过江之鲫,把路口挤了个满满当当。

"平时都在外面过路,没进来过这里面,七拐八拐的,真是别有洞天呀。"

过了红绿灯,钻进一条小巷,就走进了古城。邓亚东虽说家在拉萨,但就像个寄居蟹一样,对蚌壳之外的沙滩并不熟悉。他跟在美朵后面,满怀好奇地打量着。

"我和同学以前就爱来这里玩儿。上大学后,好久没来了,刚好说起,就想来转转。"

其实,美朵也不知道到底该去哪儿,恋爱又该怎么谈。她也是冲着两家子熟悉,两人也见过几次面,大人把天都聊到那儿了,就当朋友一样处着。再说了,真找个规矩的餐厅一坐半天，她可能反倒不知该说什么，也会很尴尬。

于是，二人漫无边际地走着，与其说是在相亲，倒不如说在闲逛。

虽说是闲逛，倒也不会感到无聊，巷子两边各式各样的小格子店里，商品琳琅满目，有摆着各式明晃晃的铜制品的尼泊尔店、卖手工缝制窗幡篷布的裁缝店、端放着一尊尊佛像和礼佛用品的佛事用品店……在快到大昭寺街口的墙根处，还会碰到两三个藏族妇女，她们衣着十分朴素，一水儿的黑色氆氇，就蹲在墙根那里，面前放着几个蛇皮袋，里面是各样的煨桑料，还有折成小段的小叶杜鹃、松柏枝、艾蒿枝……

走着走着，二人把本来要来的目的都忘记了，东摸摸、西看看。

"哎，这里好漂亮。"

美朵转身走进了一家珠珠串串的店铺。

亚东也瞅了一眼门头，并没有挂什么大招牌，只是在门外的地上放了个木桩，侧面削平的地方阴刻几个大字，用红色的油漆填充着店铺名字："古城随缘多宝店"。

"这些小东西都可以自己挑选，给你们串好。"正坐在柜台里串着珠珠的店家站起来，跟正俯身柜台上看着珠珠的美朵介绍道。店家语气轻柔和缓，听来清新舒婉，就像她身上那身淡荷叶绿色的棉料中式长裙，淡雅溜肩的左颈处，一缕青丝被挽在前，如瀑垂落。

"嗯。"

美朵边轻挪步子，边随意应和着，挨个看着那柜台里一盘盘红黄绿蓝的珠扣。内角的白色荧光灯管一打，每一颗珠子都在闪着光斑，映着他们移动时的小影点。

"不如，给你们串一串双鱼手环吧，双鱼比目，好事成双，价格也不贵，就图个吉祥。编一个的话六十块，看你们白璧一双的，一对儿加在一起算你们九十九。"店家看了一眼站立在美朵右后侧，只是亦步亦趋跟着她的亚东，又弯腰拉开一扇柜台侧门，从里面取出一个红色手环，那编着如意花结的绳环间，较扁粗的一面，中间编入了一个银色的吉祥结，两边各一条对首呼应的小玉鱼。她一边轻轻拉动着末尾连结处的缨绳，一边说："这个滑扣，可以调节松紧的。"

亚东只在店家拿出手环时看了一眼，也不说一句话，只是目不转睛地盯着直起身的美朵，看着她的侧脸。

美朵接过手环，捏在手里左右打量了一下，转头看了一下亚东，往他眼前晃了一下。

亚东愣了一下，只知道说："哦，好看。"

"编吧，刚好我是双鱼座。"

美朵把手环的样品递给了店家。

"你呢？建议来一条琉璃藕环吧，男孩子不要太花哨，简单点好。鱼和莲藕在一起，也寓意连年有余。"

说着，店家又伸手拿出一块玲珑剔透的两节琉璃小藕，轻轻地捏在她纤长细白的指间，倒显得她指节如这琉璃藕一般，素雅好看。

亚东只是打了两眼，既不敢接来，也不敢表态，只愣愣站在那里，又看了一眼美朵。

"编一条嘛，多好玩儿。"

"嗯。"

亚东这才冲店家点了点头。

二人就坐在那柜台边上，看着店家麻溜地编好，各自戴在左手手腕处。

"走，带你去吃好吃的。"

美朵挥了一下那刚戴上手环的左手。

走几步，就来到一家凉粉店。只花了三十块钱，就到手了两个圆饼和两小碟凉粉。圆饼被从中间切成了两半，亚东正拿起筷子想捞凉粉，看了一下美朵，她已经把凉粉摊在了其中一块面饼上，再抹点水辣椒，盖上另一半，像吃汉堡一样，两只手举着饼子，把嘴张得大大的。他便也放下筷子，有模有样地学了起来……

"这，能吃饱吗？"

他边抹着辣椒，低着头小声说。

"慌什么，一下子就想填饱肚子呀？前面还有狼牙土豆、蜜汁鸡翅、老酸奶和奶茶呢。"

"哦，要不，我先去买一杯奶茶？"

亚东从狭小的店门口探出头去看了一眼，看到斜对面正好有家卖奶茶的小窗口，前面松松垮垮地站了几个等着买茶的人。他试探地问，小心翼翼地，就连吃饼子时，也是动作谨慎，完全没有个武警军官的样子了。

"等会儿嘛，奶茶要边走边喝才有意思。"

"哎。"

公历七月，是藏历的五月。在全国大部分地方已经开始阴雨连绵的时候，拉萨才渐入雨季，这些从天而降的雨滴，像菩萨净瓶中的甘露，唤醒着山坡上的野草，它们从山坡一直延伸到近处的地面，为干涸枯黄的大地铺上一层生机盎然的绿毯。

说来也怪，就像美朵妈妈说的，这季节最适合过林卡，这时候的雨水大都在晚间，把整个河谷淋洗得清清亮亮，到了清晨已是暖暖的大晴天。位于主城区南缘的达东林卡才开放不久，穿过大片的青稞田和一处藏式民居的小村落，一条清溪从山谷欢腾地流下，两岸分列着白蓝相间的帐篷。溪边的草坪变成了天然的欢乐场，它是天然的绿毡，人们纷纷移坐到草地上，玩扑克、打骰子、喝啤酒……它是天然的球场，孩子们踢着野地足球，尽情地奔跑、追逐、欢笑……它也是天然的晾衣场，下游的几个女人，正挽起裤管，在铺满石子的河床里用脚踩着厚实的卡垫，再一张张拖到岸边的草地上，等暖暖的太阳把它烘干。

在村口停车场东南方溪流边的草坪上，有一顶帐篷，一阵阵欢笑不时从中传来。这是美朵和卓玛的帐篷。

过林卡的老人们穿着民族服装，坐在帐篷里吃着煮好的土豆牛肉，喝着青稞酒。年轻人穿着时尚，把啤酒和西瓜放到溪水里，再堆几块石头作挡隔，不一会儿便是冰镇的口感。虽然已经到了七月，太阳当头晒得暖和，但这溪水却源自山头的冰川融雪，摸上去沁凉沁凉的。

帐篷里，美朵的爷爷异常高兴，他身穿一身褐色暗条纹藏袍，腰束一根红色系绳，拉着卓玛的爸爸打骰子。这种游戏，输了点子是要喝青稞酒的，怕人少了不够热烈，爷爷又拉着美朵的哥哥加入了游戏，他们游戏的场子也从帐篷转到了外面的草地上。

"多杰，去车上把骰子拿过来。"

"好。"

美朵的哥哥名叫多杰，这名字是"金刚"的意思，平时在藏剧团工作，这些天才从基层巡回演出回来。他不但继承了爷爷和爸爸的高个子，也生得一副好面相，皮肤像新收的青稞粒一般，虽不那么细白水嫩，却显得自然阳刚。柔软微卷的头发自然服帖地贴在鬓角，平阔的额头，两簇剑眉下，一双大眼在眨动时，那比皮肤略显深色的双眼皮仿佛自带眼影。他生着女生都羡慕的又长又翘的眼睫毛，双颊削收，下巴微翘，下巴的中间有一道凹窝，刚好和立体感十足的下唇窝以及挺直的鼻子连成一条线。爷爷常说，他的脸像是画唐卡佛像时用铅笔按比例描出来的底稿，唱藏戏时戴面具都委屈了这张脸了。

1991年出生的他，穿着一身灰格子棉布衬衫，衬衫的下摆扎进蓝色牛仔裤里，一条褐色牛皮带，亚光的银质皮带扣和铆钉带着浅亮。他脚蹬一双咖啡色尖头压花皮鞋，身边放着几瓶绿色易拉罐装的拉萨啤酒，正伸出挽起袖子的长胳膊甩着骰子。

"姐姐，我们也去玩儿一下。"

"不去了，我在这儿陪阿姨切点水果。"

"去吧，切点水果，哪用这么多人，你们快去。"美朵的妈妈说道。

不等卓玛放下手里的活儿，美朵便拉着她向帐篷外跑去，卓玛只能把手里的活儿放下。美朵推搡着卓玛坐在她爸爸和哥哥多杰中间，自己也一屁股坐在了爷爷身边的草地上，还嚷嚷着要卓玛跟哥做伴当，输了一起罚酒。

平时落落大方的卓玛竟被乍乍乎乎的美朵弄得害羞了起来，只好礼貌地给多杰点点头，盘腿坐了下来。

一阵微风吹过，头顶巨大的柳树轻轻摇曳，阳光透过飘逸的枝叶，在绿荫间摇晃着，透出美丽、斑驳的光影，一些小叶片在空中转着圈儿落下，偶尔会掉落在卓玛的头发上，多杰便会微笑着帮她拈下。青草的味道似乎也被逐渐升高的太阳给烘烤了出来，伴着清晨露水的挥发弥散开来，不然，哪来的山野味道呢。一起钻入鼻子的，还有不远处溪边的烧烤味儿。

"该怎么走呢？"一边自言自语，一边摇晃着手里的羊骨筹码，不知道在牛皮缝制的圆墩周围如何放筹码的多杰犯起难来。

"先往前冲，吃掉前子。"渐渐入戏的卓玛支招道。

"哦？"多杰扭头看了她一眼，还是抓着筹码左右为难的样子。性格直率的卓玛还没看出来，多杰不是怕多喝几杯罚酒，只是想着怎么走得不那么好也不那么差地让两位老人看出来。

直到几番过后，她也会意了过来，不由得心中暗自称赞。

这种在牛皮垫子制的骰盘上，用木料作骰碗，放置两枚骰子，用64枚贝壳作计数的小子，银币、铜钱、羊骨等作筹码，看点数走位的游戏在藏族聚居区较常见。游戏时每个人手持九枚筹码，上午由年岁最大的人开始掷骰子，下午由年岁最小的开始掷骰子，按顺时针方向转圈。游戏开始，按骰子点数摆放筹码，可以从开始数着往前走，也可以向前叠加、合并，还可以以多吃少。这种游戏从象雄时期便有记载，史诗《格萨尔王》中也有许多相应的记述。传说中，三神子格萨尔王就是因与两位哥哥射箭、抛石头和掷骰子比试输场后，才投胎人间。在来到凡间，降妖除魔、拯救人类的时候，他也通过与妖女七姐妹等妖魔掷骰子，降服她们。黄马、黄甲、黄色身躯的年神也喜欢掷骰子游戏，还被称为"游戏神"。

这游戏看似简单，伴随着摇骰子时"巴啦——巴啦——"的喊词，投筹的变数大，玩一局要花很长时间。直到美朵的妈妈把桌上的水果、牛肉、卤菜、油果子，还有卓玛爸爸带来的风干羊肉都摆置好，几人才依依不舍地收了摊。

多杰坐到爷爷身边，挑出一块熟透的牛肉，半握在左手掌心，右手拇指按压着肉块，随着拇指有节奏地推动，其余几个手指轻轻推拉藏刀的银柄，锋利的刀刃轻松切断牛肉的粗纤维，一块牦牛肉就被切成了一片片的薄片。为了好嚼，他特地选些半肥半瘦的肉，横着从牛肉的肌理处切片。这一切细微的动作都被卓玛看在眼里，她看着多杰专注的动作，差点儿走了神。她想，多杰哥这身材、长相、气质，都够得上模特的标准了，还这么细致、礼貌、有耐心，甚至带着一点羞涩。

转头看向坐在爸爸妈妈身边的美朵，则换了个样子，她就只顾吃就行了，面前放着妈妈刚剥好的土豆，爸爸还在旁边给她切着牛肉，就差连辣椒酱也给蘸好送到嘴里了。看到自己身旁孤单的爸啦，这时，她不禁又有些伤感起来，她的心似乎在微微颤动，不是为自己从未有过的母爱，而是为自己的父亲感到辛酸，看着他憨厚朴实的笑容，她越来越心疼这个老人。

帐篷外，孩子们欢笑着跑来跑去，溪流由于散布的石块的阻挡，发出哗啦啦的声音。过林卡，除了草地，最好还有河溪。据说，自然界的动物之间，在水源处饮水之时，也会暂时停止攻击。伴随着溪流声，不同帐篷里传来的音乐声、呼喊声和欢笑声混合在一起，在山谷里回荡。

爷爷示意多杰给卓玛的爸爸切肉,又问道:"平时不常来拉萨吧?"

"是呀,平时都在家里编织卡垫。"

"哦。"听到这里,爷爷来了精神,他对一切传统的东西总保有那么一种难以言说的感情。于是,便端着青稞酒杯子往卓玛爸啦身边挪了挪,"卡垫好呀,江孜的藏毯、卡垫是很有名的。只可惜,现在好多年轻人家里都摆上沙发了,卡垫都不知道往哪儿铺,你织那个卡垫还好卖吗?"

爷爷只顾问了,也没想到这样问会不会显得有些冒犯。细心的多杰在旁边帮腔道:"波啦,您说的只是一部分,还是有很多年轻人喜欢咱们传统的。"说完,还不停把削好的肉往波啦手里送,还一个劲儿地说,"别光喝,多吃点儿,多吃点儿。"

多杰这么一打岔,或许是自己也觉得这样问有些不大合适,于是波啦把视线转向帐篷外面,转头向南边看去,转开话头儿说道:"从这里,顺着拉萨河往南,大约走个三四十公里,曲水县达嘎那边,就有我们藏戏老祖师爷在雅鲁藏布江上修的第一座铁索桥。当年,他就是靠唱藏戏筹钱修桥。现在,拉萨河上的大桥都修了好几座了,我担心的就是传统越来越不好留了,就像我们这藏戏,从汤东杰布创下开始,跳了几百年,现在的年轻人都玩手机、看电影,谁还看我们这戏呀。"波啦还不忘指着手里拿着手机的美朵,"你看看,你看看。"

美朵连忙放下手机,笑盈盈地跑过来,调皮地说:"怎么不听了?波啦你唱,我们就听。"

"哎,你又逗波啦嘛。"爸爸连忙出来制止。

"没关系,今天让我为江孜来的好朋友唱一唱。"热情直爽的爷爷一把拉住身旁的老邓,"来,老邓,咱们合作一把。"

"好。"

眼看着没办法，爸爸一把抢过多杰手里削肉的藏刀，把装在竹筐里的牛肉土豆端到自己面前，扭过头给他说："去，把高音劫了。"

多杰会意地抿着嘴笑了一下，拍着巴掌搓了搓手心粘上的肉渣，站起身来。爷爷轻快说唱，那浑厚有力的声音从他的胸膛发出，像淙淙的溪流从山涧顺流而下；多杰高音主唱，那青春高亢的唱腔从嗓间倾泻回旋，像一群鹿鹤在山野间呦呦齐鸣。不一会儿，帐篷外就挤满了循着声音来听戏的大人小孩儿，他们不时爆发出阵阵欢呼。

卓玛的父亲听得入迷，两只手带着藏袍的袖子鼓掌鼓得呼呼生风。

伴唱的乐器则是老邓的扎念，这是一种历史悠久的弹拨乐器。"扎念"的藏语意为"悦耳动听之声"，一般有六弦琴、八弦琴、十六弦琴等，其中以六弦琴最为普遍。邓珠这把扎念琴体由柏木制成，一般蒙皮为山羊皮，但他这把是从不丹带回来的，蒙的是稀有的蟒蛇皮，轻薄又有韧性，随着六根琴弦被时紧时慢拨动时发出的一次次震颤，那悦耳之声便在蟒蛇皮蒙着的琴箱中翻来覆去地跳动。

唱着唱着，多杰旋身来到帐篷前的草地上，跳了起来。古老的藏戏，本就是在自然山野中演出，多杰小的时候，常跟着爷爷到河边练嗓，不知道是因为水波能更好地传递声音，还是藏戏就要在自然空间去寻找共鸣。后来，他作为委培生到了音乐学院，虽然学到了许多新的技法，但重新在大自然中开开嗓，他感到自己像雄鹰回到天空一般，自由地翱翔，振翅高飞。

唱着唱着，爷爷也站了起来，脚尖轻和着拍子，向前伸长了右臂，仿佛面前就是戏中的山河美景。一股气唱完后，爷爷嘿嘿地喘上两口气，将一杯青稞酒高举过头顶，大家也都站起身，端起面前的酒杯，齐声呼喊着"扎西德勒，扎西德勒……"

这欢乐的气氛也感染了围观的人们，他们也围聚在帐篷前，伸出手里的啤酒瓶，或干脆挥舞着双手，大声呼喊道，"扎西德勒，扎西德勒……"

送爸啦回江孜后，还有一个多月的时间走秀就要正式亮相了。卓玛加紧了对队员的训练，到目前为止，她的模特队有八女四男，共十二名队员，他们需要展示、演绎不同地区和风格的藏式服装。

美朵的外形条件虽然不错，但对于走秀还不是很得要领。她犯着一般初学者都容易犯的错误，就是在看似简单的走路上，不说技巧就像是在随意走路，一讲动作要领吧又太僵硬拘束。

"姐姐，怎么感觉现在不但走秀走不好，连走路也不会走了？每次迈个步子，摆下手臂，都不自觉地想着什么角度、多少厘米。咳，反正就是越来越僵硬一样，像个不听使唤的机器人。"

"是不是姐姐要求太严了，不要太紧张，走秀也是走路，步法基本都是相通的，从上往下讲的顺序是头、肩、臂、腹、跨、腿、脚。只是步子要迈得铿锵有力，走得自在潇洒，不要太过紧张，感觉自信洒脱也很重要。另外，就是配合你要演绎不同风格的服装、场景、环境等，找到不同的感觉。要不，你再走走，我好好观察一下，帮你把重点先纠正纠正。"

卓玛的视线跟着美朵的步点儿，轻点着头，看着美朵在练习台上走过两趟后，喊停。她起身站到美朵身旁，抬头挺胸，先做了一个要走的预备姿势，说道："咱们不说细微的表情管理和气质传达，先说动作幅度比较大的，容易让观众感受得到的，比如说手臂。虽然我们走路时，大小臂一起随着身体联动，帮助保持身体的平衡，但细说起来，如果是小臂带动大臂动，就会看起来僵硬机械，应当是大臂带动小臂或者是肘关节用力。发力的时候，也不能只用手臂，而是肩部打开、放松、下沉，以肩带肘，以肘带手。特别是秀场模特，后摆臂要大，前摆臂要小。后摆臂速度要略慢于前摆臂，这样就有一个节奏感。前摆臂时大小臂都不能太用力，它是借助后摆臂动作荡起的一个弧度。摆臂追求的是自然，让人看着舒服就行了，也不能像解放军叔叔走路那样过于强调整齐有力的节奏感。"

"好。"

卓玛让美朵记着她刚才讲的要领，看着她示范，在心里揣摩。等她走回美朵身边时，又接着说道："胯送腿、腿带脚，道理是一样的。重点在于，走路和走秀最主要用的都是腿，腿的活动最大，表现力也最强，要用膝盖找音乐节奏，协调把握好步幅臂摆。"

说完，她点点头，示意美朵跟着她走。美朵先默默回顾了几分钟，跟着卓玛姐走了起来，一旁听着的学员也加入进来，就像南飞的雁阵，个个跟在卓玛的身后，踏着优雅的步履，踏在铺着红毯的 T 台上，发出有节奏的嗒嗒声。

明净月

"咱们藏历的算法,还真是应天,符合拉萨的气候。你看,公历八月,咱们藏历六月,这雨水把全城冲洗得明明净净。"多杰说。

八月初这天下午,多杰、美朵和爷爷坐在客厅外透明的小阳光棚下,看着院里的雨水。

爷爷喜欢户外。为了方便爷爷在家的时候晒晒太阳,旦增在客厅外延伸出一个玻璃小顶棚,靠墙处摆上软和的小沙发,沙发后面靠窗有一排小花盆,安放在钢筋焊成的小花架上,在院子和客厅都能看得见。花盆里面种着小叶杜鹃、吊金钟、金边吊兰和藏族家庭最常见的藏海棠,这种藏海棠花俗称为"加巴美朵",不但喜欢阳光,还十分耐寒,花瓣肥大,花色艳丽,爷爷养的就有红色、粉色、浅粉、白色,由于花期很长,倒是给小院增添了一重别样的美,像一道不褪色的彩虹。

雨水开始很急,像一根根银线,从茫茫的天空洒落。就在不久前，它还只是裹在色拉寺山头的一块浓云，呈现出神秘的青灰色，随着山谷里吹出的风，渐渐飘移到东北角，仿佛那块浓云，不过是好奇探出的头，拖着长长的黑色尾翼，从山背后飘来。刚开始，它就迫不及待地将雨幕伸向了大地，远远就可以看到雨水径直飘近，像拖着长裙的魔法师。

雨水打着玻璃棚顶，"嘭彭"作响，在面前滴落成了水帘。

这时，南边还是烈日当空，半城雨幕，半城阳光，显得这雨天并不阴郁，反而愈加明亮而空灵，透过半边明亮的天空，仿佛可以看到那水帘像一根根被串起的珍珠，一滴紧跟着一滴地落下，每一滴都映射着太阳的光芒，然后又无可奈何地落入尘埃。

"历法是循着四季走的，在农区，看天种地，就是看历法。前段时间的雨水，让青稞抽苗，长个儿。现在，正是青稞灌浆的时候，这时候的雨水是宝贵的，是菩萨洒下的甘露。"说到这儿，爷爷看着两个已经长大的孙儿，拨弄着手里的念珠，"就像你们两个年轻人，现在身子是长成了，该长经验，长见识了。"

"哎，哥哥，长见识，我有个好主意呀。我想起来了，等过些天，我们去珠峰走秀，你也跟着一起来，就用你那个藏戏来串场。"

说到这儿，美朵放下怀里抱着的团子，坐到多杰和爷爷的中间来。那小狗似乎也被雨水吸引，直接跑到雨帘处，但并没跑出去，冲着外面哗啦啦的雨声叫了几声，又跑回到爷爷脚边趴着。

美朵歪着那漂亮的脑袋又想了一会儿，把两掌啪地合在胸前，自言自语一般地说道："我咋这么聪明呀，姐姐前天还在发愁这音乐的问题呢，这下不就解决了。户外本来就不好放音乐，放那些节奏快的音乐吧，总觉得跟珠峰不搭，效果还不好。这下好了，上次过林卡，爷爷你们不是还说，藏戏在大自然中演出才会有最原始、最天然、最好的效果嘛。"

"我倒是没问题，如果我一个人不够的话，也可以带上我们藏剧团的朋友一起。他们都很讲义气，对于弘扬咱们传统文化也很上心，如果有一些比较好的形式，大家肯定愿意帮忙。只不过，你们这行，太新潮了，我们都不太懂，至于用什么形式更好地结合在一起，还得商量商量。"听完美朵的创见，多杰转身进佛堂，给爷爷取来一块羊毛毯搭在腿上，坐下来说道。

爷爷只顾听着两个孩子你一言我一句地探讨着，满脸洋溢着幸福的笑容。

这时，雨水"吧嗒吧嗒"打在玻璃窗上的声音越来越小，院里那棵苹果树的叶子也不再发出被雨水敲击的声音，多杰转头看去，一树青翠欲滴，那被雨水冲刷过的叶面，泛着莹亮的光。几只小麻雀已经飞回了枝头，南边一道彩虹像天神做的桥，横跨在雨后的拉萨上空。

年轻人的想法，虽然天马行空，也不会被现成的标准束缚，更不因没经验借鉴而有所畏缩，他们思想前卫，敏于思考，说干就干。

第二天上午的训练课，美朵就把这个想法抖落给了卓玛，还一个劲儿地拉着卓玛的胳膊，轻轻地说："跟哥哥商量一下嘛，他懂得比我多。"

"嗯，也不是不可以，咱们约个地方好好聊聊。如果真的能够衔接得好，增加一个民族文化元素，会有超出预期的效果，也符合官方关于民族、传统和环保的主题要求。我只是担心现在离档期这么近，是不是来得及。"

卓玛犹豫了一会儿，认为这个方案是一个比较好的创意，两个元素又都是源出传统文化，如果能做好结合，倒是可以大胆地尝试。只是，现在时间这么紧，即使是可以结合，他也不知道该怎么做，更不知道多杰那边能给到什么样的支持。民族服饰、珠峰、走秀、藏戏……这些关键词反复在她脑海中，像滚屏一样不断闪过，虽然时间比较紧张，她还是期待一场更加精彩和富有创意的演出，她决定试一试。

八月的拉萨河，像饱饮的醉汉，饱满的水流在河床里横冲直撞，跌跌撞撞寻找着雅鲁藏布江的方向，在江河汇流的地方，跃入幽深的峡谷，拍击着两岸崖壁。但是，城中流域，河水已经被持续进行的水利工程给匡束了起来，沿岸是修筑的整齐的防洪堤坝和花岗石护栏，有的沿河处，还铺起了公路，两条贯通东西的公路像两根被打通的城市动脉。随着几级拦河坝分段垒起，河道的中间，形成了几处台阶状的平湖。

"以前，除了短暂的雨季，拉萨河基本蓄不住水，半年的时间都裸露着荒凉的河滩，大风一来，黄沙漫天。不过，风小一些的时候，傍晚我们会跑来放风筝。不得不说，技巧应用得当，还是很有益的。"

多杰抿了一口手中的冰美式，看着眼前修葺一新的河堤，触景生情般感慨地说道。

在美朵的安排下，卓玛还有哥哥三人很快就约到了一起。这天下午，他们坐在拉萨河边一处小咖啡厅门口的户外椅上，喝着咖啡，晒着太阳，等着落霞，宽阔的拉萨河水静静地流过，被水坝整平的水面泛着波光，像绸缎被丝滑地拉扯着摊开一般。

"是呀，传统和现代还是有相通之处的。比方说，现在拉萨城新开了许多大大小小的咖啡厅，我想这跟现在越来越多的八〇、九〇后的年轻人走出去，看到新鲜的世界有关，他们开始突破传统的生活边界，接触、接纳也接受了一些外来的文化和生活方式，但是这并不意味着他们就放弃了自己原来的生活方式。有些人选择留在了内地，也有些选择了回来。"卓玛也喝了一大口拿铁。

"就像你。"多杰说道。

"嗯，不是还有你嘛。"卓玛抿了抿嘴唇上的咖啡残渍，那薄薄的嘴唇像雨后的花瓣一般莹润，就连说话的时候，两片柔唇也只轻启一下，好像那轻柔的话语是从这桃花儿般的唇间飘出来一样。

多杰咧着嘴一笑，并不反对卓玛的说法。他轻眨两下明澈深邃又藏着无限温柔的眼睛，耐心地听卓玛接着说道："就像咖啡馆，我觉得这种生活方式，跟我们传统喝甜茶的生活方式相比，也很像。抛开喝什么，简单就喝东西的体验来说，三五好友约个时间，一起惬意地喝点东西，晒晒太阳，聊聊天，多美好。之所以咖啡馆被年轻人接受，或者说有这么好的市场表现，根本原因还是有这么一个潜在的消费客户群，大家消费的可能就是这么一杯饮料，享受的却是喝这杯饮料时的感觉。"

"就像我们。嗯，也像爷爷他们转完经之后泡甜茶馆，我就说他嘛，喝的不是茶，喝的就是那种他们熟悉的老拉萨的感觉，是老朋友见面的感觉，是那种闹哄哄的感觉，也是坐在太阳下悠闲的感觉。要是甜茶馆弄得规规矩矩、干干净净、整整齐齐，他们还反倒不习惯了，觉得不是那个味儿了，以前给他推荐过几个，我觉得挺小资的，他就是待不下去。"美朵也呵呵地笑着，举起她手里那杯卡布奇诺，"来，为传统干杯，也为时尚干杯。"

三人笑着把咖啡杯碰在一起，又各自喝了一口。多杰望着手里的咖啡杯，随即总结道："依我来看，不管这杯子和里头装的是什么，它们都不应该被简单地标签化。其实我们大多数年轻人的心没有变，不能简单认为喝甜茶就是固守传统，喝咖啡就是不守传统。传统是一个比较宽泛的概念，是基于民族习俗、生活方式、历史沿袭，甚至包括一些比较务虚的精神、观念、规矩之类的东西，传统也是过去某一个时期内形成的，它本身也是时间长河之中的一个产物，就像是从上游被冲下来的一块石头，本身也正在并还将继续在时间的长河里被打磨。"这时，多杰看了一下瞪大了眼睛听他说话的两个妹妹，感到自己说得似乎有些深奥了一样，便收住了话题，"我想说的是，传统也是一个动态的概念，不能简单僵硬地去理解。而且，传统和时尚本身都是一条河里的水，只不过一个来自遥远的上游，一个就在我们双脚正踩的当下，它们不能割裂，更不能孤立，甚至是对立，它们需要融合。只不过，比较考验我们的是，融合得好不好。"

说完，他还伸出右手的食指，指了指自己的双脚。两位已经听得入迷的听众愣了愣神儿，这才反应了过来，俏皮地相视一笑，不知道听没听懂，轻轻地鼓起掌来。

这是一处门面并不大的咖啡厅，一楼仅仅能容得下一处狭小的操作间，一男一女两个约摸二十出头的年轻人，系着围裙在里面熟练地辗转腾挪，女生的短马尾上系着一个小方帕，以内敛却阳光的笑容招呼着来客。男生反戴一顶咖色格子纹的鸭舌帽，低头一杯接一杯地专注调制着咖啡，左边耳朵上有一颗银色的小耳钉。店里放着慵懒的乡村爵士音乐，随着他们不时交错地贴身过往、相互之间传递着物件，就像在跳着一支舞蹈。

随着他们冲着刚磨好的咖啡粉，一阵阵咖啡的香气不时飘过来。美朵深吸一口气，戏说道："看看，我选这位置多好，喝一杯，闻十杯，赚到了。"说完，她又板起身说，"对了，咱们说说正事吧。"

"哦。大概是这样的，我先介绍一下活动的情况……"卓玛接着把活动的详情简要叙述了一遍，多杰不时点着头，从他逐渐舒展开的眉头来看，他的心里已经大概有了底。

等卓玛介绍完情况，他便接着说道："藏戏有唱、诵、舞、表、白等技巧，简单来说，就是有诵说、对白和唱曲等部分，前头可以作为开场舞跳一段，热热场；中间可以把诵说作为不同服饰间转场的串词，也是对不同走秀主题的一个交代；演出的过程可以有人在旁边配合着节奏跳舞。再说了，藏戏的戏服和面具本身就是民族服饰的一类，也可以原原本本地展示出来。"

"那这是委屈你甘当绿叶了哦。"卓玛说。

"这是一个很好的尝试。藏戏的藏语名叫'阿吉拉姆'，意思是'仙女姐妹'，相传藏戏最早就是由七姐妹演出的。'珠穆朗玛'的意思就是'女神峰'。藏戏遇见珠峰，也是一种殊胜，我选取一些桥段，配合你们的演出。"

"好的，藏戏剧目也比较多，需要从中摘选一些合适的曲段，等明天美朵拿一份详细的演出方案给你，还要按你的办法写一些串词，咱们抽个时间好好排练一下，得赶在八月中旬前做好。雪顿节在拉萨还有两场商演呢。"卓玛安排道。

"过了立秋，天气就冷了，毕竟是在海拔那么高的户外。这样看来，我们还有不到两周的排练时间。"

……………

三人热烈地讨论着，不知不觉间，顺着绵延向西的拉萨河，西边的群山已渐渐昏沉。

马路边，一盏盏路灯渐次亮起，灯光映射在岸边的河水中，晃动着长长的光柱，随着西山的巨兽舔食完最后一抹晚霞，天空变成了青灰色，繁星渐次冒出了头，像梵高的画作《罗纳河上的星夜》。

演出被定在了八月十七日，这天是藏历的六月二十五，也是传统的女性本尊空行母供养日、供养龙王日、烟火供养的吉祥日，按照传统的理解，这是一个吉祥的日子。

太阳照着银装素裹的珠穆朗玛峰，高耸的峰头时隐时现，像一颗巨大的白钻，闪耀着太阳的光芒。大家搜集来碎石，在海拔 5200 米的珠峰大本营铺成了原始的 T 台，"中"字形的 T 台中央，留给了串词的舞台，一男一女藏戏演员在这里起舞唱和，前面的秀台则是自然弯曲的小路。这样的舞台设计，既把主幕景交还给了雪山蓝天，也在中间构筑了一个延伸空间，让模特的走秀路线更加多变，模特们也可以在这里摆造型，可以和藏戏演员互动，场地也不会显得空旷。

前来观看的嘉宾、观众和媒体朋友，则被安排在表演场地的周围，前排的嘉宾席只有卓玛带来的江孜卡垫，那些想要拍照的媒体人士，尽可以举着长枪短炮一般的照相机，追着模特的脚步去择取理想的角度。

"这个秀场选得好，就像是一场行为艺术嘛。"

"是呀，T台的设计也很好，这是我第一次看秀没有椅子，天地之间，席地而坐，刚才我坐在地上感觉了一下，视野里除了模特，就是蓝天白云，还有珠穆朗玛，简单、自然、环保、纯粹。"

"特别是，不但可以坐着，还可以走着、转着，甚至跑着，跟台上的模特一起动态起来了。"

…… ……

这场秀还没有开始，就被候场的观众所期待。

表演藏戏的女演员舞姿婀娜，唱腔温柔婉转，男演员则戴着传统的蓝面具，唱腔高亢有力。这样的搭配从衣着、装扮和唱腔都传达出了天地阴阳合和之美，完美烘托了整场演出的氛围。

演出按时间顺序，先后演绎了古装服饰、特殊庆典服饰、各地传统服饰和现代新派藏装等，多杰的串词也很好地配合到了不同的主题。比如，在一开始的古装服饰演出前，他就以富有节奏感的唱腔流利地说唱道："唉——雪山女神真是美，日月白云头顶戴，草原鲜花作衣裙；猕猴巧遇罗刹女，繁衍后世千百年，教人织布做衣裳，裹身避寒好生活……"

这猕猴与罗刹女，本是藏民族起源传说，被多杰编入了串词，让本来只能通过模特和音乐、布景展示的走秀，变得更加有故事感和背景感，也使得传统服饰演绎更加有代入感。

藏戏本来是由多名演员共同完成的，一人唱，众人和。这次，多杰请来了一男一女两位朋友，不是他请不来更多人，而是他认为不能喧宾夺主，一男一女已经很有代表性了，如果出场的演员一多，反而达不到最佳效果，所以在排练的时候，他反复强调说："少即是多，少即是多，要当好绿叶，要恰到好处，要有代表性和空灵感、艺术感。"

在第三场的地方服饰表演环节，多杰说唱道："雪域高原多广袤，千山万水皆有情。山高百米俗相异，水远十里风不同。拉萨河谷多丰沃，宽袍大袖自雍容；羌塘高原多风雪，羊皮大袄避风寒；工布林区多明媚，氆氇坎肩腰间系……"

在多杰精妙的串词之后，伴随着两名藏戏演员的唱和，模特们分别穿着地道的各地藏装一一出场：有裹着整张仿狐狸皮当帽子，以及略显臃肿的厚厚的羊皮袄像是裹着一床小被子一样的那曲风格；有上身着轻柔的中式白色棉衬衣，把厚厚的袍子系在腰间，一串殷红的珊瑚珠串挂在胸前，凸显出草原女性健美丰满的身材，刚柔相济、妩媚多姿的安多风格；有仿佛把全家的财富都挂在身上、串在头上、戴在手上，就连藏袍的边襟都要用奢华材料作边的康巴风格；有腰间随时别着一把弯刀，砍柴劈竹、斩草开路、驱兽防身的夏尔巴风格……

美朵出现在第二场的庆典服饰和第三场的地方服饰表演中。等美朵出场时，只见她身穿一身后藏传统黑色氆氇面料的藏装，袖口有一掌宽的珊瑚褐色翻衬，斜襟是三指宽琥珀黄色的襟领，头戴一大两小格桑花纹顶绣、周边裹着一圈儿金黄色锦缎、翻着四个像花瓣般的狐狸绒藏帽，脚穿鞋面绣着青莲花的高帮藏靴。由于她演绎的是后藏地区妇女常服，不但穿了五彩邦典，腰间也叠围了一个，由一个两端桃形的浅浮雕银扣搭在上腹部勾连，突出了邦典作为藏族女性日常劳作的围裙功能及衣摆的装饰属性和作为护腰的多变性。这银扣搭的下面，还有三个小圆环，可以佩挂藏刀、香囊、吊坠、火镰等物件。她的耳环由戴在耳垂上的黄金四叶草和一颗圆形吊坠组成，四叶草的中心也镶有一颗红珊瑚，悬挂的吊坠配合着走步的摇荡，别有一番美感。胸前的嘎乌盒，是妈妈早就为她准备好的莲形五佛八宝嘎乌。

多杰和卓玛跟周围的观众一样，都目不转睛地盯着美朵的表演，似乎错异了时空，在不远处珠穆朗玛的映衬下，她轻摇款款身姿，像是从雪山走下的圣洁女神。不知是因为紧张，还是激动的原因，她的脸上微微泛着绯红，搭配着传统的服饰，像扑了淡淡的胭脂，反倒像是淡淡的高原红，更加美丽动人。

演出完成后，观众和媒体仍不肯离去，他们竞相来到模特面前，一起合影拍照。几家区内外媒体也找到卓玛进行采访。他们身后的珠峰，在渐近正午的烈日照耀下，山间的水汽被蒸腾而起，化作了一层轻薄的雾帘，像给珠峰神女遮上了神秘的面纱。

直到傍晚，活动完全结束，人们陆续离开的时候，珠峰才又归于安静，就连一只鸟都没有，那洁白的身影在天青色的夜幕中仍隐约可见，像隐伏在大地之上半轮巨大的月亮，沉默地目送着人们的离去。

"大自然有着难以言说的力量，我们就像一丝云，在她面前飘过，却又消失不见。"随着路面的颠簸起伏，从颤动的后视镜看着越来越小的珠峰，多杰淡淡地说道。

一行人回到拉萨没几天，雪顿节就开始了，如果光从字面来看，这是吃酸奶的节日，但实际上是一个佛教节日，它源于佛陀顾念漫长的雨季不便出行，而且各类小虫繁衍，便在竹林结舍安住，教习僧团集体研学，到了夏秋之交，即将行脚下山，人们带着新鲜营养的酸奶等食物，来慰问供奉辛苦研学一夏的僧人。

"我不去了，那些花里胡哨的东西，就是看热闹，到不了心里，你们年轻人才喜欢凑热闹。"雪顿节前一天的傍晚，美朵前去邀请爷爷到热闹的城区转转，转一转雪顿节，而他总是这么说。然后，老人转身去了客厅北面的小佛堂，一个人静静地为酥油灯添上酥油，把清晨供碗里的净水倒掉，盘腿坐在佛龛对面的藏式小床上，拿棉布一个个擦拭着供碗。之后，他又坐在那儿拨弄着念珠，口中喃喃有词地念诵着，幽黄的酥油灯映射着佛像，也把他的脸映照出古铜色。

虽然其他活动爷爷不感兴趣，可节日里每年一度的展佛节是必须要去的。年轻的时候，他凌晨便开始出发爬山，就连带去敬佛的哈达也要在佛堂先供奉念经好几天。现在，上山的人多得很，挤得厉害，他也爬不动山了，但多杰还是会陪他到寺里的广场远远地看看。

说来也怪，每年的这时候，天气也变得格外听话，收住了云气和雨水，可以让陈列在寺内一年的巨幅唐卡展开在天地和世人面前。随着几杆长长的法号发出低沉的鸣响，桑烟在煨桑炉上升腾缭绕，几十人肩扛着这幅卷起的唐卡，在西北角修筑好的展佛台上展开，这幅面像是能覆盖一个小山包一般，唐卡的主尊是释迦牟尼佛，佛像下无数攒动的人头，就像是黑压压的蚂蚁群。几乎半个拉萨城的人都能远远望见这一景象，山下几公里外的拉萨河边，也到处站着翘首企盼的人，老人们远远望见佛像展开，双手合十举在唇间，有的就地磕起了长头。

"唵嘛呢叭咪吽……"爷爷一边口诵着六字真言，一边转头给身边的多杰说道，"这种堆绣唐卡需要一块块地织绣，再一片片地拼接成整体的图案。各色棉布、绸、缎剪成设计好的各种图案形状，精心堆贴成一个完整的画面，然后用彩线绣制而成。其工序有图案设计、剪裁、堆贴、绣制，个别图案部分上色等，以堆贴为主，绣制为辅。有的立体堆绣需在剪的图像内垫上棉花或羊毛使图形凸起，然后粘绣在对称的布幔上，再将堆绣好的不同形状的图像用绣缎连成一个巨幅画卷，构成一组完整的画面，悬挂于殿堂之上，所堆绣的形象富有立体感和真实感。"

"的确很精美。所以，来看的人越来越多了，很多好像是游客。"

多杰抬头望着人山人海、异常热闹的地方说。

身边的游人、朝拜者和看热闹的人依旧在不停地上上下下，有的一脸虔诚和平静，有的怕赶不上，急促地往上走，有的还在欣喜地比画着看到的景象。一个身穿绛红色僧袍的年轻僧人从他们的身边走过，边走边挥起左臂，把袈裟的衣襟往右肩甩搭去，掀起了一股小风，他的右手握着一部新款的手机。

"是呀，看热闹，看热闹的人越来越多，珍惜传统文化的人却越来越少。往后呀，就连知道的人怕也越来越少了。"

说完，老人叹了口气，轻轻地摇着头，他坐在轮椅里，手中拨弄念珠的速度仿佛都快了一些。

具醉月

"有空见见吧,让我好好感谢一下你的帮助。"忙过雪顿节的卓玛打通了多杰的电话。

"不用客气,致谢就不用了,都是为传统文化做点贡献嘛,我也是头一次去珠峰,一路的安排都很好,我还得谢谢你呢。要不,这周末一起去爬山,不知道你有没有兴趣。"

"嗯,也可以,天气好,活动一下筋骨,省了一节健身课。"

九月的拉萨,正是半城青翠、半城飞黄之际,树叶开始慢慢变得橙黄,在初秋微凉的风中摇曳。过了秋分这天,太阳开始偏南,白昼渐渐变短,色拉寺后的乌孜山脚下,多杰和卓玛的身影被拉得长长的,投射在凹凸不平的石板路上。

这座与哲蚌寺、甘丹寺合称拉萨"三大寺"的寺庙,并不像想象中那般飞檐冲天、高阁流彩、富丽堂皇,反而有种古旧朴拙的状貌。就连寺庙零落的建筑也不像哲蚌寺那样,层层堆砌在高高的山腰,远远可望那巍巍的雄姿,它们偎伏在浅浅的山脚，隔着高大的石头墙，只能隐约见到一角，却也平添了几分禅意。

沿着微微倾斜的石板路，高大的塔柏和柳树、槐树两旁，麦扎仓、阿巴扎仓、吉扎仓和措钦大殿等明清时期陆续修建的建筑错落有致。

说来也怪，就在太阳钻进南边一块深灰色的云朵之时，他们头顶那片青云忽然落起雨来，两个十多岁的小僧把袈裟撑在头顶，边跑边说笑地从他们的身边闪过，豆大的雨滴啪啪落在绛红色的袈裟上，像是毛笔点落渲染开的朵朵梅花。

"应该就这两下子。走，先到大殿里躲会儿雨。"多杰抬头看了看南边大片的蓝天，说道。

二人迈进高高的大殿门槛，那些已经略显斑驳的巨幅壁画，以铁线重彩描绘着天王、力士、菩萨和佛的形象，高高地俯视着来来往往的人们，仿佛脚步踏过那道高高的门槛，就进入了另一重世界。

"小时候，我想来这里出家来着。"多杰说。

卓玛看了他一眼，微微笑了。

"在这里走走，能感受到一种别样的幽静，就连那墙角石头缝里钻出的一簇小草、被触摸得像浸着油一样的木楼梯扶手，还有那总是紧锁着的房门、不知道用没用的僧舍，都传递着悠悠的古意。"说到这儿，卓玛停下了脚步，轻轻摇着头，悠悠地说道："偶尔来转转还行，可如果让我在这儿潜心修行，我可是做不到。"

"别说是你了，放在现在，我也做不到。"

不多时，阳光透过天窗的窗棂，化身为数道透明光柱，斜照进灯光昏暗的大殿之内，上百根合抱粗的红色方柱下，纵向摆着几排塞了干草的卡垫座，上面放着摆成锥形的绛红色僧袍。

"雨停了，我们出去吧。"

寺后的山上，有许多裸露的大石块，像天神游戏时遗落于此的筹码，有一处倾斜的大石，还被人们当作了滑梯，费力地从旁边爬上去，再哧溜一下地滑下来，留下一道被磨光的痕迹。西侧一处石缝里，汩汩地冒着清冽的山泉水，往来的老人小孩儿都会用掌心接捧着啜上两口，再把余下的水往头顶抹去。

"拉萨还是太小了，内地有很多好地方，像西安的古城墙、大理的洱海、上海的外滩……可多了，有机会可以去看看，多体验一下。"卓玛边走边说。

"在四川上学的时候，也去过一些地方，但一回到拉萨，心里就觉得踏实，哪怕是在北郊家里待着。美朵一有空就往南边城里跑，我却喜欢一个人到这里来，从小到大、春夏秋冬、白天黑夜地爬了多少次，总愿意一次次上来。我们几个好朋友，十八岁的成人礼，背着小睡袋，一直爬到了山顶。那天晚上，就睡在几近山顶一处坡上的岩洞，头顶是璀璨的星空，身下是城里闪烁的灯光，那种感觉就像是飘浮在空中，感觉平时生活的城市像个模型，那是一种极不真实的感觉，像是梦幻。"

"照你这么说，你不去做个小沙弥还真是可惜了，这么小就觉悟了呀？"

"嗯，可能是性格的问题吧，从小就爱瞎琢磨。虽然'悟空'的基本就是'勘破'，但就像上山，就得走下山，没有谁真能像云朵一样,生活在清绝无人的山顶,终归得一次次走回生活。"

"空?"

"嗯。后来,我想明白了,空不是没有,是认识到因果轮回和因缘和合的本质,就像缘分来了的时候,有它的原因,缘分尽了的时候,也有它的结果。我们不能倒因为果,也不能见果蔽因。就像一段因利益结合的关系,等到可利用的价值消耗尽了,缘分和关系也就走到了尽头,识破其中的空境,而不是断绝人境,才能更好地开始下一段关系。"

"嗯。"卓玛点着头。

平时,她大多都是谈话的主角,谈的也更多是一些具体的项目和工作,在这么一个四下无人、云淡风轻的地方,听多杰这么说,她觉得挺宽心。可转念一想,她倒更愿意把这看作一场男女的约会,要不她怎么会来呢,至少是一种试探吧。只是,谁家约会时会大谈佛法呢?想到这儿,她带着好奇的心思,试探着问道:"多杰,如果你有了一个女朋友,有出游时间的话,你会带她去哪里?"

"嗯,带她去西藏所有的寺庙。"多杰不假思索地答道。

"哦。"卓玛头也不抬地敷衍道。

"再过几天,雨季歇下来,布达拉宫要刷涂料了,我们几个好朋友要去当志愿者,给布宫刷涂料。"

"是呀,每年都要刷一次,因为雨水总是会冲掉一些,甚至每次淋了雨后,会看到墙体原本的土色,每年的刷涂虽然感觉会比较麻烦,但相比传统建筑材料,就是好看。淋过新涂料的布宫就是一座芳香城堡,这也是一种浪漫吧。而且,不断地新浇,不断地冲刷,就像你刚才说的上山和下山之间的佛理，这就像一种特别的仪式，提醒我们一个新季的来临，也提醒我们要有恒心和耐心，就像心里生出来的杂草，一次拔除干净以后，过不久还会长出来，得不断地拔除，这就是修行吧。其实呀，细想起来，传统里有很多讲究，还是有很多值得细细品味的地方呢。"卓玛笑着说道。

不知不觉间，卓玛开始觉得多杰的身上有种与众不同的感觉，他虽然生得高大阳光，骨子里却又这么传统，跟他在一起，虽然不能像和兴趣相投的朋友那般尽兴玩闹，但会有种说不出来的踏实感，不知道到底是因为这个人，还是因他所惦念的传统感。

"对了，'沙弥多杰'，这个山爬的，不但是双脚站上了高度，就连精神也飞升了高度。不过，话又说回来，既然说到下山，咱们还是得接点地气，晚上把你那两位演藏戏的朋友请出来，我们一起吃个饭吧。"

"嗯，好嘞。"

二人一前一后向山下去，遇到沟沟坎坎难过的时候，不时伸手相援。头顶的苍鹰飞旋，有一两只戴着紫色毛线串作耳花的牦牛，低头啃着野草，在看到他们时，"哞哞"地冲他们叫唤两声。

"听说大昭寺广场向北的巷子里有家别致的餐酒吧，那里原本是一处老房子，被改造成了菜馆和酒吧，辣子鸡丁、火爆鱿鱼、凉拌鲫鱼做得都不错，还有适合下酒的干锅烧烤，各种洋酒和进口啤酒。"卓玛气喘吁吁地边走边说。

"好，就听你的。"过了一会儿，多杰才像又想到了什么一样，接着说道，"这多元混搭风，大概就是拉萨，杯子虽是古旧的，调出的却是混合着不同口味的鸡尾酒。"

晚餐就在卓玛预说的地方。

一桌十来个人,多杰应付自如,他的酒量很好,酒风也比较稳重,脖子微微一仰,啤酒就顺畅地被送下肚,仿佛一艘小船,顺流滑向回家的路一般。在酒场上,这让他颇受欢迎,他也是来者不拒,像个信马由缰的康巴汉子,威武雄壮却又沉稳从容地巡游在自己的草原。一旁的卓玛完全不能相信,这还是下午时分,那个安静、淡定、甚至略带腼腆、向他讲述佛法的那个人吗?不过,她倒是放下了那种认为多杰会比较刻板的担心。

聚会也有卓玛公司的同事,麦子就坐在多杰的右手边。她叫麦苗,本是个地道的北京大妞儿,英国皇家艺术学院设计专业毕业后,在北京一家大型服装公司做服装设计工作,不知怎么就觉得生活没劲儿,买了张机票就飞到了拉萨,在把拉萨和阿里玩了个遍后,干脆选择暂留在了这里。

已经十几分钟了,她都抽着细支的香烟,一边优雅地吐着烟,一边跟多杰探讨着藏文化元素在文创、家居、时装设计中的融合问题。

"西藏传统审美风格里,色彩比较浓重,画面铺得也满,现在很多设计风格比较偏爱简约风,高级。"

"说得对,但情况你可能了解得也不够全面,藏地不只有纷繁复杂的美学风格,就拿唐卡来说,以前有那种画风比较满格的'勉塘派'风格,或许是缘于它应用的场景主要是早期寺庙,特别以壁画居多,由于空间比较大,需要用不同的艺术元素来填充,画完主尊,再画大大小小的胁侍菩萨、力士、金刚、供养人,等等。后来与汉地的艺术风格逐渐交融后,也吸取了留白的理念,更好地调和了造相与造境的关系,营造出一种空灵的美学风格。"

在多杰和麦子聊这些时，坐在他左边的卓玛也侧耳听着。

"是呀，我小时候看过家乡的卡垫，也有许多图案造型比较简单的，就是简单的几何纹路，配上那厚重的颜色，也有一种简约朴素的美。"卓玛加入了讨论。

"看来，我——哦，也不只是我，外界对藏地的了解都还远远不够，特别是对藏地的美学风格需要有一个真实的了解和定位。"麦苗拢了拢滑落到脸颊的头发，说道。她那褐色的头发浓密蓬松，被夹烫成几个波卷，像流动的瀑布一般自然舒展，随着这会儿俯身说话，便滑落到左边的胸前。

"嗯，你说得很对。真实，真实是个关键词。我想，这里面也不只是一个需要进一步了解的问题，更重要的是需要了解一个真实的西藏的问题。很多人在来之前，要么是简单抱以神秘、梦幻、猎奇的心理，人还没来，潜意识便是这样，他们想要感受到一个'不一样'的西藏，也有许多人便迎合起他们这样的心态。"多杰说着。

"嗯。"麦苗频频地点着头。

等到讨论告一段落，多杰转过身来，卓玛也举起了酒杯，和他碰过杯后，一饮而尽。然后，向上卷起那粉红滋润的舌尖，抿净上唇边的啤酒泡儿，问他："你是什么星座？"

"嗯，五月底的生日，算起来应该是双子座吧。"

"难怪呢，风向星座，敏感、有才华、喜欢自由又有着强烈的好奇心，我还以为你就是个呆子呢。"

听卓玛这么说，多杰转过了身，面向卓玛，一本正经地说，"怎么说呢，既然说到了这个问题，我得为自己辩护一下的。我只是比较喜欢传统，或者可以理解成喜欢安静、朴素和简单的事物，但并不代表我不接受新鲜事物呀。"

事实上，多杰不但不刻板，反倒是多才多艺，他从小被送进音乐学院，培养出了敏锐的艺术感，加上传统藏戏与藏传佛教渊源颇深，才使他对藏传佛教有着较深的理解，进而形成了形而上的哲学思维模式，仿佛有种能够看到问题本质的直觉。就像有人看到一朵花，会直接夸赞它的美，但在多杰的眼里，这朵花的状貌、颜色和香气，都不过是一种形式而已，当你看到它，或者嗅到它时，只不过在感知它的存在。照着这样的思维方式，一般人是难以理解的。拿他自嘲的话来说，这么多年跟这些搞艺术的疯子混在一起，不沾带点儿神经质都说不过去了，没被他们带偏就很不错了。

"那是我多虑了，我自罚一杯。"卓玛悠悠地笑了。

"别别别，还以为我欺负你呢，我敬你一杯。"多杰说着说着，连忙倒满一杯，那泡沫都要溢出来了，两人痛快地一饮而尽，又相互倾斜着空酒杯，向对方展示着杯底，相视而笑。

这一切，都被坐在对面的美朵默默看在眼里。她一边应付着身边的朋友，一边悄悄留意着对面两人的谈话，她的酒量一看就不怎么样，才喝几口下肚便涨红了脸。

"就让我喝水吧，喝酸奶、喝可乐、喝什么都行，涨死我好了，酒是实在喝不进去了。"一见到人端着杯子来，她便会弓着身子，双手合十，举在额前，连连求饶，那模样儿，活像一只认怂的小精灵猴儿。

深夜的大昭寺显得格外静谧，昏黄的街灯柔柔地打在环形的街道上，就像一块儿泛着幽光的琥珀，就算流淌和凝固在它四周的新鲜树胶再多，它核心那个最初被封存的东西永远不变,也更加被包裹得严实,透过千百年来一层层附着凝结的流体物,人们依然可以清晰地看到它最初的模样。

忙过了这些天,卓玛又开始在八廓街溜达了,她要找一家店铺,把家乡的卡垫卖到拉萨。这些天,在看似漫不经心的聊天中,她多少受到了多杰的启发,传统的就是世界的,以前她认为拿不出手的土货,如今看来却是多少人的乡愁。拿多杰的话来说,不论科技多么发达,技术怎么进步,传统的工艺都不会被淘汰,甚至会成为一种艺术表现的符号,具有某种永恒经典的价值,文化的价值却又远超商品价值。

由于八廓街货物、车辆和人员出入都不太方便,她最终把目标缩小到了八廓街朝北的主街的尧西平康。这里是一栋上百年的藏式大宅院,一面临着主街,一面连着八廓,往东走几步,就是传统的批发市场——冲赛康,也符合售卖传统民族手工艺品的初衷。或许,阿爸啦也愿意常来这里住上一段时间,他总是一个人坐着,默默地承受着寂寞,能多到八廓街走走,对身体和腿脚也是好的,她心里暗自思忖着。

想到这儿,她的脸上不禁泛起了一丝幸福的微笑。嗯,就这么定了,得赶紧请姐姐来看看,一起好好商量商量。

从日喀则到拉萨的火车,两三个小时的时间便到了。车一到站,安静的车站顿时喧闹了起来,从慌忙往外涌的人群中,卓玛一眼就认出了姐姐,她比自己要矮上半个头,身材也要更加结实一些,咖啡色的竖毛领大衣扣得严严实实,显得远超出年纪的老气。鹅蛋形的脸盘上,那有着双眼皮的大眼里怀着乌木般的瞳仁,丰润的嘴唇,只轻轻一抿,就会带出真诚的笑意。从妈妈遗留下来的那张唯一的黑白照片来看,姐姐长得应该更像妈妈些。

她脖子上挂着一颗拇指大小的金线绿松石，原本只用一根红线绳串着，后来请江孜本地的匠人，仿照白居寺那幅明代绿度母壁画雕刻了绿度母的面相，深绿色细腻温润，表皮泛着玻璃色，就像度母慈祥放光的面容。这块松石是妈妈生前戴过的，爸爸在她十六岁那年给了她，姐姐便视为珍爱之物，常年佩戴在身上。

姐姐并没有独自留下，而是把这块绿松石切成了两块，另一半挂在爸爸的脖子上。她留下的这块浮雕成了立体的模样，雕刻在被切开的一面，和原有凸起的表面厚度差不多，雕刻有绿度母的一面朝外。爸爸的那一半比较厚实，为了尽量不损伤绿松石，只采用线雕刻画出轮廓，爸啦戴在脖子上，雕有绿度母的一面朝内，外人看起来，只不过是松石的模样。

这，就像是爸啦对妈妈的感情，只是把那份思念深藏在心里，从他平静的表面并看不出来。

"绿松石能凝聚灵气，这块松石上肯定也凝聚着妈妈的灵气吧。这是妈妈留下的东西，是妈妈戴过的东西呀。"六月份，当这块松石刚被重新雕刻好，阿爸啦夸赞它好看时，姐姐两手合十，捂着它于面前，满眼噙着泪说。等另一半被递到阿爸啦手里时，已经被姐姐捂得温热。

"你长得像妈妈更多一些，卓玛像我。她继承了妈妈的名字，你继承了妈妈的样子。"当时，爸啦沉沉地说道。

姐姐比卓玛整整大了六岁，妈妈去世时，她已经记事，虽然那个时候也算不上大，但也开始明白逝去的意义。那多像一场突然醒来的噩梦呀，有些梦再醒了就会遗忘，可这梦的记忆这么清晰，那种悲伤的感觉就像是闷在酒缸里的青稞酒糟，虽然只有不起眼的那么一点儿，但总是在不经意间静默地发酵，不时酿出一坛思念的酒，这思念的味道半甜半酸，它的保质期是遥遥无期。

眼看离姐姐只有几步远，卓玛便早早伸出了双臂，"我的阿佳啦，你又吃胖了呀，我都快要抱不住了。"

姐姐加快了两步，也伸出双臂，给了妹妹一个大大的熊抱。

然后，卓玛又蹲在地上，双手捧着外甥女的小脸儿，疼爱地说道："我们的小央拉，越来越好看了。"

央拉是姐姐的二女儿，趁着这两天放假，跟妈妈上来玩儿，她今年六岁，还有个十岁大的哥哥，已经在读小学五年级了。

"哪儿有这么夸张，是不是天天守店子坐的。"姐姐在旁边笑着低下头，左顾右盼地打量着自己。

"开玩笑了，你还当真，姐姐永远是我最美的姐姐。"听到这话，逗得姐姐开心得咯咯直笑。

说完，卓玛顺手就要去接姐姐的背包，却被她一扭身挡了过去，只递给她手上一直拎着的、用一条旧哈达系着的方形小竹筐，说："拿这个吧，爸爸给你带的奶渣。"

"哦。"卓玛也不再客气，接过小竹筐，挽起她的胳膊，往停车场走去。

小外甥女走在二人中间，牵着她俩的手，穿着一身淡紫色小藏装。

车子穿过柳梧新区横跨拉萨河上的彩虹桥，向拉萨河北边驶去，一栋栋高楼从车窗闪过，还有一些楼正在修建。

"拉萨这些年的变化可真大呀，还记得以前来这边办事，要远远地绕过拉萨大桥，遍地都是荒石滩，坑坑洼洼的路边，只有几家补轮胎的破旧铁皮房，时不时不知从哪儿窜出几只野狗,怪吓人的。"

"所以,姐姐一起来创业吧。"

"好是好,姐姐还是在江孜习惯了,爸啦身边得有个人,你外甥在县城读小学,我多陪陪他们,你就好好在拉萨发展。"

沉默片刻后,姐姐又说:"一个人在拉萨也不容易。卓玛,该成个家了。"

"嗯。"

"心爱"二字是极好的组词,除去眼里以及嘴里的喜爱,心爱的人就像照片的显影,只要被心捕捉到的影子,都会自然地投射到心底。这种答案的生成,是最自然显现、最隐秘无欺、最真切诚实的。当旺姆姐姐提到"成家"这个话题时,卓玛的心底自然映出了多杰的影子。

在爱的量子纠缠里,一旦有了这样的呼喊,必然会期待那声回响,卓玛在扣发爱的响箭时,目光已注视着爱的标靶。

靶子是不会响的,只有响箭击中它的那一刻,它才会应声而响。

在色彩斑斓的九月里,多杰也在编织一个梦。只是,这个梦,无关爱情。

藏剧团的工作和生活是快乐的,但对于正值青春、爱做梦的年轻人,没有任何一道墙能框束他们的梦。不论是对于工作、生活、艺术或是理想的追求,那种天马行空的想象和激情,将为他们最宝贵的青春年华注入最绚烂的光华。

这天,多杰刚卸了戏服,一看太阳还老高,便去找同为委培生的格桑卓嘎。

虽然同为委培生,格桑卓嘎的培养方向和他并不一样。

出生于珠峰脚下定日县的格桑卓嘎就读于上海舞蹈学校，是一个性格开朗又带着羞涩的女孩，至于开朗，还是羞涩，完全取决于她面对的人。

"最近总感觉有股劲儿，被憋着。"

多杰开车到拉萨市歌舞团接到格桑卓嘎。待她刚一上车，就冲她抒发起自己的烦恼。

"哎哟，小伙子火大哟。"格桑卓嘎咪咪地笑着说。

"哎，你想哪儿去了？"多杰扭过头，问道，"天色还早，咱们兜兜风吧。"

"嗯，随便。"

格桑卓嘎莞尔一笑。她伸手扎起一头淡栗色的卷发，额前发际线处的美人尖更加明显，两侧斜向后整齐拢去的额发和瓜子脸下巴完美呼应起来。

"你头发真好。"多杰不由赞道。

"咱们藏族女孩儿，不都喜欢留长发嘛。我倒是想尝试换一下短发风格，阿妈啦就不让我剪，以前去内地上学的时候，她还千叮咛万嘱咐地提醒说，上海是个时尚之都，把你那长头发留好，千万不要学人家瞎赶时髦呀。"格桑卓嘎笑着说。

"我也一样，波啦就是让我不要文身，说那样的话，天葬的时候，神都不收了。"

多杰熟练地操控着方向盘，穿行在拉萨宽阔的街道。

"忽然想起了上学的时候，多美好。"格桑卓嘎转过头，"对了，你有什么劲儿使不出？"

"哦，最近工作总提不起劲儿。每天排着剧目，总觉得有些单调乏味。观众看一遍还觉得新鲜，可自己总是不停地排练、演出、退场，总觉得没劲儿。"

"这太正常了,听说好多厨师都不吃自己做的菜呢。"格桑卓嘎又笑了,"我看,你小子可是变了呀,以前每次聚会的时候,天天喊口号的可是你,一副要担起民族文化传承大任的样子。"

"没有变,没有变,就是担心艺术细胞变成葡萄干嘛。"多杰忙解释道,"哎,你是怎么能一直保持这么好的状态?"

说着,多杰扭头看去,格桑卓嘎戴着珍珠耳环和珍珠项链,身穿鹿褐色的藏装,内衬是湖蓝色的纱衣,胸前别着一个双桃银胸针,中间镶着一颗翠绿的松石。

格桑卓嘎也扭头,杏眼含笑地说道:"秘密。"

"快说说嘛。"

多杰仍漫无目的地把持着手里的方向盘。眼看车子拐进了宇拓路,前面便是布达拉宫广场,格桑卓嘎便说:"开了这么久,停车走走吧。"

"哦!"

广场得了好风水,巨大的柳树枝繁叶茂,广场鸽不时掠过枝头,一块块青石板拼成了宽阔的广场,更加衬托出布达拉宫的雄奇高壮。

"工作本身没有错,但它只是生活的一部分,是拼成我们生活的其中一块。"二人走在石板路上,格桑卓嘎接着说,"叔本华不是说,人生就像个钟摆嘛,总是摇摆在欲望没有得到满足的渴望与满足之后的无聊之间,你现在的状态,应该是后者吧。"

"嗯。"

多杰默默地点点头,他想起刚工作时,自己在练功房总是最后一个离开的身影。

"其实,你说的问题,我也遇到了。只不过,你从事的藏戏是以传统为主,我做的现代舞是以新潮为主。"格桑卓嘎伸出手掌,左手下切,右手上场,接着说道,"只不过,你在传统的沉浸中,希望向新的空间突破,我在平时的现代中,希望向传统汲取营养。"

"这是不是不同向度的审美疲劳?"

"不!"格桑卓嘎停住了脚步,语气坚定地说,"积极地看,这是一种突破,就像创作的种子想要挣脱土地的覆压……"

说到这儿,格桑卓嘎又把左手掌心向下,右手掌尖冲着掌心上下相冲。这是她作为一名舞蹈演员长久以来养成擅长肢体语言的表达习惯。

"以前,可没觉得你思想这么成熟呀?"

多杰的语气中半是佩服,半是疑惑。他的问题,引来了格桑卓嘎银铃般的笑声。

"你不知道,女生感情成熟得早,思想成熟得晚吗?"格桑卓嘎忽然收住了笑容,认真地说,"加入我们吧。"

"什么?"多杰不解地问道。

"我和几个朋友成立了一个'巅萨剧场',就是为了追求与枯燥、机械、定式的艺术表达不一样的东西。"

"巅萨?"多杰喃喃地念着。

"嗯!'巅萨'就是'依靠处'的意思。宏大的主题属于单位主导,在此基础上,我们希望通过每一次独立的、灵活的、微小的创作和表达,传达更多美的内容,成为西藏艺术表演领域追求传统文化当代表达的新兴元素,探寻本土艺术审美新的视角,探索'富有理性的诗性剧场'……欢迎你的加入。"

"藏戏有表现的空间吗？我的专业可是藏戏。"

"太有了。"格桑卓嘎看了一眼一脸期待的多杰，"我们最近就在排一个剧，就是着眼传统藏戏里的一些女性角色，对她们进行重新解读。"

"这很有挑战性呀，传统剧目可是经过几百年的演绎，有着不变的模式。"多杰瞪大了眼睛。

"所以说是个尝试嘛，藏戏里的那些女主角也是女人，有着女人对爱情的渴望，比如哈江尊姆、顿珠白姆、柔安王后，她们在传统藏戏里是反面人物，如果用另一种角度去诠释她们，她们可能也是在表达对爱情的渴望，她们的初衷可能也是那么的纯洁，向往爱情，爱而不得……"

"这让我想起《甄嬛传》里的华妃。"

"对对对，对于很多女人来说，爱情，是很容易想起，却很难忘记的。爱情不是一个人的游戏，那种无可奈何，那种难以触及，那种得而复失，难免让人因爱生恨，走向极端……"

"没想到，你还是个感情专家。"多杰笑道。

"哎呀，艺术探索嘛，我们的舞蹈表达如果没有剧情支撑，就成了木偶。"格桑卓嘎嗔怪地瞪了一眼多杰。

"对不起，对不起……"多杰忙陪着不是，"剧情，说到剧情，你们可以让时光倒流呀，这样就可以引导观众从等待一个结果，变成一个对造成这个结果的原因探索。"

"由果寻因，这是个好主意。"格桑卓嘎又笑了，"看，你上道蛮快的嘛。"

"嗯，毕竟这是我的专业嘛，人生若只如初见，传统剧目通常是一个黑化的过程和一个悲惨的结局，你们可以倒着排，如果是从死亡、嫉妒、热恋，回到初见呢？"

"不错，不错，我们一起排吧，把你使不完的劲儿找个发挥的空间。"

"嗯。"

说话间，他们已经走到了广场西南侧的广场鸽饲喂处，多杰买了一些青稞籽粒，二人坐在广场边的石凳上，把青稞倒进掌心，一撮撮地撒向鸽群。

小剧场很快开演了。

初见情郎的姑娘，满心的渴望、满眼的美好、满面的纯真，格桑卓嘎选用了肉色的舞台服，那是初生如婴儿般天然的纯色。

新婚之时，三个纯美的女孩儿穿上好看的衣服，在舞台辫起了三根又长又粗的辫子（藏族女孩儿在结婚等重要的仪式上，会挽起缕缕青丝，辫起好看的辫子）。除了舞台上的道具，她们在发辫中还辫入了红绿两色的丝线，赤裸着双臂，拥抱着美好。

坐在台下的多杰痴痴地看着，也在思忖："把三出藏戏的女主角放在一起，重新探寻演绎她们的心理，藏戏原来也可以这样演绎……"

演出结束的时候，多杰忙着上台帮忙拾掇道具。

"每次演出完，这样收拾东西，关掉灯光，告别舞台，心情都会有一种低落和不舍。"格桑卓嘎气喘吁吁地说。她的语气中有种怅然若失的感觉。

"舞台就是咱们演员艺术生命开花的那片土地嘛。"多杰一边抬掇着跟前的东西，一边说，"我们以前演出的藏戏，第一要紧的是记台词，你们在尝试走进人物内心。"

"这样，会不会对传统不敬？其实，舞蹈、音乐、藏戏从小就在我们的生活里，就像早上要供净水，过年要吃古突，从没问过为什么，一旦尝试着改变，就觉得很难很难……"

"不会，不会！传统的东西已经保留下来了。"多杰拿起一张面具，两手举在面前说，"我们是把面具展示给人看，你们是在向人物内心开掘。"

"这是一条艰难的路。不过，一步一步走下去，总算是种尝试吧。"

这时，多杰猛然把面具拿了下来，三步并作两步地走到格桑卓嘎跟前，一脸调皮地问道："都说艺术源于生活，你们演绎的爱情观，是不是自己的想法？"

"嗯……"格桑卓嘎看了他一眼，一边继续叠着戏服，一边面带笑容地说，"应该说是吧，至少有一部分是，之前做现代舞，我就想融入一些藏文化元素，特别是提取藏戏文化的元素。但是，之前在做这种融合尝试的时候，总是把握不好一个度，自己都觉得不伦不类。在这场演出的时候，虽然演的是戏中人，但我们都没有觉得别扭。这除了舞台表演的技巧之外，可能跟我们的成长和阅历都有内在的联系，哪个女孩儿不渴望爱情呀，是吧？"

说着，她仰头一瞥，向几位舞伴示意。她们也相视一笑，又放声笑了起来，那笑声回响在人已尽去的空旷舞台——她们演绎戏中人与自己人生的舞台。

具贤月

　　虽然已到十月，满城落叶金黄，尧西平康的大院儿里，月季花儿还开得娇艳。这正门朝南的大宅院，通连着以前佣人用房的门廊两边，蒙人伏虎和印人牵象图分列左右，院里正对门口处原本是口水井，被改造成了自来水，东北角原本是个低矮的老酒坊，被改造成了威士忌酒吧。穿过正屋一楼的门洞，后面是一个带天井的小四合院儿，被建筑切成四方的天空，给人别有洞天的感觉。

　　朝南的正门面向幽古的八廓街，走几步就到大昭寺的正门，靠北的一面紧邻着大街，一门两窗的建筑形态，像个大嘴巴和一双大眼，望着市井人间的烟火。

　　卓玛看好的店铺就在这里。

　　中间小天井是一家藏式客栈，古色古香的吧台就在天井下靠东的地方，挂了许多黑白老照片用作装饰。老板在吧台下摆了套藤编桌椅，不光是为了方便客人，也方便自己坐着喝茶，那茶杯用喝啤酒的大扎杯代替。只是，他并不常来，听说这只能算是他的一个副业。这简单的茶座头顶犹如剪纸般抠出来的小方孔，白天是一抹幽蓝，夜晚是一斗星空，雨天是一道天瀑，雪天则落下一方玉砖。天晴的时候，太阳投射出的一小块儿光影，会随着早中晚规律地变动着位置。

老板是个言语不多、态度谦和恭敬、穿着十分朴素的人，皮肤晒得像裹油条的黄油纸一样，红里透着黑，油亮油亮的。听说他也是日喀则人，大部分时间都在到处跑工程，开这店半是好玩儿，半是为圆思古之情。

南边的大院儿里，靠大门那间只有天井般大小的屋子，租给了一对夫妻。夫妻俩都是四川达州人，原本在阿里线跑旅游，是一对旅游黄金搭档，咨询、运营、司机、导游、拍照、扛氧气瓶，只要游客满意，又肯多出点钱，样样到位。后来，男人一次出车时在冰雪路面上翻了车，不但车没了，还得赔客人，自己的右腿也被轧断，虽然鬼门关走了一遭，可总算保住了一条命，但旅游是干不成了，那被打了钢板的小腿，到现在都不能使劲，走起路来都有点瘸。

"我这腿脚，费鞋，总是左边的鞋帮子都快磨穿了，右边的还好好的。天一冷就隐隐作痛，就像个内置的气象台。这不，这个天儿，电暖气都使上了。"这时，他抬起头，微笑着对卓玛说，"来吧，来了以后，我给你免费预报天气。"

这是一个风格有点奇特的小店，门口挂着旅游信息牌子，左边摆着一些珠珠串串，男人总是坐在靠门口那个小小的操作台后面，低头打制着皮具、钱包、皮带、钥匙扣，什么都可以手工制作。卓玛来看店铺时，进去问过些情况，可来来回回好几次，都没见他起身走路，只见他斯斯文文坐在那儿专注地干着活,也不知道他说的是真是假。

说来也是,男人已经四十二三的年纪,他耳边的侧发剪短竖收,头顶的头发稍长一些,在脑后扎起来。为了保暖并且干活儿时双臂利落,总是穿着咖色衬衫配马甲,他总笑着解释深色耐脏,可以让老婆少洗几道。或许是因为脸消瘦,脸部轮廓显得立体,再加上他总是低着头做活儿,顺着高高的眉峰和鼻梁看过去,有点儿像演员张震那般的冷峻。眉梢处散开的鱼尾纹透露着年龄的秘密,只是,那总是轻锁着的眉头,似乎还锁着更多秘密。

每天忙得跟打仗似的,卓玛也顾不上管那是真是假。直到有一次,她刚走到通道口,看到店门口有两个孩子,背着书包要去上学的样子,男人这才一手扶着右边的大腿,一瘸一拐地走到大门口,弯腰给孩子们交代着什么。

"唉,好可怜。"她轻声叹道,不由得一阵心酸,也为他惋惜起来。

这就是卓玛,她关心身边那些普通的朋友,会为他们微笑、加油、感动。所以,她也看不惯,或者压根儿受不了一些部门里那种眼望座签、看天说话和弯弯绕绕,按她的话说,八廓街里弯弯绕绕都找得到,人心里的那种弯弯绕绕就不行了。

从那天起,卓玛对这位邻居多了几分关注。

慢慢熟络起来后,趁着装修的时候,卓玛有时候会去他那儿坐坐。

男人叫张强,院儿里的人都叫他"强子"。

强子喜欢小酌两杯,听说以前还做过调酒师,是把调酒的好手,但他平时喝的都是便宜的二锅头。他也抽烟斗,烟斗里不是名贵的南美烟丝，而是他从老家带来的烤烟丝，纯天然，带劲儿。

没有人陪他喝酒，他也不能到处跑，因为要做活，要看店，要接电话登记信息，还要照看着女儿夏夏，他总是指着大院儿的门口说，我这儿就是门房。想必，以前这里也就是门房吧，它离院门这么近，屋子又这么小，活像个鸟笼子。想来也好，如此别人看不起的房子，租金会少很多。强子说："将就吧，能省一点就得省一点，一醒来就还有两张嗷嗷待哺的小嘴呢。"

所以，强子总是在做活儿疲惫的时候，偶尔自己整两杯。

"看得出，你是个挺懂生活的人。"卓玛坐在他操作台外面的吧台椅上，一只脚支着椅腿，一条腿伸得老长，跟他闲聊着。

"以前是懂生活，现在是懂得了生活。"强子摇摇头，深深地吸了一口烟，那本来发青的烟从嘴巴里被长长地吐出来时，已经泛白。等那口长烟终于吐完时，白烟才把他的话又带出来，"以前干旅游，天南海北的人都接触得到。那些跑到西藏来玩儿的人，也不乏懂生活、喜欢大自然、会玩儿的，跟着他们出一趟门就是几天时间，多少也能了解一些东西，什么泡茶、煮咖啡、品红酒、调鸡尾酒，甚至修理摩托车，什么都会点儿。感觉旅游这档子事儿，就像一个火锅盆，什么都能往里头丢，什么人都能坐上桌，煮火锅的火不能关，就算是菜都煮熟了，也得开一点儿小火，冒着泡儿才有气氛，才好接着下菜，只可惜……"

说到这儿，强子不再往下说，而是拍拍自己的右腿，再深深吸上一口烟。他这调酒的技术就是跟客人学的，也正是这个客人，跟他一起出了车祸，不但让他几乎赔净了以前赚到的钱，也砸了他的饭碗。

大儿子上学去了，每当他们聊天时，他五岁的小女儿夏夏总是乖乖地坐在角落的小沙发上自己玩儿，肉嘟嘟的脸蛋晒得像两个小红苹果，头发跟他爸爸一样讲究，总是梳得整整齐齐，前面是齐眉的刘海，后面扎两个小揪揪。卓玛给她零食时，她也总是羞涩地往爸爸身后躲，眨巴着那水汪汪的大眼睛。

总是看到她在家里，卓玛便问："宝宝没上幼儿园吗？"

强子看了一眼孩子，说道："是该上了，找不到门路，私立的远，费用也高，担不起。她妈每天到处跑着串一些旅游信息，就为了挣那点儿中介信息费，谈完了这头儿，谈那头儿。平时得照看这俩小的，还有我这个'大拖挂'，她自己也不能往下跑。"然后，又抓着那大烟斗，狠劲儿地吸一大口，那斗锅的表面已经是一层灰白了，只有在他狠劲地抽上一口时，才隐约冒出些底火，一缕青烟，"嗞嗞"作响。他慢悠悠地说，"先活命吧。"

烟斗还是以前那个烟斗，却装填不了以前的烟丝。不管在哪里，总有些人在享受，有些人在奋斗，有些人只是在努力地活着，虽然像斗锅里那烟灰一样苍白，但狠劲儿地呼吸吐纳之间，内心深藏的那团火不会熄。

烟斗就放在摆满东西的操作台的左手边，之所以用烟斗装烟丝，是可以不用随时去抖烟灰，不影响手里的活儿，烟灰也不会到处飞。无论对大事小情，都认真负责的强子，也怕跳出的烟灰灼烧到客人的东西和他看似杂乱却又井井有条的操作台。故而，他总是在大烟斗里把烟丝放得不那么满当，并且压得紧紧实实，抽起来需要用点劲，他也更喜欢那种感觉，就像他在面对生活磨难时透出的那股子斯文和韧劲。那操作台，像上学时老师那高高讲台的操作台，实际上也只不过是个二手的普通木制吧台，上面铺着一张厚实的牛皮，牛皮也被精心地切割锁边，再把各类精巧的切刀、刻刀、剪刀、打孔钉等往上一摆，显出一种别样的设计感。

想到这儿，卓玛也咂了一口手中的电子烟。瞥了一眼操作台外角放着的一个小电子屏，上面用荧光笔写着"纯牦牛皮手工定制钱包、皮带、手环、钥匙扣"的字样，问道："一个钱包多少钱？"

"没个定说，看大小、材质和做工，便宜点儿的几百块，像这样的长钱包，用料好、夹层多，做工也复杂些的就要贵些。"强子拿起左边一个刚做好的长钱包，放在卓玛的面前，又低下头，继续刻着皮花儿，是朵莲花的造型。接着说，"这个要一千五。"

卓玛将那钱包拿起来，手中是熟悉的纯牛皮柔和质感，她闭上眼睛，摩挲了两下。然后，把电子烟杆握在手心，取出自己的钱包，掏出三千块钱，放在操作台上，微笑着说："我订两个。"

强子停下了手中的活儿，抬头盯着卓玛，瞅了一会儿，说："不需要就不订嘛。"

他或许是看出来，卓玛有意在照顾他生意。

"你怎么知道我不需要。这么好的东西，外边都买不到，我更新换代一下不行呀。"

"这——好吧，谢谢你了。"

强子放下刻刀，轻轻搓了搓掌心，拿起放在操作台的现钞，数了一千块放回卓玛面前，说："友情价。"

"这可不行，得保证质量呀。"卓玛又在那牛皮垫子上把钱轻轻推了过去。

"行。"强子嘴角往上扬起，鱼尾纹在已经开始有些花白的鬓角浮现，是岁月刻下的痕迹。他接着端起一个小木盒，放到卓玛面前，"送你一个印戳吧。"

木盒里装着许多钢印一样的金属印模，卓玛挨个拔出看了个遍，有布达拉宫、莲花、吉祥结等，卓玛挑选了一个，递到强子的面前。

"就这个吧。"

强子接过印模，翻开印面，脖子微倾，看了一眼，问道："两个都一样？"

"对，两个都一样。"

只见，那印模上，是一双布满皱纹的手，那双手合十，有一串佛珠，一半握在掌心，一半悬于掌外。

卓玛的姐姐旺姆到大院儿这天，是一个大晴天。

这天午后，强子难得休息会儿，搬了个椅子坐在门口，拿着一本彩绘童话书，给他的女儿夏夏讲故事。二楼的木楼道，可以遮风避雨，他便在门外放了一个木质的靠背长椅，想要出来透透气的时候，就拿一张羊皮搭在上头，把翻毛的一面朝上，暖暖和和的。

这会儿，他正坐在上面，左手搂着坐在他身边的夏夏，那书就摊放在弓起的左腿上，他的右腿向外伸着，刚好能晒着点太阳。他右手边，椅子边斜放着一根拐杖，那拐杖通体乌亮，T字形的把手上，也被他包上了皮子。

"强子老师。"

卓玛走上前去，站在隔他们两米外的阳光下，轻声叫他。

"哦，卓玛。别叫我老师，承受不起，承受不起。"他收起抱着女儿的左臂，把书递给女儿，"夏夏，先拿着。"

同时，他顺手拿起右边的拐杖，站了起来。歪着头向卓玛身后看了一眼，绅士般地轻抬左臂，问道："你的朋友？屋里坐会儿吧。"

"哦，我姐姐旺姆，我们来看看店。这是我小外甥女央拉。"卓玛转身摸着央拉稚嫩的小肩膀。央拉向前走了两步。她又说道，"我跟姐姐先看看店，说点事儿，让央拉先跟夏夏玩一会儿好不好？"

"太好了，夏夏平时都没小朋友一起玩儿呢。"强子笑了。他笑的时候，仍旧像个大男孩儿一样灿烂。

"央拉，这是强子叔叔，那是夏夏妹妹，先跟妹妹玩会儿。"她蹲下身子，帮央拉抻了抻可爱的小藏装。

"来，刚好，一起上课啰。"强子伸手招呼着央拉。

央拉跟夏夏一起玩儿，卓玛姐妹二人便走进了正在打整的店铺。说是在装修，但并看不到乌烟瘴气的工地模样，只有两个工人在把原来的吊灯换成聚焦的暖光射灯。

"这都是老建筑呀。"姐姐问道。

"是呀，所以不能敲敲补补的，也不能钉木工板。"

"那还怎么装修？"姐姐一脸的疑惑。

"为了保护老建筑，也为了消防安全。不过，不用那些板子包起来也好，就在这前面支起钢架子，刷上或黑、或红、或绿的颜色后，上面的射灯把光聚到毯子上，效果肯定好。这样，还能更加凸显咱们产品的原始自然特性。"卓玛抚摸着已经泛黄的墙皮，以及一些地方露出叠石的墙壁，缓缓说道。

姐姐似懂非懂地听着,她听得很认真,既没有摇头,也没有点头。

两人又来到宽宽的窗台前,卓玛双手按在窗沿上,将上半身探出去,扭过头说:"这上面放盆花,再放两个杯子,还可以坐在这里喝喝茶。"

说完,她缩回身子,轻轻拍了拍窗台。这窗台差不多有二十公分宽,从窗台的宽度,就看得出这建筑的结实程度,那粗砺的大石块被逐个摆放,中间夹着小石条,是用以调节大石头的水平的,让墙体更紧密平实。这样的构筑方式,不用水泥,依然牢固。据说,古罗马人就是因为发明了砂浆,填充了石块与石块之间的缝隙,实现了砌石的平衡,消减了石块的压力,才能修出像大竞技场和神庙之类的伟大建筑。与掌握着组合艺术的古罗马人不同,古希腊人则把智慧和技艺用在了单体小石块的雕琢上,有了掷铁饼者、胜利女神、断臂维纳斯等不朽的雕塑艺术品。

"姐姐,传统的建筑真是好看,在这里开店多好呀。"

"是呀。"姐姐应道。

看好店铺后,她们看央拉和夏夏还在一起读着书,姐俩便坐在前院靠东的小花园边,叫了两杯飘雪,悠闲地喝着茶,拉着家常。

"这个地方真好。没承想以前贵族人家的地方,现在也能开店铺。"姐姐旺姆扭着脖子,上下左右地把这院落打量了一圈儿,连声赞道。

"是呀,早在民主改革的时候,很多以前的贵族资产就被回购或置换了。"

"听爸啦说过,以前是乌拉差役嘛,别说房子、土地、牲口,要是出身不好的话,连人都尽归大贵族家。"

"都是过去的事儿了,想想还是现在幸福,有梦想就可以去追。"

"是呀,姐姐最佩服你的,就是敢想敢干的劲头。"

"好像是做了不少'出格'的事儿,多亏姐姐理解,还帮我给阿爸啦做思想工作,为妹妹、为咱爸啦、咱们家付出太多了。"

"是呀,你可真是,就像一只敢往山岩上爬的羊一样,一点儿也不怕摔着,当模特、辞职、办公司,没一件是他能理解的。不过呀,你也不要责怪他,他以前哪里见过这些,从你出去上学的时候开始,他就总是不停地担心,虽然他话不多,但知道咱们感情好,就老是来问我。这两年好多了,眼看着你这么大,做事越来越有主见,他问得也少些了。"姐姐欣慰地笑着,"再苦再难,总算是挺过来了。要是阿妈啦在就好了,她看到你的样子,一定很高兴。"

卓玛默然,一片黄叶掉落在她们面前的小桌上,轻轻发出"嗒"的声响。她伸出手,用纤长的手指拈起这桃心形的树叶,对着太阳光看过去,透过金黄透亮的叶面,那丝丝叶脉清晰可见,每一根纤细的叶脉,都曾与粗壮的根须相互连通。

"四季轮回,命运无常。"她转过身来,深情地看着姐姐,"姐,回去后就把合作社组织起来吧,带动家乡的妇女致富,阿妈啦应该也会高兴吧。如果可以的话,每年接爸啦也来拉萨住上些日子,这片都是老城区,他应该能适应。前几个月,他还带我去了光明茶馆,这边拐角出去就到了。"

卓玛侧过身,往大门外的位置指了一下。

旺姆嘴角微微上扬,默默地点了两下头。那笑容,就像她颈间绿度母轻扬的唇角。

因为要常来看装修、布局和上货，卓玛需要经常往八廓街这边跑。

"到处堆满了建筑，连个停车的地方都不好找。"她总是这样抱怨道。

大家有事找她，也得往这边来。

麦苗一进这老院子，就被惊艳到了，她兴奋地对卓玛说："哇,古城就像是个多宝盒,拐弯抹角的,总能找到好玩的地方。看，这里真是太棒了，完全古色古香的感觉，就连太阳照进来，都是不一样的味道，都可以拍古装戏了。"

她站在院子正中央，伸出双臂，闭上眼睛，深深嗅了一口院里的味道，仿佛能嗅到百年前飘在空气里的记忆。那样子，像极了一只将才轻轻震颤着翅膀，想要飞回过去的蝴蝶。

坐在花园边的卓玛瞅了她一眼，说道："快过来喝茶，晒黑了。"

"不怕，黑点才好看呢，健康色。你忘了我叫啥名了？"

麦苗转过头来，莞尔一笑，露出一排细密整齐的瓷白色牙齿。

"哦，麦子。"

"对嘛，小麦色不是现在正流行的健康自然色嘛。"

说着，她便迈着穿压花皮鞋的长腿，向卓玛走来。驼色的风衣下，露出深蓝色的裙摆，那裙摆随着踢出的步子，在脚腕上方卷动。院里已稀松地落了一些黄叶，有的被太阳晒焦了，踩在上面沙沙作响。

"麻烦来杯美式，再能来点儿小松饼就好了，还没吃午饭呢。"点完单，麦子转过头，"听说，以前西藏的贵族也爱喝咖啡。"

"嗯，不过，我想他们最早也是作为一种时尚的洋玩意儿来体验的，听说甜茶也是当年侵入拉萨的英国人带进来的，在贵族阶层流行，后来在社会中传播开。"

"虽然不是很清楚，但也不是没这个可能，英式奶茶就这样做的嘛。所谓时尚，说起来也没什么稀奇的，有时候就是一种从小众到大众的传播。"

麦子抿了一口咖啡，闭上眼睛，舒呵着气，陶醉地轻轻摇着头，仿佛味蕾和精神都被这奇妙的液体嘭嘭打开了。

"好比这服饰上常见的蕾丝吧，最早起源于十四世纪的欧洲贵族阶层，当时用亚麻线、蚕丝，甚至是金银线来手工制作，有的还要在尖头儿镶上昂贵的珍珠，这种边饰、刺绣、褶皱的繁琐工艺，费工、费时、费料，还费钱，充满层次感的设计显然不是为劳动所作，也不是劳动人民能享受得起的。直到后来，诺丁汉发明了专门制作蕾丝的机器，才使蕾丝生产普及开来，再也不是宫廷和贵族专属，从此走进了普通百姓家里……"

卓玛入神地听她讲着，她想起头一次见到麦子，就是在八廓街上，这个女孩儿款款向她走来，右手半握着拳，拇指空按两下，比了个向她借火的姿势。

"不好意思，我不带火。"她晃了晃手中的电子烟，微笑着说道。

"哦，好吧。拉萨街道很少看到你这么时尚的女孩儿。我叫麦苗，叫我麦子、苗苗都行。"

"哦，叫我卓玛好了。怎么，没见你有朋友一起呢，一个人来的呀？"卓玛左右看了看，刚才问出口，便又接着说，

"咳，真不太礼貌，你可以不用回答的。"

"没关系，一直都想来，总在一个地方待着多没劲儿，巧的是在国外念书的时候，身边有一个西藏的留学生，总听她念叨，就想来看看。"

"哦，还好。很多人不是因为失恋就是失意才跑过来，仿佛探寻心灵之旅一样。"

"嗯，是有这样一些人，对大多数人来说，西藏充满了神秘感。我想，这是因为西藏独特的自然、人文和民族底色，进来一趟也不是那么容易，还有高原反应等需要克服。托现代文明的福，现在内地许多城市与城市之间大都差不多，钢铁的洪流，水泥的盒子，人们在熟悉的生活中待久了总会腻，那种好奇心总会驱使人们走出去，这是人类的天性，也是进步的动力。不过，我不完全是那一类哦。"说到这儿，麦子环顾了一下人流如织的八廓街，又低头看着街上一个个匆匆的脚步，接着说，"我喜欢八廓，所以在这儿长包了一间民宿房。让人担心的是，现代的力量太强大了，它的步子要快得多，像是被火车头拖着向前，真担心这座城也慢慢消磨掉自己的底色。"

卓玛喜欢麦子这样活出自己、活在当下的性格，她欣赏自然、洒脱、真诚又深情的麦子，哪怕是啜一口咖啡、吸一口烟、呼吸一下被阳光料理过的空气，她都是满满投入的样子，她对生活有着敏感而饱满的体验。记得有一次，她们聊起这个话题时，麦子说："我不喜欢那些像被裹尸布永久包裹着的人生，只能用一双狭隘的眼睛诡异地看着这个世界，明明自己把自己裹成了木乃伊一样，反倒是看谁都像个鬼。"

"嗯。我想，也可能是现在大城市里的生活节奏太快了，大家也需要放松放松,虽说旅游不过是从自己待腻的地方到别人待腻的地方待一待,但在紧张的压力下,适度逃离一下,也是种放松。就像你说的,西藏的湖光山色还是很有自己的性格的,平时跟志同道合的同事在一起,有时候跟性格不同的人处一处,也比较有新鲜感。"

"让我们自由地走在阳光下,脚踩着坚固大地,沐浴着神的光芒……"她轻声念着。

卓玛想,这大概是一首诗吧。

"找我有什么事儿?"

"哦——"麦子拍拍手上的饼干屑,或许是喝完咖啡,身上变得暖和了,她解开了风衣的扣子,露出里面深蓝色的吊带长裙,线条干净利落的脖子靠近锁骨的中间,有一个好看的颈窝,锁骨下光洁的皮肤上,挂着一个指甲盖大小铜合金的金刚杵吊坠。

"是这样,今天在整理资料时,看到你们上次在珠峰的演出,有几家媒体报道,网上也有些宣传。你又在筹备卡垫的店铺,我忽然有一个想法,想和你商量一下。"她接着说道。

"嗯。"

"有没有想过,一直做模特公司会比较辛苦,需要不停地跑市场,培养一个好的模特也不容易,同样对模特的管理也很难,每个人都会有自己的想法。"

"是有一些这样的感觉,特别是在西藏这样一个时尚产业并不是很发达的地方,这样的问题会更突出一些吧。"

"考虑做一个服装品牌吗?或者说一个民族品牌?"

"和卡垫不一样。那需要设计、市场、渠道,等等。资源呢?

你说说看。"

麦子掏出一支烟，优雅地夹在左手食指和中指之间，随着烟火嗞嗞地闪烁着红光，她展开了自己的商业计划。

"你忘记了我的专业了？"

"对呀，艺术学院，服装设计专业。"

"不止，还有品牌营销。回国前，我在一家国际羊绒品牌公司做过运营，还到店做过两年销售。"

"羊绒？其实我们的卡垫、氆氇、藏毯，这些严格来说都是牛绒、羊绒制品。"

"是，也不是。"

"哦，怎么讲？"

卓玛向前探了探身子。

"很多人都习惯将羊绒视为羊毛的升级版，但从科学的角度来说，两者之间还是存在差异的。"麦子抽了一口烟，接着补充道，"羊绒和羊毛总体来讲，他们是出自不同种类的羊身上，羊毛出自绵羊，羊绒来自山羊。采集羊毛工序比较简单，和理发一样用剪子全部剃光就行。而羊绒长在山羊粗毛的根部，收集羊绒时要用特制的铁梳子像梳头一样一点点梳下来，而且羊绒是自然脱落的。羊绒纤维比羊毛细得多，一般纤维越细越贴身。羊绒保暖性比羊毛更好，一般来说，是后者的一到两倍，因为羊绒纤维是中空的，隔温性好，所以保暖，许多秘密就藏在这些细节当中。"

"真是长见识了。"卓玛把身体往椅背上一靠，沉思了片刻，有了更多的问题想请教麦子。于是，她接着问道："卡垫本身就是一个大家熟悉的产品，藏装自然更是这样，至少在西藏是这样。可是，越是这样大众化的东西，越是难以细分出来，做出个性化的分类，做品牌的话，并不是那么容易的。"

"你说得很对，有利就有弊。做品牌，就像栽一棵树，先要有一个长远的打算，也需要多方面的投入。但是，这样也有一个好处，就是它的整合能力和综合效益比较好，包括模特、服饰、卡垫等工作，其实也都在一个大类里，都可以成为这一体系当中的一部分。"

"这样说来，也不算冲突，或者说另起炉灶。"卓玛轻轻点着头。

"试试吧，咱们可以合作。也不瞒你，我也想在这边做些事情，也一直在瞅机会，现在的市场越来越开放，做事情的逻辑就是这样，大家各自发挥长处和资源优势，咱们藏族不是有一个故事嘛，大象、猴子、兔子、小鸟一起合作，叠罗汉一样，摘到了高树上的果子。"

"什么叠罗汉，那叫'吉祥四瑞'，相传有一只贡布鸟衔来一粒种子，一只兔子看见了，便刨了一个坑把种子埋在土里，不久种子长出了幼苗；一只在山林里玩耍的猴子看见了，为了保护幼苗，它用树枝把幼苗围了起来，并拔去四周的杂草；一头大象看到这一情景后，便每天用长鼻汲来山泉浇灌。幼苗在四瑞兽的精心呵护下长成了参天大树，结满累累硕果。由于树太高，谁也够不着果实。于是大象让灵巧的猴子爬上自己的脊背，猴子让体轻的白兔站在自己肩上，白兔又托起了小鸟，终于小鸟用尖尖的嘴巴摘到一颗又一颗的果实，树下的每一位都吃到了香甜的果实。四瑞兽齐心协力将果子分给山林里所有的瑞禽灵兽共同分享，使地方安宁，人寿年丰。"

"嗯，是这个图景，原来背后还有这么美妙的故事呢，多么团结和睦、和平宁静的美好愿望呀，这是属于西藏的浪漫表达。藏地像这样的浪漫之处，还有很多，像个宝藏，只要理解和表达得好，特别是把藏文化元素和现代文化元素融合好了，会有很多发挥的空间。"

"是很有想象力，也有挑战性。"卓玛凝视着麦子的眼睛，也开门见山地接着问道，"不过，我还有一个问题，你这个'藏漂'，能待得住吗？"

"这个问题很好。但这也不是我第一次来西藏了，两年前来旅游时候，我就想有机会的话再来这里，一定不以游客的身份走马观花，我希望能够深度地感受这个城市，而不是听别人说、看新闻、看微信，这半年的时间，我去了很多地方，也结交了一些好朋友。看到西藏有这么多好的人文元素，就特别想对优秀的文化有更深的了解与感知，创意出好的产品，再将它们培育起来、传播出去，对这个地方和这里的人也总是有益处的。有时候，一个想法一旦冒出来，就像一粒种子落在了地上，不自觉地就开始生根发芽。从有这个想法开始的时候，我就觉得自己真的不再是一个游客，不管走到哪里，看到经典元素，都想拍下来、记下来，真是欲罢不能呀。"或许是讲得太激动，她一边摊开手，比画着手势。嗓子都说干了，着急忙慌地吞了一口柠檬水，才刚咽下去，又清一下嗓子说，"哎呀，三两句也说不清。我都辞职这么久了，可以给一把'金钥匙'，接纳我做一个拉萨市民吗？"

卓玛一直专注地听她袒露着心扉，抛开麦子的专业背景，她更感受到了那份真诚，知晓麦子人才难得。对于麦子来说，或许真是经过了一段时间的酝酿，但卓玛才了解到她的思想，需要认真想想，再跟姐姐商量商量。于是，她伸手环抱住麦子的右手，微笑着轻声说："真好，让我感受到了你对西藏真诚的热爱。说实话,真是希望有更多真诚热爱、关注和支持我们家乡发展的人呀。只不过,这个事情如果要做的话,毕竟不是一件小事情,我们最近多碰碰思路,也好让我再想想。好吗?"

"好。"

"走,带你去认识一位新朋友。有可能的话,也是你的新邻居呐。"

说完,卓玛便起身,带着麦子往强子那边走去。

这些天因为忙着店铺的事,卓玛已经好久没见到美朵,恰好美朵约她周末的下午去罗布林卡走走。

十月底,罗布林卡里的杨柳树叶在一阵阵秋风中三三两两地飘落,不知不觉间疏落了一树,一根根光秃秃的枝丫挺立着,就像生命原本的模样。

"看,美人在骨不在皮,虽然褪去了叶子,一样是一种风格。"

卓玛轻抚着大杨树泛着青白色的树干,抬头望去,那枝枝钢骨伸向蓝天,虽然没有繁夏的婆娑,却是别样的清爽干练。那些桃红柳绿也都谢了,由于空气中早收了氤氲,天气略微显得有些干燥,深秋的天空只剩一抹蓝,一抹无比通彻纯净的蓝。

"又到秋天了,不管忍不忍心,叶子都要离去。"

美朵向她走过来,脚下已经堆得厚厚的黄叶被踩得沙沙作响,每向前走一步,都没过了脚背,就像踩在金黄色的雪地里一般。

"妹妹今天怎么这么伤感?"

"爷爷查出了胃癌,这边不好治,这几天爸爸就要送他去成都华西医院。"

说着说着,美朵哽咽起来,她微微低着头,泪珠已经不由自主地吧嗒吧嗒地掉到了地上的落叶之上。

卓玛连忙上前两步,心疼地抱住了她。下意识地转头看了一下西边,多杰正推着轮椅上的爷爷,缓缓地向前面走着,明明是静好的样子。她直起身来,两手扶着美朵的双肩,轻声问道:"确诊了吗?夏天一起过林卡的时候不还好好的嘛,怎么就……"

"嗯。"

"可是,这么严重的病,那时候怎么就一点看不出来呢?"

"谁知道呢。明明好好的,前些日子才时不时地说肚子隐隐作痛,吃饭也没以前香,还老泛酸,爸爸就觉得不对劲,但怎么也没往那方面去想。虽然说去成都也是复查一下,但基本上还是确定了的。"

"怪不得看着是瘦了些呢。乖,妹妹不哭了,听说那边医疗条件还不错,先去好好治。不过,哥哥呢,你一个女孩子去,方不方便呀?"

"这也不是三两天的事儿,哥哥还要工作嘛。再说,从小就在爷爷身边,我怕以后见不到他,是我缠着爸妈要去的,他们就同意了,我也想去,喂喂饭、跑跑腿,就是守在身边也好。再说了,不是还有爸爸一起嘛。所以,就拉着哥哥陪爷爷再来逛一逛,就在城里,路也好走。以前爷爷在雪顿节都会来表演藏戏,年纪大的时候也总会来听藏戏。"

"好嘛,真是懂事的孩子。"

"什么孩子呀,你才比我大几岁。"美朵抹了抹泪汪汪的眼睛,眼窝都还泛着红晕,接着说,"走吧,跟上他们,哥哥平时是自己住在外面的,家里还没告诉爷爷和哥哥,等下你别说漏嘴了。"

"好。"

卓玛放开了手,跟美朵一起,向在前边已经走出挺远的二人快步走去,多杰推着轮椅上的爷爷,慢悠悠地往前走着,那拖得长长的影子从小路一直投映到旁边的小树林,在一根根树干细长的影子间交错而过,像是生命曾经来过的印记。寂静清冷的罗布林卡,来年的夏天还会枝枝繁茂,喧闹的藏戏还会声声嘹亮,爷爷还会来吗?

想到这儿,卓玛紧赶了几步,对一旁的多杰说:"让我推一会儿吧。"

爷爷扭头看了一眼朝他微笑的卓玛,也咧着嘴笑了,他盖着小毛毯的双腿上,两手还在捻动着那串金刚菩提子念珠。

多杰和美朵在身后跟着。

"哥,你觉得卓玛姐怎么样?"

"挺好的。"

"哥,给我找个嫂子吧。"

"啊?什么……"

多杰支支吾吾,竟然害羞起来。美朵也歪着脖子,仔细看他的样子,只见他抬头看着前面推着轮椅、不时俯下身子跟爷爷聊天的卓玛,眼里也透着爱意。

接下来的路程,都是美朵推着爷爷,一边听爷爷讲以前的故事。

轮椅辗过树影交错的小石径,耀眼的阳光似乎想把一切照得煞白,交织的树影像是一幅极简的抽象画,平面、黑白、静谧……几人推着轮椅走过时,在移动的肩背处波动。

轮椅的辐条随着转轴发出有节奏的"嘎嘎"声。

穿行在高大的树干之间，不时有苍松翠柏，它们巨大的身姿，显示着自己不容置疑的老成与权威，这松柏在措吉颇章周边开始多起来，亭亭华盖，郁郁苍虬。这处湖心亭是罗布林卡最灵秀的地方，湖水倒映着蓝天白云，中间一座四四方方的两层小阁，石砌的台基上，从外圈向内圈，分别是花岗岩的石栏、红色的原木大方柱、红黄相间的墙体，周围垂着占据了整个上半层空间的围幔，素雅的白底蓝边，上面分别坠着吉祥结和法轮图样，雕刻精巧的斗拱上，是翘着飞檐的金顶，整体建筑显得庄重、灵巧、精妙。

"休息一下吧。"爷爷说道。

几人驻足，倚在石栏上小憩。美朵边从背包里取出随身携带的小甜茶壶和纸杯，边跟多杰小声聊着天，仍在旁敲侧击地说："要我说，哥，你不要总是在家里盘你那几串珠子，有空也多出来走走。把你盘珠子的细致耐心也腾出来点儿嘛。"然后，拿起放在石栏上装着甜茶的保温壶，递给哥哥，朝一旁仍在跟爷爷小声说着话的卓玛嘟了嘟嘴。

"哦。"

"孩子们，快看，多美呀！这个不起眼的小建筑，融合了建筑与环境，还有石雕、木工、布艺和锻造技艺，还是汉藏结合的工艺。"爷爷眼望着面前的湖心亭，不由得赞叹道。

"可惜，这里人太少了，比起熙熙攘攘的布达拉宫，显得清冷得可怜。"卓玛说。

多杰轻轻抚摸着石栏上已经斑驳的苔痕，望着孤独的湖心亭和那一小片寂寞的湖水，说："也许冷清点才好。"

休息了一会儿，又转了一圈后，几人便往回走，快到朝东的正门里，有一座二层高的亭台建筑，坐西向东，黄色围墙，汉式金顶，一层为过道，二层为看台，前面一片开阔的场地，是戏台。说是戏台，看起来又不过是一个院子、一个坝子、一处空地，特别是没有演出也没有观众之时，它也不过就是一个场域。

"这里是康松思伦，也叫威震三界阁，这里原来是一个汉式的小亭，后来改作了大戏台。人生下来，就是演出一出戏，有人唱戏，有人看戏。"爷爷看着空荡荡的戏台，转头望着三个青春朝气的孩子，又缓缓说道，"你们还年轻，一定要相互帮助和爱护，选好自己的角儿，唱好自己的戏份，该练功的时候就刻苦练功，该上台的时候就勇敢展现，不能只是当一个站外边看戏的，不要等到老了才后悔这个没做，那个没做。"

一阵风吹来，掠过几近光秃的树梢，因为没有树叶的隔挡，树梢只轻轻地摇晃几下，惊飞了梢头的一群麻雀。

因为惦记着美朵爷爷的事儿，回到家后，卓玛又给美朵打了一个电话。

"喂，美朵呀，你们什么时候走？准备好的话，就早点儿去吧，一般胃上的毛病，一半靠治，一半靠养，早一些到医院，踏实点儿。"

"嗯，就这两天吧。赶时间呢，不然就在这边先住院了。"

两人闲叙了一会儿，挂了电话，她又拨通了麦子的电话，直截了当地问道："麦子，你为什么觉得我行？"

"嗯……"电话那头儿沉默了半响，才传来麦子带着京味儿的声音，"通过我的观察，你不是那种墨守成规的人，而且能够把事情落实得很好，这一点，从你目前的成就就看得出来。还有，你身上有种责任感，这一点我们是共通的，可能大家觉得干项目来钱快，但我们就是那种非要拿着理想主义的长矛去戳现实风车的那一类人吧。只不过，你还是需要打开一些新的思路、理念或模式吧。"

"你说得对，也把我的短板看得很准，这也是我自己近来比较忧虑的一个问题。带着学校里那点经验做过来，虽然别人看着做得还算不错，但只有自己内心才明白，需要充电的地方有很多。"卓玛并不因麦子的直爽而尴尬，她甚至庆幸能有这样的朋友，有智慧和见识，能看清世相，也能够真诚地打开心扉。想了几秒钟，她接着说道，"作为一个土生土长的藏族人，对传统文化的传承责任，真的不能只说说而已。可能这个问题在以前根本不能算是一个问题，但随着时代的发展，社会越来越多元化，这个问题就更凸显了，这是我们这一代人的重要责任。"

握着电话，卓玛望着东山缓缓升起的上弦月，仿佛看见了先辈深沉凝望的眼睛。由于是在宁静的夜晚，又少了外界的干扰，和电话那头麦子的深谈，就像是在面对和唤醒内心的自我，那个潜藏着热情的自我。

"这么说，你是同意我的提议了？"

"嗯，凡事总得试试才行，我不想连做梦的勇气都没有。"

"好吧，胆大，也要心细，我先做一个计划，咱们有空再一起商讨。"

"好。"卓玛在答应麦子的时候，就像一匹等待远行的马，温柔的眼神里，也深藏着坚定。只不过，她对电话那头儿的麦子也有了更多的谜需要一点点地求解，她接着问道，"你是怎么有这么多积极的想法？"

"听过'存在主义'吗?"

"没有。"

"简单说,这是一种哲学观。萨特说过,'存在先于本质',父母生下我们,跟自然诞生动、植物等生命体一样,都是有情众生的一部分,这点在本质上是一样的。"

"好佛系呀,这让我想起上次多杰给我讲的'空'。"卓玛说道。

"不太一样,'空'主要是相对'实相'而言的,这种实相涵盖某一个经文、规矩、因缘或具象的实物等等。存在主义的观点如果说从这一角度来看的话,主要是针对这一既定的'在',你也可以把它理解为某一种需要去勘破的'相',但它更积极,激励了很多人探寻人生,大胆去追求个性与自由,这也许正是它的价值所在。存在主义认为人的存在本身没有意义,但人可以在原有存在的基础上自我塑造、自我成就,活得精彩,从而拥有意义。这种意义上的'存在'是通过我们自己的选择、创造和努力进行定义的,没有谁可以规定、给定或定义你是什么样子,只有你自己的努力才能给出答案,既是给大家,也是给自己。回到你之前问的那个问题,是你的选择和创造成就了今天的你,我不但看到了你今天的成就,也通过交往了解到你的过去,包括你的出身和努力、边学习边做模特、辞职做自己喜欢的事情,你已经很棒了,但还可以更棒。"

…… ……

挂了电话,卓玛双手抱在胸前,静静地在窗前伫立了许久,她还在想着爷爷的话:"不要等到老了才后悔这个没做,那个没做。"也在想着麦子的话,反复地喃喃自语道:"存在、意义、创造……"

月亮温柔地洒落在窗前和她的身上,照在窗边小桌上的一束白色玫瑰花儿上,那花影在月光里散发着淡淡的清香。

两天后,爷爷就要去内地复查了。

这天凌晨,美朵早早就醒了,尽管她感觉到身体很困,可脑子却清醒得不得了,她干脆就安静地躺在床上,看着窗外的天空从深沉的黑色到天青色,再到鱼肚白。

可能是看着天空发呆太久,眼皮开始发沉的她,昏昏然然地眯了一会儿,待曙光洒进庭院,她才被妈妈"叮叮咚咚"收拾东西的声音吵醒。

已经塞满四个大包了,她还时不时怔在原地,歪着脑袋想着是不是忘记这个、落下那个了。

十月底的天气已经变得微凉,美朵和爸爸陪着爷爷去机场。疾驰的车窗外,树叶落得干净,视线穿过不断闪向后面的一棵棵孤零零的树木,拉萨河水泛着银色的波光,岸边田野里的青稞已收割,或许还洒落着细碎的种粒,引得一群群勤劳的捡拾者,有灵巧的红嘴鸥、肥硕的黄鸭、大个头儿的斑头雁……

那些斑头雁游弋在被太阳晒得温热的浅滩,即将前往下一个栖息地时,领头的雁振翅起飞,爪子上的水滴落到水面时,第二只雁便会接着起飞,接着是第三只、第四只、第五只……它们的翅膀仿佛能感知到最细微的风。

远处的河心上,一群小一些的鸟儿,看不清它们的模样,只在它们扑动翅膀时,反射着高挂在东南方山顶上太阳的光芒,一闪一闪地飞过,像一群流星滑过。

"冬天又要来了。"爷爷说道。

"波啦,您冷吗?"美朵往上押了押小毛毯,轻声问道。

"不冷,拉萨的太阳好,车子一晒就暖和了。多杰,车上可以放音乐吧,放点藏戏听听吧。"

"好。"正在开车的多杰看了一眼后视镜,交代道,"对了,美朵,背包里有副耳机,还有一个小随身听,里面我下载了一些剧目,有空给爷爷听。"

"我不是有手机嘛,下载的也有呢。"

"手机总会有这样那样的电话和信息,随身听更安稳一些。"

"哦。"

"这些鸟类一到冬天,就往北飞,去找湿地,拉萨也是它们的家。"爷爷望着窗外的鸟儿说道。

"嗯,我们很快也会回来的。"美朵说道。

"我自己的身体自己知道,你们不用哄我了,等我回来的时候,把我送到色拉后山的天葬台就行了。我这一辈子,本来就是个穷人家的孩子,已经很满足了,我一生都没有做过什么大恶事,让我干干净净地上天葬台就好,等我被神鸟带到天上的时候,我还可以继续给菩萨们唱戏。"老人默默地望着一群群北返的鸟群,伸手轻轻拍了拍前排副驾驶的靠背,对儿子喃喃说道,"如果有什么的话,就是你出生的时候,我提前选了一只小羊,用它的细绒皮子给你做了个包布,生你的时候是个冬天,现在想起来都冷的冬天。到时候,也找一只小羊羔替我放生了吧。"

"爸啦,没事,会好起来的。"说出这句话的时候,这个高大的汉子右手紧紧攥着右舷的拉手,眼圈儿也红润了起来。

车里陷入了沉默，只有音箱里传出时而婉转悠扬，时而高亢和唱的藏戏声。

美朵向右靠了靠，把自己的右臂伸进爷爷的胳膊，顺势托着爷爷的左手掌心，又用左手覆在老人手背上，那是像在罗布林卡时，轻触老树皮般的感觉。她转头凝视着爷爷，驼色毡帽下，是一张她最熟悉、亲切和沧桑的面孔。跟她一样有肉感的耳垂上，戴着个包金的绿松石耳钉，后面吊坠一颗小珊瑚圆珠。花白的络腮胡稀疏地沿着耳鬓和腮边向下延伸，一直到下巴的地方，还有唇上和唇窝处，就像是微卷的羊毛。从前，爷爷会把下颌的胡须留长，再灵巧地辫上一个小辫子，就像藏戏面具下拖着的长长的须穗。由于爷爷这些天看起来明显消瘦，在眼皮与眼眶间有一道深陷的沟，除了两腮和鼻梁处稍显光整，满脸的皱纹如沟壑纵横，像是这冬季的冷山，苍凉而平静，有一种沉寂的力量。

她看着爷爷的脸，生怕一眨眼的工夫，这张熟悉的脸会消失一样，就像那飞驰的舷窗外一闪而过的白羽。虽然从小就由爷爷伴着长大，一家人在一起是自然天成的，但这些天来，她开始感到再长的路也是有终点的，她还并不能体会什么是生命的无常，虽然爷爷就在她的面前，但此刻的美朵，却感到一切如此真实却又随时可能转瞬即逝，如此虚幻，像梦一般。

于是，看着爷爷，美朵紧紧地咬了咬下唇，她那双美丽的大眼睛扑闪着，长长的睫毛在轻轻颤动，可能是一晚上没睡好的缘故，眼窝浮现出两道微微肿起的卧蚕。她想起十来岁时，奶奶去世，她一大早就跟着送葬的队伍爬上了天葬台，可能是那时还小，她看到填饱肚子后的秃鹫，就像披着大氅的天神一般，伸张开那巨大的翼展，从她瘦小的头顶起飞，她乌溜溜的大眼睛就一直盯着,直到它们画着圈向太阳的方向飞升,渐渐变成一个小小的黑点,最后消失在太阳的光斑里。

那时,爷爷一直把她搂护在胸前,对她说:"你看,它们把奶奶的灵魂带到了天上。"

"天上有神仙吗?"

"有,在天上看着我们,像我们仰望他们一样。"

"奶奶还会回来吗?"

"会的,还会的……"

天降月

有时，最了解你的那个人或许是亲近的人，但最懂你的就不一定是了。

麦子在给卓玛拿商业计划书时，便隐隐察觉到了她有心事。

"这样吧，你先把计划书拿回去好了，我们先喝杯咖啡。"

"嗯。好吧，等回家再仔细看吧，今天状态是有点儿不在线。"卓玛合上了桌上的文案，右边的唇角往上微挑，尴尬地笑了笑，"被你看出来了？"

"是呀，看你，眼袋都快熬出来了。"

这时，两杯咖啡被端了过来。这家位于八廓街偏巷的小咖啡店，只有一个狭小的门脸，因为鲜有人来，倒也显得静谧，特别是在二楼，店主搜罗了一些描着虎皮纹的老藏柜、油亮古旧的佛龛，还有一些挂在墙上的装茶叶的皮囊等，室内墙壁也被刻意涂成了暗黑色，一种深沉幽静的气氛被营造了出来，就像坐在藏家被炉火熏黑的厨房里。

她们二人座位旁边的墙上是用酥油和着糌粑粉的小圆点描绘出的一尊天神的形象,看样子是用拇指点出来的。

"小时候,爸爸会在家里的厨房用糌粑点出好看的切玛盒,还有茶碗、酒壶、糌粑盒的样子。"卓玛说。

"真是美,西藏的美要么来源自然的恩赐,要么源自本色的生活,依我看,这种点阵画法一点儿也不亚于西方有名的点彩画法。只不过,这尊有点凶相的大神是哪位呢?"麦子左手托腮,歪着脑袋,头发都顺着肩膀滑落到桌子上了。

"玛哈嘎拉。"

"哦,有句话叫'菩萨低眉,金刚怒目',说的大概就是这样吧。"

"不完全是,玛哈嘎拉就是寂静的佛菩萨为调伏刚强暴恶所化现的忿怒相。一般说来,像图中这尊二臂的,就是普贤如来的忿怒化身。看起来是忿怒相,其实是降服自身心魔、无畏、无踌躇、发愿利益众生的呈现,是慈悲心的显现。"

"哦,也说明了要超脱表面、皮相、形式去看待事物。"麦子凝视着怒目而视的佛像,仿佛他要挣脱墙壁,跳将出来。她扳着指头念道:"观音菩萨代表大悲,文殊菩萨代表大智,地藏菩萨代表大愿,普贤菩萨则代表大行,道理都懂了,明白了,接下来就是要应用到实践中来。"

卓玛点着头,颇以为然地说道:"是呀,明天一起去林周热振寺吧,听说那儿的柏林很壮观,去捡一些柏香子回来做手串,黑颈鹤也回林周了。最近事情太多,我们出去散散心。等晚上看完方案,刚好明天也可以给你汇报汇报我的想法。"

"好呀,太好了。"

卓玛提出这个提议时,脑子里第一个蹦出的形象居然是多杰。"要不要叫上多杰呢？爷爷去内地治疗，他这些天应该也揪着心。"她暗自思忖着。这时，她忽然察觉到，自己渐渐对多杰有了牵挂，难道是对他真的有了感情？要不然，这不经意的牵挂怎么会平白无故地冒出来。以前，听多杰说谈恋爱就是想带自己的女朋友转遍所有寺庙时，她还暗自觉得这人老古板，一点儿都不懂浪漫，多没劲儿呢。现在呢，自己倒是顺着人家的毛捋了。想到这儿，她不觉笑了出来。

"怎么？"对面的麦子一脸错愕地问道。

"哦，没什么，我想起以前去陕西上学的时候，想着带一团酥油吧，又不知道怎么打茶，总想着少了酥油茶嗓子都会发紧，结果现在是不喝杯咖啡，一天都打不起精神。"她"嘿嘿"地笑着，转移着话题，生怕又被面前这个会"读心术"一般的女子看穿了隐匿的心思一样。

"是呀，生活是一个习惯和环境的问题，我刚出国时候也不习惯，可身处那样的环境，想刻意地固守一个传统的生活习惯是不现实的，总不能一边吃着汉堡，一边想着烤鸭、炸酱面和煎饼果子吧。如果真是那样，反倒变成个另类的怪人了。"麦子一边说着，一边翻开那米色的布拎袋，从里面掏出一个装有黑巧克力豆、松子儿、榛果的小铁盒出来，放在桌子中间，抓了一小撮，又示意说："来，吃点坚果，补充能量，我在抗糖，所以不太吃甜食。"

卓玛这才注意到，麦子虽然大自己七八岁的样子，但皮肤紧致光整，洁白的牙齿，修长的脖颈，匀称的身材，就连那似乎总是可以掏出不同宝贝的布拎包，都透着健康自然的气质，没有半点儿的矫揉造作，也没有那种弱不禁风的病态美。

"是呀，我刚读大学时，也觉得自己与周围环境格格不入，模特协会给我打开了一扇了解世界的新窗口,也就是从那个时候,我才慢慢有了改变。后来,还交往了一个内地的男朋友,是我们模特队的,一个西安人。西安本来就是一个文化底蕴深厚的地方,据说往地下随便一挖就是一堆宝贝,我们一起走了很多地方。"

"世界本来就是多元的,我们见识和阅历越多,就越会发现这样一个基本的事实,成长需要打开、需要包容,建立一种平衡。对一般人来说,父辈往往会影响我们的前半生,他们给予我们来到这个世界的机会和出身、家庭、教养,没有人能选择自己的出身,这就像无法抗拒命运之神,但后来的路得靠自己去走,适应性就显得更加重要。"

"你的父母同意你这样漂吗?"

"我不太认同你说的这个'漂'字,如果单纯从职业上来讲,大致可以分为固定职业者和自由职业者吧。"

"嗯,嗯,有道理。"卓玛赞同地点着头。

这些天,多杰也搬回了北郊的家里,陪着妈妈。

多杰就睡在客厅的藏式小床上,这种小床像极了中式的罗汉床,只要把两边和背后的靠垫一取,平时舒适的沙发就变成了床榻,各自的被褥折叠好,放在墙边的藏柜里,就算家里多来几个客人也不怕没个睡觉的地方了。特别是赶上过藏历年的时候,家里远房的亲戚多来上几个,睡一屋子人,热热闹闹的。在多杰只有几岁大的时候,只要家里熟络的亲戚一来,他就总爱图个新鲜劲儿,往楼下客厅跑着打挤睡觉。

团子见客厅有人,就跟小时候的多杰一样,放着自己的小窝也不睡,等多杰睡下后,它就跳到床尾处,多杰也不介意，挪挪脚，在里头的角落里给它腾出个小窝儿。这只长着蓬松细长白毛的小狗是从爷爷转经的老伙伴家里抱来的，三个月大就被爷爷抱回了家，今年已经五岁多了。平日里，爷爷在院子里晒太阳啥的，总爱趴在爷爷的脚边，只要一招呼，它就会跑过去，特别是脖子一圈甩动的长毛，像一只白色的小狮子一般。有时候，它也会跟着爷爷去转经，不管转经路上有多少人，也能分得清它的老主人，吐着小舌头跟爷爷走完全程。

晚上，多杰拾掇完客厅靠里头的那张小藏式床后，就坐在平时吃早餐的地方，陪妈妈说会儿话，妈妈也一边打着毛衣。说起打毛衣，年轻的时候，她还是跟一个四川来的同事一针一针地学会的，特别是退休轻闲些之后，换着花式给家人织毛衣，特别是美朵。可美朵自从上大二以来，就越来越少穿了，有时候她也会对美朵唠叨："从小学开始，同学不都羡慕你有个会织毛衣的妈妈嘛。现在自己学会打扮了，总是喜欢买时兴的，我们称的都是纯羊毛的，那些毛衣一点都不暖和，都是一些化纤的东西，没有织的好。"

每次织毛衣的时候，妈妈就会从那个布袋里一件件地拿出她的装备，戴上那副黑色窄框的老花镜，右边的眼镜腿因为掉在地上的时候，被多杰不小心一脚给踩断了，妈妈就用白胶布缠了几圈儿。由于经常要在做细活儿的时候戴，那医用白胶布已经发黑，有时候松动的时候，她就再重新缠几圈。以前，多杰心怀愧疚地要给妈妈换一副新眼镜时，她总是摇着头说："不用，这样挺好，又不碍事，东西用习惯了，买个新的还磨耳朵。"

妈妈织着毛衣说："多杰，爷爷这一去，等再回来，可能就……"妈妈哽咽着说不下去，她不愿意说出那些个让人想起来就难过的字眼儿，但多杰显然明白了妈妈的意思。

她织着毛衣的手忽然停住了，两手执着织毛衣的竹棒针，右手小拇指微翘地勾着线，眼睛呆望着前面的小地毯，就保持着那个姿势，有十几秒的时间，身子一动也不动，像尊翘着兰花指的度母雕像。

多杰知道，她是在努力稳定着情绪。

虽然这时候多杰脑子里翻涌的都是慈祥乐观的爷爷，但不知道该怎么说才好，怀念跟爷爷的幸福吧，怕惹得两人更难过，想安慰安慰妈妈吧，还不到那时候，说爷爷的病情，就更不合适了，便也沉默了片刻，起身端起保温杯，把杯子递到妈妈面前，低声说道："波啦说，到时候选一只放生羊，就养在院子里吧。"又停了半晌，接着说道："过些天，我就搬回来住吧。赶上加班太晚的日子，就在单位里住。"

妈妈这才喝了一口水，又继续织着手里的毛衣，说："对嘛，早就让你搬回来。我们上了年纪，都懒得爬楼梯，三楼除了以前那个小佛堂，还有两间房，一直空闲着，都给你住吧。西头儿还有个露台，能看到布达拉宫，太阳也从早晒到晚。"

妈妈说是这么说，其实那两间房并不是空闲着，而是一直给多杰留着。不像美朵，多杰出门上学早，独立生活得也早，和家里不是很亲，总喜欢跟几个要好的朋友腻在一起，要么就是宅在家里打游戏、看书、搓珠子、弹扎木念。有两次，爸爸喊他搬回家住，多杰总说自己要下乡演出，又经常排练到很晚，住在家里不自在，便一直住在单位的周转房里。

这时，虽然最想让他回来住的是妈妈，但听他这么说，妈妈也总会出来给他化解尴尬。

"孩子都这么大了,以工作为主。"她说道。

虽然是这样,妈妈也一直留着房间,里面的藏式家具一应俱全,全是按多杰喜欢的素雅风格布置,并没有描彩,而是保留着原漆色,勾着金线纹的花边。

这天一大早,团子就摇着尾巴走到床头,用它湿乎乎的小舌头舔着多杰的脸颊。他昨晚才给团子洗了个澡,那一身白毛更加细软。

他洗漱完毕,来到院子里的煨桑炉旁,恭恭敬敬地往炉膛里撒些桑料,袅袅白烟忽然就升腾了起来,随着清晨的微风,那混着松柏的木香味儿飘满了整个院子。

多杰手法娴熟地抓了一碗糌粑,那动作干净利落,只是顺着木碗的边缘用力抓上几圈儿,糌粑面便听话地抱成了团。只见他像变戏法儿一样,刚把捏好的糌粑团送到唇边,嘴巴一张,顺手一送,那糌粑团就像被弹射到口中一样,再闷一大口香浓的酥油茶,一口就下去小半碗。

美朵就不喜欢吃哥哥碗里的糌粑,或许是嫌哥哥的手劲儿太大,捏出来的糌粑团太硬实了,她喜欢妈妈捏出来的样子,可能妈妈的手更软和,糌粑团不但松软一些,样子看起来也要圆点。所以,只要美朵在家,每天的早餐时间,她都照例会依偎在妈妈的身边。

还没吃完早饭,多杰就开始跟妈妈道别了。

"今天要陪卓玛去热振寺,中午就不等我吃饭了吧。"

"卓玛,哪个卓玛?美朵的那个老师吗?"妈妈放下将才碰到唇边的酥油茶碗,扭头问道。

"嗯,是她,听说还有她一个朋友。车都快到外头了。"

"是个漂亮的姑娘。不过,人好不好呀?"

"妈,你都说了,美朵的老师,我还不太熟呢,怎么好评价别人。"

"知道了,美朵天天在耳朵边念叨呢,整天卓玛姐、卓玛姐的。妈也见过,早知道呀,那天过林卡时候,就多跟她聊聊了。那你吃完就去吧,别让人家等久了。被子不收了,刚好我帮你晒晒。"

妈妈笑了,她懂孩子的心思,毕竟是她一手拉扯大的孩子。对两个孩子,她虽然从小管得严,也看得紧,但慈爱和开明的态度,使得两个孩子做什么事情都会跟她商量着来,不会瞒着她。

妈妈回头看看桌上的竹筐食盒,里面还盛着一些卡塞和干果,便站起身来。她把这些东西扒到一边,又唤小保姆从厨房取来一些煮好的牛肉,垫一层纸放在另一边,拿盖子盖上后,放在藏式小桌的西头,说道:"一会儿,给她们带去当零食。"

等多杰抱着食盒,快步穿过巷子,来到小区的大门口时,卓玛她们的车子还远着呢,早晨的门口车来人往,十分热闹,他就避站在路边一株掉光了叶子的大柳树下,满心激动地用脚底板踢蹭着脚下的干土坑。这个平日里不多提一句情呀爱呀的年轻人,渐渐地也对卓玛心生了好感,从最初看着卓玛就是生得好看,到后来觉得自己有点配不上她,他想,毕竟人家是个漂亮、时尚、能干,又小有成就的大美人,身边的爱慕者和追求者应该一抓一大把吧。不管怎么说,他在卓玛的面前老觉得放不开,那抓糌粑的利落劲儿根本使不出来。

他不知道，人往往会在自己心生喜欢的人面前才会觉得自卑。

正因为这样，每次卓玛有事找他的时候，他的心都激动得像刚才路过时，邻居楼顶那只小藏獒，恨不得马上冲出笼子。

相比之下，卓玛则要理性得多。抛开表面的长相和"三观"问题，她担心的是两个人一起，能不能在心灵上契合。或许，她有之前的教训。在西安做模特的时候，她曾有过一份单纯美好的恋情，像每一个坠入情网的少女一样，也做过很多美丽的梦，但无论她许下多么美丽而坚定的承诺，他都不愿意到拉萨来，两人不得不洒泪而别。虽然这只不过是一个看起来再简单不过的问题，但却就像铁轨的分道，不过是一个铆钉的换位。后来，卓玛才有意无意地邀请多杰出现在她的生活，平时一起头脑风暴的时候，她不但需要他的意见，更想了解他的想法，也希望他了解自己的心思，不知道一份爱情是不是天注定，但她相信和希望会是水到渠成，不需要轰轰烈烈的风雨激荡，只想要自自然然地日落星升。

打从去西安上学，小小的身躯拎着大大的行李踏上前往内地的火车读书时开始，卓玛就渐渐学会了独立生活。聪明而又独立的她，对新鲜事物有着细腻敏感的捕捉力，她又怎么看不懂美朵的心意呢？就像一朵美丽的云，在等待一阵合适的风。她在观察，也在等待，可多杰平时拿弓的手，却连个箭都拾不起来。

在那块为了浇水预留出来的方方正正的土地都快要被他踢出一个坑的时候，那辆洗得干干净净的吉普车才吱地一声在他跟前刹住了。

车窗落下，一头乌黑干练的短发随着车内女子按下车窗按钮时低头、抬头和转头的动作摆动。就在车窗开始下落的时候,她转过头来,抬起白皙的手撩起滑落的头发,勾起纤长的指,顺势横过云鬓,沿着左耳向后一捋,那侧脸便像东山顶上刚刚升起一半的月亮一般,浮现了出来。

"多杰,上车了。"

那声呼唤,像是清晨红嘴鸥清凌凌的一声鸣叫,唤醒了正低头用脚尖踢踏的多杰。多杰也注意到,她微微两边上翘的薄唇上,浅浅涂了一层口红,在说话的时候,随着轻启的红唇,显得牙齿更白了。

说来奇怪,听到卓玛这一声呼唤,他那激动的心,忽地就稳住了,就像小时候爷爷带他在拉萨河边放风筝,那风筝时常会在风中控制不住地颤动,唤爷爷过来轻轻扯顿几下,抖动的风筝就稳住了一样。

"哦,来了。"

他小步跑向车子时,坐在后座的麦子也隔着玻璃窗口微笑地向他招着手。

"真干净呀。"拉开车门的时候,他轻轻跺了跺脚,以免把那脚底的土带到了车里。

"为了接我们的王子呀。"麦子一边接过食盒,一边笑着打趣地说道。

"怎么,当我这是南瓜马车呀?"

车子调转了方向,在车头刚转向东方的时候,还带着一抹暖暖金色的晨曦打在了二人脸上。

"帮我从包里递一下太阳镜好吗?"

"哦。"

他把置于两座中间的黑提包平放在大腿上,小心翼翼地打开包,探手进去取出眼镜,还不忘打开眼镜腿,轻轻把眼镜放在已经伸在面前那摊开的掌心上。

车子迎着朝阳驶去。空气里尚有一丝清凉，阳光沿着山脊斜射下来，透过薄薄的一层青烟，明显看得到明暗的交界。

到了城东纳金山顶，视界开始明亮透彻，天空也变得更加透蓝，一片五色经幡横跨过道路的切口上方，不停翻飞舞动着，像是怒放的朝霞，在阳光的透视下，隐约可见上面的印迹。

"停一下，停一下。"在快到经幡下时，麦子连忙说道。

卓玛轻踩刹车，稳稳地停在了路边。三人下车，走到山边一处简朴的煨桑炉前，向山下望去，拉萨河宽阔的河床里，一条条玉龙般的河水蜿蜒屈伸，粼粼波光像其闪耀的鳞甲一般，一群群的鸟儿正向东边飞去。

"多好的一天呀。多杰，挂这么多经幡有什么说法吗？"麦子说话的时候，不时捋动着被晨风吹过面颊的头发，她头顶的经幡也在风中呼啦啦作响。

"古老的习俗，每一片经幡上都印有经文，风吹过每一片经幡的时候，会帮系挂的人传诵美好的祈愿。"他扶着那煨桑炉，"这也是一样，采取高山上的小叶杜鹃、柏木等纯净植物制作而成的香粉，在这里熏燃的时候，缕缕香烟既是为了净化，也可以向天界诸神传递祈愿。"

"嗯，人同此心，心同此理。这个不光在这里，在内地、西方很多地方都有这个寓意，我们祭祀祖先时候先烧香，基督教的仪式中也有熏香，人类感知世界的方式还是有很多异曲同工的地方呀。"

"是呀，只不过，在藏地，我们的祖先从原始苯教时开始，就认为天地分上、中、下三界，上界是天神之所，中界是包括人类的万物生灵居住的地方，下界是地上水下鲁神之域。一般高山之上，云霞之中有赞神，不能高声呼叫哦。你看，这经幡也是按蓝、白、红、黄、绿的颜色排列的。"

"哦，经常看到，原来还有这个讲究呢，那'鲁神'又是什么呢？"

多杰用手指着拉萨河的方向，说："'鲁'就是藏语'龙'的意思，听着是不是有点像？"他转头看了一眼正点着头、反复轻读着这两个字的麦子，接着说道："只不过，我们所说的'鲁'跟你所熟知的神龙还是不太一样。'鲁'最早是苯教九位创世神之一，据《十万龙经》记载，龙居于大海、湖泊、江河、沼泽、瀑布、水池、山岩、土地、树林等地上水下的所有地方。所以，藏族最初的龙，其实不只是皇帝龙袍身上那个龙的具体形象，是对鱼、蛙、蛇、蝎之类的崇拜。龙，又是财神，家在水底，水底有其居住的五百座龙宫。还可以游动居住，每一户人家也都有龙王的居处。所以呀，藏家每逢藏历新年，都要在灶后被烟熏黑的墙上，用糌粑面点画一只蝎子和一个雍仲符号，在旁边还要点画上酒壶或茶壶以及供奉食品，以祭龙之财神。"

"哦，昨天，咱们昨天咖啡馆墙上看到的点画。"麦子冲卓玛欣喜地说道，转头又凝视着多杰问，"你咋知道这么多？"

"你忘记我的职业了？青年藏戏演员。"他自问自答道，"我们每天可不只是唱唱跳跳的，现在当一个好藏戏演员可不容易了，要学的东西多着呢，我们藏戏《顿月顿珠》中就有祭龙神的桥段。"

卓玛也不言语，就带着欣赏的神情听多杰讲述，只在恰当的时候招呼聊得正欢的二人上车。

"该出发了。"

下了纳金山，沿着拉萨河北岸一路向东，过了达孜县境内，视野逐渐开阔起来，两旁是夹道而生的高大杨树林，看样子至少有个几十年的树龄了，厚厚的草甸、丰美的湿地和大片的农田。

"这里以前是澎波农场，自古以来就是西藏的粮仓，你们知道受松赞干布遣派，去大唐迎娶文成公主的禄东赞吗，他们家族的故地就在这里。"多杰说道。

"知道，宫廷画师阎立本那幅传世名画，有名的《步辇图》画的就是唐太宗李世民接见禄东赞的场景嘛，那时候没有照相机，这画算是写实记录。"麦子说这些的时候，眼睛就一直盯着窗外，消停片刻，她又喃喃地说道："这看起来并不起眼的土地，说起来都是故事，历史可真悠久呀，现在都还是年年生谷，倒是难得的上谷福地。"

"快看，'冲冲'[1]……"

顺着卓玛手指的方向看去，几只鹤从前方的上空翩然飞过，伸长了脖颈，拖平的双腿，整体呈流线型姿态，挥动着白色的羽翼，宛如戏台上的宫娥伸臂甩动两条长长的水袖。

三人望着它们蹬着细长的腿，轻轻敛羽落在河滩边的田野，那里有成群的鹤，有的低头啄食，有的浅滩涉水，有的悠闲漫步，足足有四五百只之多。就在三人眼望之时，还有几只鹤，正蹬着芭蕾演员般的双腿，奋力助跑，准备振翅去往白云涌动的方向。

"晴空一鹤排云上，便引诗情到碧霄。"麦子不由念道。

"好情致，你可真行。"卓玛夸赞道。

"多着呢，像多杰说的，拉萨河如果是龙的地盘儿，那

---

[1] "冲冲"：藏族对黑颈鹤的称呼。

还有一句叫'海为龙世界，云是鹤家乡'呢。"

"不错，这个更好，刚才那句在于意境，这句倒更有境界了，你们两个倒是能唱和到一块儿去，我只知道个鹤立鸡群。"卓玛说。

"你是说自己吗。"随着一路的畅聊，多杰渐渐轻松起来，便打趣地接话道。随后转头看了一眼给她递来白眼的卓玛，嘿嘿笑了笑，唱起了藏歌。那歌声婉转悠扬，原是仓央嘉措的诗，"洁白的仙鹤啊，请把双翅借给我，不用飞得太远，转到理塘就回……"

沿着山路给出的痕迹，车子在渐次铺开的卷轴画里已经游走了一个小时，还有两个小时车程才到热振寺，这里地处拉萨河谷与藏北交界地带，再往北去，海拔渐高，那里便是藏北草原，拉萨河的源流高地。多杰接替卓玛开车，卓玛则换坐到后排座位上，与麦子交流着头天晚上看过的商业计划书。

"计划写得很好，我们以前做事情都是边想边干，你这个计划书考虑全面，看完以后，不仅让我对未来更有信心，对我们的合作也更有底了。"

"太好了。总觉得靠嘴说不够正式，我花了三个晚上才写出来的，里面的一些渠道支撑也都是我以前积攒下来的，写的过程中跟他们有一些联系，基本上都能落地。"说到这儿，麦子侧过身来，对坐在右边的卓玛说道，"说到这个，打电话的过程中，大家一提到西藏，劲头都足得很，都攒着一股子劲儿要帮我们呢。"

"是呀，不要说咱们这点事，西藏有今天的发展，也离不开全国各地的支援呀。"卓玛回应道。转过头来，她接着说道:"对了,说到渠道,市场还可以往后靠靠,现在最关键的就是设计,北京服装学院是什么情况。"

"这是个重点,从名字也看得出来,这是一个以服装命名的高校,除了教学和人才培养,也涉及服装方面的工艺、经营、管理等领域,我在国外读研的时候,跟他们有过一些交流,前期设计只靠我一个人也不行,我们也可以跟一些专业人士多沟通交流,甚至可以建立合作关系。他们的平台大,除了北京,在全国服装领域的交流机会也比较多,看看最近有没有排什么活动,我们可以先去露露脸。"

"嗯,这个靠谱,咱们先捋清楚合作的内部架构,有机会一起走出去多看看。"

"那我同步联系好。"

过了两个小时,车子进入一片开阔地。

"那里就是热振寺了。"多杰右手握着方向盘,左手向前指去。

顺着多杰手指的方向看去,北边一座似乎有头有肩,如端坐佛像一般的山脚,顺着两侧像环臂一般的山脊向下,在指尖相触结成禅定印的托掌处,有一处不大不小平整的草坝子,正好托起一座精巧的红色庙宇。

"哇,好神奇,漫山遍野的柏树,怎么就只长在这一片山坡呀!"

"相传,从前这里是一座没有一株草木的秃山,后来藏王松赞干布到这里巡视,把洗发的水洒在山坡上,并祈祷祝福,于是长出了两万五千棵翠绿的柏树。"卓玛说。

"它是由阿底峡尊者的大弟子、'噶当派'创始人仲敦巴创建的,距今已有九百多年的历史了,在西藏历史上有着举足轻重的地位，热振的意思是根除一切烦恼，持续到超脱轮回三界为止。"多杰补充道。

"好浪漫的传说，这是属于西藏的浪漫呀，我要去捡柏香子。"

麦子兴奋地打开了车窗，一股清凉的空气吹进车厢内，仿佛这风也是能扫除烦恼的。

车子向谷底热振寺方向的坡冲下去，山谷的中间是拉萨河上游的一段，因寺得名"热振河"，河岸两边散布着一块块不规则的农田，像摊放在烤盘上的各类蔬菜片儿一般。

在快要接近寺院的路边，两匹马披挂着彩色鞍络，驮着它们的主人嗒嗒地走着。

寺前的白塔和煨桑炉不似城里所见，大都比较古旧，有的只是石砌，不见染饰任何的涂料，反倒有种古朴的之美。

寺庙规模不算大，先行礼佛完毕后，他们便往山坡上走去，踩着干草秆和掉落在地上的枝叶，脚下发出窸窸窣窣的声响。

"麦子姐，你是该拾些柏香子，换下手上的珠串了。"多杰说道。

"哦，这串不合适吗？"麦子抬起左手，摇晃着上面的一串珠子问道。

"方便取下来给我看看吗？"

"方便呀。"

多杰接过那串略带些黄褐色的通骨珠串，拿在手里细细端详，像一个神秘的古董商般，边两手摆弄，边压低声音，低着头说："想听真话，还是假话？"

"当然是真话了。放心，这是我自己买的，就算不对，也怪不上朋友。"

"这是做旧的骆驼骨，用染料泡在油里浸出来的，有的为了固色，直接用水煮，或者泡碱性的肥皂水，还会通过电吹风的方式，做出冰裂的感觉。现在的市场乱，鱼龙混杂。"

说完，多杰嘴角带着肯定又有一丝神秘的微笑，把珠串递还给了麦子。

麦子顺手接过珠子，一脸疑惑地看着多杰，又低头反复看着这串她为了配合今天的行程专门拿出来戴的珠串。

一旁的卓玛看着她困惑，便接话道："相信你老弟吧，这方面他绝对算得上专家，家里盘着十几串珠子呢。"

"哦？还能这样呀。说是十来年的老珠子，多收我一千多块钱呢。"麦子快快道。

"不过，就算是老珠子，也不适合平时戴。玩儿这东西，有讲究的。"

"继续，说来听听。"麦子迫不及待地追问道。

"这些念珠的寓意，根据它的材质和颜色等，作用不同，适用场合也不同，里面学问大着呢，你慢慢学吧。不过，柏香子多好，自然掉落的，自然又环保，还带着天然的木质香。"

"哦。看来，除了工作，生活中要学习的地方也还多着呢，我还得好好补补课呀。"说完，麦子把这珠串放回挎包里，埋头找他的柏香子去了。

这种柏香子，小拇指指甲盖般大小，有着跟树干相似的白色，略带一些自然凸起的肌理，颗颗圆润，颗颗不同。

"不要只捡108颗，记得多捡几颗，备着搭配调换。"卓玛提醒她。

千年柏林包围着三个花儿一样的年轻人。

麦子蹲伏在满是干柏叶的地上扒拉，卓玛和多杰则在前面缓缓走着，慢慢与麦子拉开了距离。

"哎——"

麦子捡到一颗她觉得十分满意的柏香子，她把这柏香子举到鼻前嗅了嗅，一股淡淡的自然清香扑鼻，正当她兴奋地抬起头想要冲两人分享激动的心情时，忽然又把那声将要冲出嗓子眼儿的"哎"字给吞了回去。她看到，在一株株高大的古柏之下，两个修长的身影手牵着手，阳光透过柏树墨绿的枝叶，温柔地洒在这对年轻的恋人身上。

"这就……"麦子轻声嘟囔着。她轻轻放下已经高举的右手，把捏在拇指与食指间那颗她相信带着神秘力量的柏香子轻轻装进口袋，心里头暗想，这才第一颗，还有一百多颗呢。

这时，一对黑颈鹤从北边飞来，掠过柏林的梢头，发出两声清亮的鹤鸣。那声音，在山谷间悠长地传响。

卓玛往头顶看去，视线顺着刚直的柏枝干上去，透过团团墨绿色的树冠，山头上有一片乌云压来。

"不好了，要下雨了。"卓玛扭头对多杰说。

"这时候，该没有雨下了吧？"多杰扭头往南边热振河上方的天空看去，天晴得像打开了车子的天窗一样。

"可那片云，你看。"卓玛又抬头看着那渐渐飘来的云，"小时候，我经常遇到这样的天气。不好说，先往下走吧。"

河谷上方的一片白云也遮蔽了太阳，柏树林一下子变得暗沉起来。

"麦子，麦子……"

三人会合，往寺院的方向跑去。"吧嗒吧嗒"的声响从头顶传来，一颗颗小冰雹像珍珠一样洒落下来，掉落在地上的柏树叶上，发出细微的沙沙声。

见是冰雹，三人脚步倒是慢了下来。

"奇怪，好好的，怎么忽然下起雹子了？"麦子说着，伸出手想去接。

"我就说嘛，这个季节，是不会下雨的。"

多杰一边说着，一边脱下外套，要往卓玛头上盖。

"不用了，小冰雹嘛，又淋不湿。你快穿上，别着凉了。"

等几人又跑回热振寺时，冰雹还在下着，寺庙的一部分正在维修，古老与新修之处，能明显地区分出来。远处，几个工人好像早已习惯了这种天气，依然推着小车，来来回回地走，一趟趟地搬运着石头。

"这寺庙，以前可是被毁过，据说早在元朝的时候，蒙古骑兵就到过这儿，领头的人叫多达那波。当时还到了南边墨竹工卡县的止贡梯寺，据说当时下了一场'石雨'，击退了蒙古兵……"多杰扶着一片新砌的墙，气喘吁吁地说。

"什么'石雨'？这越说越神奇，天上掉石头了？"麦子说。

多杰指了指天。

"哦。"

"这里明明比较荒凉偏僻嘛，为什么要在这里建寺，还发生过这么多事情。"麦子不解地喃喃自语，一边低着头，让秀发垂落，用两手轻轻扫着掉落在她蓬松发间的小雹粒。

"以前的事，可不能按现在的样子去看，这里和墨竹的止贡梯寺，往北是藏北草原，往南是拉萨河谷，可是河谷粮仓和藏北牛马往来交易的重要商道呢。连天上的'冲冲'都知道从这条'天路'走……"

多杰说话时，麦子猛地一甩头，刚才如瀑一般的秀发，像是被风吹顺的麦浪，她两手顺势从额前往后一抹，左手便在脑后把头发逮作了一束，右手变戏法般从唇间取一根皮筋，两手轻换之间，头发被扎起了。

"可真是神奇呐。"

麦子明朗的脸朝向南边。顺着她的视线看去，河谷上的那块白云渐渐飘开，那阵忽来骤去的冰雹收住了，阳光也飞奔而来，天地又变明亮了。

热振河边，一群鹤渐次起飞，向东飞去。斜阳照着它们伸展的白羽，在绿松石一般翠绿的河面，投下一片舞动的鹤影，粼粼波光也随之荡漾。

第二天午后，三人又一起来到大院儿，一进门便惊扰了一群灰麻雀，它们扑棱着翅膀飞向东边的树梢，个个在枝头驻足观望，机警地扭动着小脑袋。

"这生意本来就门可罗雀的，你们把这些客人也给我吓跑了哦。"强子笑着说道。

说这话时，强子弯成窝坑状的左手掌心，捧着一小捧青稞粒，拐杖就夹在他左边的胳肢窝。他站在店门外，身上穿着黑色中长款呢子大衣，脖子上围着厚厚的青灰色围巾。

"人家有些艺人都是飞去国外专门的广场喂鸽子，你在这儿喂麻雀。"麦子笑着说，"也挺浪漫。"

"冬季的生意淡了嘛，就喂喂麻雀。我们这小生意，都是看天吃饭，西藏的形势好、人气旺、来的人多，我们的生意就好。"他把剩下的小半捧青稞一把撒在青石地砖上，抬头仰望着树梢上那群麻雀，搓着拍了拍两手，轻声地叹了口气，"麻雀也能飞上天嘛，再小的翅膀也能给蓝天捎句话。"

说完，他右手抽出拐杖，拄在地上，歪着个头，看着麦子。

"那你……刚才都给它们嘱咐了什么话？"

麦子笑了，几人也跟着笑了。

听到外面的说话声，屋里走出一个女人，她个头不高，挽在脑后的头发直接用一个塑料发夹夹着，脸颊两侧散搭着的两缕头发，缓和了稍显圆润的脸部轮廓，那肉嘟嘟的脸看起来有种婴儿肥般的可爱。

"是卓玛吧，个子真是高，听强子说几回了，今天终于有机会见到。"她的声音爽爽朗朗，笑容也从闪亮的双眸溢出在脸上散开，像清清冽冽的湖水里投入了一颗石子。

"是呀，我就是卓玛，晓梅姐好，我也听强哥说你好多次了，他老心疼你了呢。"卓玛被她的笑容感染了一般，也绽放出花儿一般的笑容，这冷清的老院子似乎也随着二人热情的寒暄一下子活了起来。

"哦，这是我媳妇儿，晓梅。"强子介绍说。

"这是多杰。"卓玛拉着多杰的手，轻轻拽了一下，"问强哥、晓梅姐好呀。"

"强哥好，晓梅姐好。"

麦子也在他俩后面微笑着挥了挥手。

"哎呀，平时老在外面跑，现在旅游的人也少了起来，总算是有点儿时间。今天是来看店吗？进屋吧，屋里坐会儿。"晓梅招呼着几人。

"也不全是吧，今天可有事麻烦晓梅姐呢，赶上你在，就更好了。"

进屋坐下后，强子忙着煮了一壶老白茶，随着"咕噜噜"的声响，白茶的清香味儿瞬间就弥漫了整个小屋。

"姐,麻烦你帮我拿个小托盘。"

晓梅从身后取来一个方方正正的小木盘,麦子从挎包里拿出一个红色的系绳小布袋,哗啦啦地往盘里倒了一盘子的柏香子。

"哦,柏香子,你们自己捡的吗?"

"是呀,当了回电灯泡,为了给别人照亮,腰都快捡酸了。"说罢,麦子俏皮地瞪了卓玛和多杰一眼,卓玛"哧哧"地笑着,多杰倒是不好意思地低头喝起茶来。转过头,麦子又带着一脸期待和真诚的口吻说:"姐,听卓玛说你串珠子特别厉害,绳结能打出好多花样来。帮我指点一下,应该怎么串,怎么搭配一下才好。"

原来是她不忍打扰卓玛和多杰的柏林漫步,蹲在地上足足捡了三四百颗。

晓梅用那圆润的手滚动了两个盘子里的柏香子,俯首轻轻嗅了几下,抬起头说:"自己捡来的好,最有纪念意义,特别是你们还特意跑这么远的胜妙之地。"

"哦,果然是找对人了。"麦子转而又问道,"那,这柏香子和菩提子相比如何?"

"菩提子,是菩提树的果实。但其不一定只是类似于金刚座的菩提树果那样的果实。譬如,过去七佛的菩提树都是各不相同的。所以,所谓菩提子,应当可以视作包含了所有菩提树类树木的果实。这么理解的话,你这柏香子也算是了。"

"哇,那太好了。"麦子欣喜起来。

多杰在一旁频频点头。

"如果串念珠的话,这些柏香子足够串成三串,你看想怎么串,是串成素串,还是加些配珠呢?"

"这又有什么讲究吗？"

"讲究是一方面，还得根据个人的喜好。可以适当配一些吧，平时养着也好看，给你算优惠些，保值增值的，手工费全免，划算。"

说罢，晓梅便从玻璃柜台下取出几个小方盒，里面分别盛放了些红红绿绿的各类配珠。她又拿出一个垫了黑色丝绒的小托盘，挑了几个柏香子和几颗珍珠、蜜蜡、绿松石放在一起。

"要不这样吧，就来一套'红绿灯'吧，这些颜色还都挺衬你的皮肤，点缀一下，提个亮色，祝愿你以后的路都和和顺顺的。"看着选择困难的麦子，晓梅拿出了主见。

"红绿灯？什么意思？"

晓梅微笑了一下，也不应她的话，麻溜地挑出珠子摆出个样子给她看。

只见那黑丝绒的托盘里，不一会儿便将108颗柏香子摆成了一个圆圈，顶珠放着一颗椭圆形深沉莹润的红珊瑚，腰珠是两颗跟柏香子等圆晶滑的蜜蜡，最下面串合起系绳处的佛头，也被称为"三通"的配珠，是一组被打磨成宝葫芦形状的绿松石。

当这绿松石往上一放，麦子侧着身，扭过腰一看，顿时恍然大悟，她不禁轻轻鼓起掌来，带着满足地笑说："这个好，这个好。"然后，又转过头去，对多杰说，"心里踏实了，这下不会遭忽悠了。把另外的也串起来吧。"

多杰和卓玛都笑了起来。卓玛说道："那就不客气了哦，留给晓梅姐一串结缘吧，另一串就帮我们打孔串起来就好，等多杰自己配吧，他有一堆宝贝呢。"

"好呀。"麦子应道。

"喝茶,喝茶……"强子一直在旁边招呼着他们。

几人边说边喝着茶,两个孩子只顾在旁边的柜台上下着跳棋,门口的青稞粒已经被麻雀们捡了个精光。

好在因为有古建保护的规定,装修时对房屋主体并未做大改动,那些顶上安的、地上摆的东西,也都可拆卸移动,从卓玛原来设定的卡垫店,调整成兼具服装品牌店也不算复杂。店铺并不大,不到一百平米的房间里,中间用上不封顶的小隔墙分成了两个既独立又相互连通的小空间。西头是卡垫区,按照卓玛的想法,还原成了古朴自然的家居风格,除了挂在架子上陈列的,还特意摆了一张藏式床,方便大家看现场效果,或者直接铺上去坐坐。

卓玛还专门从老家运来了一个老式的挂线织架,上面是一块已经织了一大半的卡垫,方便来往的客人们体验卡垫的制作,织好的一半上,还织着"措吉呗玛"的藏汉双文,这是卓玛和麦子商量好的店名,意思是"湖心莲花"。在这张织架的旁边,分别陈列着草根、纺锤、花剪等制作卡垫的工具。

为了还原和彰显卡垫制作的自然传统,麦子提议在店铺的一角吊装一个小的显示屏,选取江孜现场进行羊毛纺线、卡垫编织、剪花等制作场景进行互联。

"这个不怕技术外泄吧?"当麦子提出这个建议后,也不无顾虑地说。

"不怕,传播得越来越广才好。任何事都有表有里,我们卖的是产品,宣传和推广的本来就是文化。"卓玛笑着说。

麦子竖起了大拇指。

东边的陈设主要由麦子主理,基本是成衣展示区和两个试衣间,设计等工作区还是得放在模特学校。在量体的工作台旁,她特意买了一个和睦四瑞的摆件,摆上去之后,擦拭干净,有板有眼地指着上面的四只瑞兽对卓玛说:"这个小鸟就是我。"

"为什么呀?"

"因为我是从最远的地方飞来的呀,飞越了茫茫雪山,才来跟你们相会。"

"嗯,有道理。我们?我们又是谁?那这三个都是谁呀?"卓玛一边笑,一边指着摆件下面的三只动物问道。

"这个,是多杰,踏实可靠。"麦子指着大象,"这个是美朵,善良可爱。"她指着兔子,"这个嘛,就是你了,聪明灵慧。"她最后指着那骑象驮兔的猴子,咯咯咯地笑着说道。

"嗯,有点意思,团结和睦,一起摘取胜利果实。"两人伸出手来,击了一下掌心,卓玛接着说道,"店铺收拾出来,才只是万里长征迈出的第一步呀。这边的卡垫上货倒是快,服饰先上一些传统款式的,后续款式等设计开发出来再说。"

"你就等着瞧好吧。"麦子伸出右手食指,比在鼻尖,一脸神秘地说,"明天就守株待兔去。"

冬日八廓,碧空如洗,从寺前小广场望去,大昭寺像从一块蓝色的纸板下剪出的图样,红墙金顶的轮廓异常分明,围着大昭寺转经的人们,顺时针方向不停绕着圈,像海里飞旋的庞大鱼群。

广场边的长椅上,坐着一个女子,手里盘着一串柏香子念珠,注视着往来的人发呆,还不时地拿起相机拍照。除此之外，就拿着一个速写板，时而低下头画着草稿，不时还歪着脑袋左右端详，再涂涂改改一番。

不一会儿，她又转到玛吉阿米斜对面一株巨大的唐柳下，吃过一份古树酸奶，继续近距离打量着。长椅旁转经小憩的两个老奶奶看着她快速划过的彩色铅笔，不免称赞一番。

"雅古都，雅古都——你是学画画的？"

"不是了，嫫啦，我是设计师。"

"设计师？"

"就是服装设计师，设计服装的。"说完，拍一拍自己身上穿的衣服，说，"就是这些衣服的样式。"

"哦呀……"

八廓街像一块环形的磁铁，吸引着四面信众，也汇聚着八方来客。麦子选在这里采集素材、汲取灵感、进行创作，不失为一个省时省力的好办法。一上午的时间，便已画出了十几份草稿。

"嘘……"

长舒一口气后，她抱着这沓画稿，跑回了店铺。

"卓玛，交作业了。"

她远远地喊道。

走进店铺，地上已经堆了一地的卡垫。

"麦子，来得正好，姐姐和姐夫来送货了。快看，好看吧。"卓玛一把拉过麦子。

"先到各家收了这些，看哪些图样好卖，咱们再组织生产。"旺姆姐在一旁说。

"来，赶紧上架，咱们刚好去吃个团团圆圆的开张饭。"卓玛高兴地说道。

"好呀，走起来。"麦子说着，把画稿妥妥放在东边的小桌上，挽起袖子，转身便来。

几人手忙脚乱地把卡垫挂在预制的架子上。这时，拉萨的天已经慢慢变得昏暗，街上的行人渐渐少了起来，八廓街的路灯像一只只大萤火虫，发出一团团荧荧的亮光，幽幽地照在那青石路上。

卓玛也打开了店里调校好的射灯，一个个柔和的暖色光柱听话地投射在挂好的卡垫上，只见那些卡垫瞬间鲜活起来，连上面的花样也像活了一般，麦子走过一块块的垫子，只见那图样有褐斑虎纹、龙凤呈祥、双鹿踏春、吉祥八宝、万字团花……直看得她眼花缭乱。

"藏族人民手真巧呀。"她退后两步，站在门口那幅和睦四瑞的藏毯面前，仔细端详着。

"这块不卖，让它们从第一天起，就见证我们的成长。"

卓玛缓缓走到麦子跟前，也深情地凝望着这幅藏毯。她的面容，在藏毯那闪着羊毛绒的荧光反射下，显得更加柔美，微微上扬的嘴角，既可爱甜美，又性感迷人。一双柳叶眉目里，正蕴藏着一个美丽的梦想。

"真好。"麦子轻声说道。

"把大家饿坏了。天气有点凉了，去吃个藏式火锅吧？"卓玛看了看腕表，已是近晚八点了，便提议道。

转角不远就有很多家藏餐馆，家家灯火通明，屋里热气腾腾。几人随意选了一家，唤店家速速打来一壶清茶，再往茶碗边挂上一抹酥油，那咸盐煮砖茶的劲道，微咸中带着茶的清香，能快速补充体力，消除一身的乏累。酥油的油花儿则随着热茶的续注，一点点地在茶汤表面氤氲的水汽中飘散，姐夫巴桑喜欢酥油浓厚的口味,叫服务员续茶时又挂上一大坨。

"多点,这个可以加钱。"他指着一旁的酥油桶,幽默地说。

"不用。"可能是前前后后地跑着,抱着酥油桶的服务员妹妹脸颊红扑扑的。她笑着应道,又直接用勺子在一个小碗中再盛出一大块,说,"清茶要喝烫点的,酥油化得快。不够的话,你们自己都可以慢慢加。"

不多时,一口热气腾腾的铜锅便被端了上来,随着炉膛那红通通的炭火奋力燃烧,一锅整齐摆放着牛肉、牛舌、牛肚、五花肉、土豆片等各类食材的铜锅便沸腾起来,那牛骨熬出的老汤"咕嘟咕嘟"地往火烫的炉壁上翻腾,发出"滋滋"的声响。

"快吃吧。"旺姆姐提起筷子说道。

这牛骨汤煮出的火锅,蘸着捣碎的辣椒面,再加上原汤水调,辣丝丝、热乎乎,几口下去,便是一头的汗。

比这火锅还要沸腾热烈的,是这藏餐馆里的氛围,三五人围坐的藏式卡座上,有的是一家老小吃着藏餐,温馨地说说笑笑;有的在一瓶瓶地喝着啤酒,不时传出阵阵爽朗的笑声;四个老人刚吃完,待收拾完桌子,便抬上游戏板,打起了"壳郎球"。这是一种类似于迷你台球的桌游,在一个井盖般大小的方形桌板上,有几片像厚虾饼般的木片,靠指尖发力弹射,用母块击打子块,为方便小木块滑动,需要撒上点糌粑粉。看样子,吃饭之前,他们就已经在比试高下了。

这家藏餐馆角落,靠着小巷窗口边的这桌,卓玛、麦子和旺姆夫妻几人,已经在边吃边讨论麦子的创作思路了。

"卞之琳有句诗,叫作'你站在桥上看风景,看风景的人在楼上看你,明月装饰了你的窗子,你装饰了别人的梦。'

我今天是切身感受到了。走了那么多次八廓街，头一回是看别人认认真真地转经。"麦子擦擦还泛着油光的嘴，谈起下午观摩创作的体会。

"都看出什么名堂了？"卓玛追问。

"名堂可多了。首先，先不说创意思路和成果，我第一个体会是，拉萨这个地方，居然能吸引这么多的人来。"

"这是怎么看出来的，你不会搞起街头采访了吧？"

"看呀，不光用眼睛，还要用心去看，我这半天的时间，看那长蛇阵一般的人流就没断过，他们的穿着、打扮、肤色、口音还都不一样，特别是咱们藏族群众，每个地方的服装细看起来，都各不相同，各有特色。比方说，那曲的皮料较多，皮子厚实，宽袍大袖，赶上下雪天，往头上一拉，就能当披风，走起路来也显得威风凛凛。之所以这么穿，不但跟当地的气候有关，也跟当地盛产牦牛，跟他们的生产生活有关……"

麦子滔滔不绝地说着，她那娇美的含珠唇，本来就因上唇的唇珠明显，宛如双唇间含着珍珠一般，因为刚吃过热辣的食物，更加显得细腻红润。

"真是有心了，有你把关设计，我可是放一万个心。"卓玛由衷地称赞道。旺姆和巴桑也在一旁频频点头，细心的旺姆姐，连忙盛了一碗牛骨汤，给她递了过去。

麦子接过汤碗，伸手轻轻把垂过耳鬓的头发捋顺到耳后，低头喝了一口汤，意味深长地说道："一个八廓街，就可以看到一个世界。"

此时，刚才热闹异常的藏餐馆已渐渐安静下来，透过已经蒙了一层薄薄雾气的窗子，偶尔有一两个人影走过的巷子，那清脆的脚步声，反倒使街巷更加幽静。

设计的图样持续讨论了好几天,可一旦进入真正的探讨环节,困难就来了。传统的服装各有定式,像麦子所说,因俗常所致,也各有各的穿搭场景,可要是改成新派风格,可不是一件容易的事,急着出清样的麦子都有点慌了。

"不要着急,拉萨的好裁缝多,好设计可是难找。再说了,我们要做的工作,本来就是富有挑战性的。"卓玛耐心地安慰她。

"脑子都想得快挤出水了,是不是看传统的东西太多了,养成习惯性审美了,不改吧,感觉出不来,这一改,又觉得别扭。"

"要不,咱们先暂时放空一下,去听听强子的意见?"

"嗯,也好。"

两人又来到强子的小店里。强子依旧俯身在打着小台灯的操作台,晓梅和一个背影清瘦的年轻人在里头,隔着柜台,一里一外地坐着聊天。大儿子小冬趴在两米开外的柜台上写作业,夏夏跪在妈妈腿边的羊皮毯上,把妈妈的大腿当桌台,玩着手里毛茸茸的小灰兔玩偶,晓梅顺势拍着她的背。

一听来意,强子便用左臂把操作台上的杂物往外一推,腾出些空间,接过设计图,一张张翻看起来。

"我看挺好呀,你们两个是不是要求太高,才陷入了自我怀疑。先喝杯茶放松放松,我请个高人来给你们指点一下。"只见他诡异地一笑,顺手拿起两个杯子,倒上两杯煮好的普洱茶,头也不抬地唤道,"慕爷,过来一下。"

屋里都是八〇、九〇后,还有两个〇〇后、一〇后,哪来的爷?坐在吧台椅上的两人对视了一下,还没反应过来他叫的是谁呢,刚才背对她们坐着的年轻人便迈着大长腿三两步走到强子旁边,他藏蓝色汉服的身影飘然而过时,风里带着一股万宝路香烟的味道,淡淡的烟草混合着一丝薄荷味儿。

"强哥,啥事儿?"只见这年轻人走过来便搂着强子的肩膀,见强子也不理他,一手拿一张纸,来回地端详着,便也俯下身来看了两眼,惊呼起来,"线条不错嘛,干净利落,有功底。这,你俩画的?"

说完,便把那双带着微笑的视线落在了麦子二人身上。

卓玛身子往右一斜,伸出右手的食指,指着坐在她左边的麦子。

这时,强子才瞅了一眼两人,说:"你看,我就说吧。这小子是中国美院的,专业意见。"

"过奖了,线条不重要,这是个设计稿,我们在纠结风格呢。这藏文化元素如何跟现代元素结合才更加自然协调,翻来覆去地看,头都快看晕了。"麦子低声说道。

听到这儿,年轻人站起身,也像强子一样,手里拿着画稿反复比对。

半晌过后,他才把画稿重新放回桌子上,两手撑着高高的桌沿,缓缓说道:"款式都挺好,可能因为我外行,至少我挑不出毛病。如果纯粹从视觉来看的话,建议可以在汲取藏文化元素的同时,多用用'橡皮擦'。"

或许是怕冒昧,说到这儿,他停了下来,来回瞅着三人。

"橡皮擦?"麦子嘟囔着。

强子伸手拍了一下身边这年轻人的背,瞪着眼睛说道:"哎,卖什么关子,继续呀。"

"哦,那我再说说。"年轻人向前挪挪,胳膊肘支着桌子,俯身轻轻拨弄着操作台上散放的画稿,边看边娓娓道来,"这个说来话长了,可能你们遇到的困惑跟我前段时间遇到的差不多,我以前画过唐卡,后来觉得太过传统,特别是因为咱们西藏保留下来的唐卡样式,大多是藏传佛教后弘期期间的作品,又经过《造像度量经》的规制,风格大体差不多。后来,就跑去大大小小的寺庙,去感受不同的美术风格,特别是阿里托林寺和日喀则的夏鲁寺、江孜白居寺等一些早期的寺庙,尝试着临摹壁画,搞艺术和创作的就总是想突破,画了一段时间,我又想创作一批水彩,对原有固定的画法和风格进行一下变形。结果,问题就来了,画成了四不像。这段时间,我倒是有所启发,摆脱繁复的艺术表现形式,先用水彩渲染出大体的形象,再用工笔添加一些经典元素,只存一相,不求全像,删繁就简,凸显风格。只不过,我也才只是在小纸上画来试验,如果把画幅拉大了,还不确定效果如何。"

"有道理。"卓玛首先表达了自己的态度。麦子还在轻轻吸咬着下唇,微蹙眉头,一脸茫然地苦苦思索着。

年轻人抬头看了一眼二人,从桌上拿起一张画稿,看了两眼后,反转过来,将画面对着二人,说:"你们看,这个其实不用'LV'那种拼贴画风,不打满,只是选取一个吉祥结在袖口,反而素净、朴拙、低调,但是这就对服装的质地和用料要求比较高了,要能通过面料本身的质感和搭配出效果。说到底,咱们藏式美学风格的重要一点就是在于朴实,你看布达拉宫,这么大体量的建筑,主体色调就是红白,适当的黑色在窗沿,金色用于宫顶点缀,再用混合的多元色作帷幔,风一吹来,缓缓飘动,仿佛能让人看到风的形状,立马让固态的建筑灵动起来。你们反过来想,它真的只用了这几个色吗?其实我看并不止于此,它本身还借用了灰岩、蓝天、白云等大背景色。我们都去过布达拉宫，当我们站在四周去仰望它时，我们谁也无法把它从那么湛蓝的天空下抠出来单独去看。它在求突破之前，就是先把自己融入在这大环境当中，让人看起来不但建筑本身各部之间，以及建筑与它所依凭的山体、所处的场域之间，都是自然协调的美。这跟制衣的道理应该是一样的，别人买你一件衣服，总不能连鞋子啥的一并都买上一套，那就成制服了，你要让你设计的衣服既有自己的特点，还能百搭。比如，这长袍，如果不配个藏靴，或者其他的靴子，可能就不好看，但可以把它剪裁成中长款，如果在这个天气稍微凉一点的季节，里面配个卫衣，进屋后可以脱掉，出门就披在外头，多好呀。你看我这个汉服，为了适应现代生活，两边还有两个暗兜，装个手机多方便的。"

听着年轻人口若悬河的讲解，卓玛接过他手中的画稿，放在自己与麦子二人中间，仔细端详了几秒钟后，抬起头来，用左手捏着画稿，伸出右手，用指尖处轻轻拍了几下掌心。

强子和晓梅也鼓起掌来，晓梅听着他们的讨论，不知道什么时候也悄悄站在了卓玛的身后。

"哎，美之为美，殊途同归，大道归一，如果说服装是身体的装饰，建筑就是一个城市的衣裳，都在传达着它们所附着之物的样貌、风格和灵魂。有帮助，太有帮助了，大彻大悟了呀。我这是陷入到'风格'二字当中去了，提取藏文化元素，用力过猛了。"麦子转头看向卓玛说，"这些款式先留着，到时候咱们办场秀，特别是去内地的时候用得上，这些稍显夸张的风格可以拿到秀场台子上用，主要传达一种符号感和表现力。但衣服终究是给人穿的，人有高矮胖瘦，哪怕有一些礼仪庆典需要，但也大都在日常生活当中，我马上再调整一版出来。"

"嗯。"卓玛欣慰地点点头,紧紧拉着她的手。两人又不约而同地转头对面前的两位道了声"谢谢。"

"不客气,一点浅薄的认识。不过,你这功夫也没有白下,先多后少,厚积薄发。"

说罢,这年轻人熟练地从衣兜里摸出一支万宝路香烟,仿佛只是在微笑间轻启双唇,那香烟便被轻轻衔在了唇间,他又掏出一支递给强子,强子举了举手中的烟斗。

"你那个不带劲儿。"说罢,转过头来,又用右手那捏着烟斗的手背,碰了一下旁边年轻人的衣襟,一脸骄傲地对卓玛二人说道,"我兄弟,慕云山,中国美院的才子。"

慕云山也不应答,而是将右拳裹于夹着香烟的左掌心,轻轻朝二人拱了拱手,配着他那一身剪裁得体的汉服,那一副功成身退、云淡风轻的样子,颇像从武侠小说中走出的儒侠。正因他这少年老成、从容沉静又略带忧郁的艺术家气质,被强子戏称为"慕爷"。

慕云山只比卓玛大两岁,却跟她擦肩成了两代人,一九八九年十二月份出生的他,差一点就跨入九〇后的行列。

"慕老师是来旅游的吗?"麦子问道。

"总有一些不经意的风景,留下了一些本不经意的人。"慕云山吸一口烟,轻轻抬起那立体感颇显的脸,裹起嘴唇,吐了一个漂亮的烟圈儿,悠悠地说道,"上学时就向往西藏的神秘独特,本想过来转转,来采采风的,却被拴住了。"

"别听他卖关子,我看,他是采风变成采花了。"强子嘻嘻笑着。

晓梅在一旁嗔怪地说道:"傻强,说啥呢,别把人家妹妹教坏了。"然后,转过头来,一脸笑容地对卓玛二人说,"别听你强哥瞎说,人家那叫郎才女貌。小慕到这里采风时候,我们还在干旅游,一起跑了很多地方,刚好我们有个朋友在藏大学艺术,也是他老乡,等到一路跑回来,朋友给我们接风时候,没承想,他们两个搞艺术的,投缘了。"

"是呀,接风宴,这游击队成了主力军,把我们俩晾在那儿,他俩倒是把藏地艺术谈得风生水起,谈出了整整一个西藏艺术风格流变史呀。"

"他乡遇知音,都是缘分,都是缘分。"慕云山笑着说道。

转眼,便到了十一月底,那些背阴的地方,水面凝作了薄冰,薄得只能承得起鸟雀的鸿爪。

"下午,一起回家看看我阿妈啦吧。"十一月的最后一个周末,午餐时分,多杰跟卓玛商量着。

"好呀,也难为你了,好不容易赶个周末,阿姨一个人在家里,你还要抽出时间陪我。我们下午去看一下她吧。"卓玛停下手中正切着的牛排,两手执刀叉,抬起头来说,"还是有点紧张呐。"

"我都报告过了,我阿妈啦可好了。再说了,你又不是没见过。"

卓玛到多杰家的时候,看到院里草坪上喷洒的水,落在已经干枯的月季花枝上,凝成一根根的冰柱。那已经枯卷的叶子,还有枝头未全开的花朵,被这冰水给封印了起来,像真正的玉树琼枝。这让她不由得想起《美女与野兽》里阴冷的城堡中,王子用玻璃罩封起的那朵美艳、妖冶,充满着魔力的红玫瑰。

"多杰,你看过《美女与野兽》吗?"她扭头问道。

"看过,我们作戏剧的,这些还是看了不少。"

"那,记得里面一共有几枝玫瑰花吗?"

"这……不是一枝吗?"

"第一枝是红玫瑰,是女巫为还没有变成野兽的王子所下的诅咒,同时也给了他一次被原谅的机会,那就是他必须在玫瑰凋谢完之前学会爱人,才能解除诅咒迎接被爱。而这种爱,是有期限的,一旦错过,就不再。并且需要细心呵护,猛烈的触碰都可以让花瓣掉落的。"

"这么说来,这枝红玫瑰代表了'爱',女巫不是为了真的诅咒他,而是要调教他那霸道、自私、无礼和冷漠的个性,只有'爱'才是这个世界的解药。最后他学会爱人,迎接被爱的时候,也就是女巫诅咒解除的时候,一切又回到以往,却又更胜以往。可是,难道不止这一枝吗?"

"不止。记得吗?在每次离家之前,女主的爸爸都会问女主要什么礼物,女主总会让爸爸带一枝玫瑰就好。而女主的爸爸,也正因为采了城堡门口的白玫瑰,才被监禁,才引来了女主。而这种洁白无瑕的白玫瑰,代表的可能更多是一种无偿、无私的爱,就好像父母对子女那般,孩子希望什么,父母都会尽自己所能去满足。而子女也能在父母有难的时候挺身而出,就好像女主在爸爸被监禁的时候,主动提出要替代爸爸,让野兽放自己的爸爸离开。这种爱,不是很伟大吗?"

"第二枝,父亲给的白玫瑰——给家人的爱。"

"第三枝玫瑰,是妈妈给的,代表逝者的爱。我并不太确定,印象中男主对于妈妈的回忆,还有一次是女主跟男主通过神奇画册穿越到女主妈妈去世前的场景,所看到的玫瑰花。在这里出现的玫瑰花有些灰暗，代表着生命的消逝，但是同时也是逝者对生者最后的爱。"

多杰投入地听着，感慨地说："你刚开始提起时候，还以为你在开玩笑说我们两个是'美女与野兽'，我草草看过，还以为那就是一个关于带刺玫瑰的爱情故事，原来这么有爱的寓意。"

"是呀，童话，也许就是写给成年人的吧，只是让成年人在幼小的时候提前读读。多少小时候懂得的简朴道理，长大后却难以做到呀。"说完，卓玛又深情地看了一眼那冰封的月季。

说罢，两人来到那雕着八宝图案浮雕的石门框前，轻轻推开朱红色的厚重木门，那木门上，被祥云纹饰的描金铁条箍着，异常结实。随着那"吱嘎"的声音，光柱透进了门楼，里面的院子被阳光填满，阿妈啦坐在正门西侧的墙根下，正低头梳着刚洗过的头发。

"回来了？"

"是呀，阿妈啦，你看谁来了？"

"哦……"阿妈啦用手撩起那瀑布一般的发帘，看到了卓玛，连忙拿起搭在肩上的毛巾，裹起湿头发。一边说道，"哎呀，是卓玛呀。"

卓玛把手里捧着的康乃馨递给多杰，连忙走到阿妈啦跟前，说："阿姨，快坐，别感冒了。"

"不碍事，看今天太阳好，我准备染个头发呢。"

"那刚好，我来帮你。"

"好吧，你看，这多不是时候，我先给你倒碗茶吧。"

"不用，阿妈啦，我去给你们俩倒茶去。"多杰忙接着妈妈的话头说。

"好，好。"

阿妈啦这才坐下身来，卓玛帮她系上围裙，额前沿着发根裹上保鲜膜，拿起旁边一个小塑料圆盒，用里面的印度染发膏给多杰妈妈那湿润的头发一缕缕均匀地抹上。然后，再套一个塑料浴帽包裹住，移步到小阳光棚下，一边晒着太阳，一边喝茶说话。

多杰在客厅里弄出了声响。阿妈啦微笑着转过头，看到客厅小桌上，一束粉红色的康乃馨，已经被多杰插在了一个六棱玻璃花瓶里。

持众月

  孤独的人容易晚睡。对麦子这样独立的人来说，夜晚就是灵魂自由的海洋，她喜欢那沉溺其中的感觉。

  这晚，大昭寺东边深巷的一间客栈里，一扇小窗的灯亮到很晚，没有关严实的窗帘缝透出一道微光，恰好映射在对面墙角上竖起的经幡，风马旗被丝丝清风念诵着。外面的空气越来越清冷，在这扇小窗的里面，房间只有十来平米，麦子正煮着一壶热红酒。傍晚时分，她就顺路买好了一瓶红酒和新鲜的红富士苹果、香橙、柠檬，她坚持着抗糖，便省去了糖料，再加入她随身带着的肉桂。不一会儿，这有魔力的"女巫汤"便经小火煨成，混合着红葡萄酒、水果和肉桂的奇特香味，伴着缕缕摇荡的水汽，弥漫在这小小的空间。下酒的小伴嘴儿是一碟海盐小饼干和黑巧克力及去皮松子。

  虽然时常在外，但麦子保持着自己的生活习惯，她不执著于名利的积累，却信奉平衡之道，工作时保持专注负责，周末可是一定要过的,不需要奢华,但要有感觉。对她而言,身体与灵魂是启航生命之海的双帆,而生活就是身、心、灵的体验与修行。苏格拉底说"未经省察的人生是不值得过的",麦子虽然认为说得很对,但事事省察却难以从容,人生不就是一场际遇和经历嘛,她更愿意保持对生活的感知力,一种能够在平常岁月的无声流逝中,去感受、感知和感动的能力。

子夜时分,麦子终于完成了所有的设计稿的修改。热红酒让她的面色潮红,自己都感觉脸热得发烫,她挺直了身子,两手捂着一堆画稿,闭目缓释紧张的大脑。麦子起身走到窗边,想清醒一下,她拉开窗帘,推开小窗扇,一丝凉意扑面而来。这小窗虽镶嵌着玻璃,却保留着木格的花纹,是一对吉祥结的图样。

十二月二日,正是农历的十五,星期五,月亮像一轮玉盘在轻云间游走,那月色的清辉让寒夜更加清冷。

夜晚的八廓街,空旷、寂静、清冷,像涅槃的佛子。

"唉,消失的周末。"麦子自言自语道,然后掩上窗,关掉了台灯。

几天的时间,一件件精心设计的服装已经被剪裁好了。

卓玛和麦子是第一批模特,强子、晓梅、小冬、夏夏是第一批观众,古建大院成了秀场,她们二人一件件地换装,从那小天井处走出来。小冬和夏夏像看戏法一样,每一次出场都瞪大了眼睛,拍手、欢呼、跳跃。或许,在孩子们的眼里,成人们的世界,就是一场戏法。

等全部的服装展示完毕,强子慢慢走到跟前,伸出两个大拇指说:"成功了。"

他紧紧地抿着嘴唇,摇晃着大拇指,不住地点着头。

"哪里呀,这才刚开始呢。"卓玛马上说道。

"不不不,已经成功了。成功不止是一种结果,有多少人都把梦想丢弃在了醒来后的清晨,敢于去开始,就是种成功。"强子这才放下伸出的大拇指,坚定地说,"我们都是普通人,没人能够给我们一个公式,去解开生活中的所有谜题。勇敢地往前走,成功就是不断地尝试,不管遇到任何状况,都要继续往前走,我相信你们。"

"加油,加油……"晓梅也走来,捏着拳头,给她们打气。

卓玛看一眼他们身后的孩子,感动得心头一颤,面前这两个肩扛生活重担、历经着挫折的人,正给予她们最真诚的祝福。祝福和鼓舞就像一朵向阳花,不论是生在高处或是低洼之地,都一样传递着温暖和力量。

她们甚至不需要那些所谓成功人士虚伪的站台、吆喝和加持,那些平凡的人,才最让人感动。

当然,在卓玛心里,那些平凡的人,除了朋友,还有亲人。这些天来,多杰的眉头就没舒展过一天,爷爷的病情一直在恶化,除了担心爷爷的病情,他甚至陷入到一种自责的情绪当中。除了小时候听爷爷的话,在家人的安排下走上了藏戏传承之路,他平时很少回家,更不要说陪陪爷爷了。

"以前,在外地上学,好不容易熬出头,回拉萨工作了,可周末都在外边,跟朋友们聚会的时候,晚一会儿都会拼命地催出租车司机,一到地方,就自觉地拿起酒瓶子自罚三杯。唉——"

卓玛请多杰来店铺看看新成果时,他压根没法把注意力放在这些衣服上。就在大清早,他才接到美朵的电话,说爷爷病情恶化，头天晚上，爸爸在跟妈妈打电话时，她都听到爸爸的哽咽声。

"都过去了，不要太自责，不要轻易怀疑自己，让自己陷入矛盾中不好，会撕裂。生命里的每一个片段，都是构成我们完整生命的一块拼图，不到最后，谁也不知道这拼图上的完整图案是什么，你能有这份觉悟和深情，已经特别难得了。再说了，你不是都已经搬回去了嘛。"卓玛拉着他坐下来，宽慰着他。

"唉——"多杰又长叹一口气，抬头看着卓玛，"瞧你，今天是你的好日子，我还在这儿感伤起来了。"

"没关系，我们藏家男子，本来就是英雄气概，儿女情长的嘛。我不喜欢冷漠做作的人，你这不是感伤，是感性，这样才更值得人爱嘛。"卓玛说完，便转过身去，伸手从藏式小床靠背处捧出一件衣服，递到多杰手里，"晚上回去，把这件衣服带给阿姨。天冷了，做这批衣服的时候，我特意给阿姨做了一件，套在藏装外面，特别适合。"

多杰低头，看着这件暗红色锦缎中长款的对襟小棉袄，上面挑绣着枝枝梅花暗纹，让平滑的绸缎兼具立体感，左衣襟缝着布带的扣眼，右衣襟缀着一排小铜扣，衣领处是一圈竖领的兔毛。他伸手摸着暖融融的毛领，像个小学生写检讨一般地说道："我这净瞎想了，你都放在心里呢。"

"多珍惜眼前人，亡羊补牢还不晚呢。"卓玛笑着说道。

"嗯。"多杰抱着衣服，忽然又一愣神儿，抬头问道，"也没有先量量，这大小能合适吗？"

"你忘记我是干啥的了？这眼睛跟扫描仪一样，心里有数呢。上次去帮她染头发的时候，我就瞅准了数据，放心吧，不会错的。"说完，卓玛又回头拎出一件，直接抖落开来，半带说笑道,"不信,你试试这件,你也有份的,就当免费给我们当模特打样儿了。"

多杰面露惊喜地站起身来,脱掉身上的羽绒服,接过卓玛递来的衣服,拎着衣领两端,右臂环过头顶,一个潇洒的回旋过后,那衣服便妥帖地上了身。这件羊皮色的短褂,做了隐领设计,后摆长于前襟,组合色宽边从衣领延伸到下襟,像是披挂着一条重彩的哈达。

"哇,不大不小,刚刚合适。"

他低下头,扭腰左右看了看两侧衣襟。

"哟,这是谁家的王子呀?"二人齐齐转过头去,循着声音传来的地方,麦子正倚在隔墙靠外的头上。看到二人已经注意到她,又坦率但不失礼貌地说,"不好意思,刚才在隔壁听到你们的聊天,可以说一下我的看法吗?"

二人轻轻点点头。

麦子身穿一件银灰色蓬松的亚光面羽绒服,紧身的牛仔裤完美地勾勒出健美的臀线和修长的腿型,高高扎起的丸子头,束起她栗色的秀发。这时,她边往里走,边拉开羽绒服的拉链,边说道:"买张机票,去成都陪陪爷爷吧。"然后,顺手从脱下来的外套口袋里掏出一盒烟,抽出一支,点上之后,吸了一口,左手指尖轻捏着烟嘴,把这正在熏燃的香烟竖举到面前,轻轻把刚才吸进的烟雾吐在上面,像一个女巫在施魔法时念咒一般,意味深长地接着说道,"人生就像这支烟,不是一个终极结果,它是一个过程,随着日落月升,我们每天都在不断死去。就像这支烟,它消失的过程,并不是最后掐灭它的那一刻,自它被点燃的那一刻起,就在不断燃烧着每一秒。想到不如做到,去陪陪老人吧,每一分的陪伴都胜过十万分的想念和一百万分的责怨。别像我一样,我小时候被姥姥带大,她走的时候,我在国外做一项目,就没有赶上,这是我一辈子的遗憾。"

慢悠悠地说话间,她的眼睛一直盯着那不断向下燃退的香烟火芯处。随着一缕若断若续的青烟游丝般飘升,烟灰已经烧了有一个小指节那么长。她将手缓缓地平移到旁边小桌的烟灰缸上,反手轻轻弹了弹涂着暗紫色指甲油的食指,那柱状的烟灰便如摇落的火山灰一般,崩散下去。

说话间,多杰一直站在那儿。

等麦子说完,卓玛坐在麦子身旁,歪过头,悄悄在她耳边问道:"你年纪也不大,怎么会知道这些?"

"不是知道,是体会,亲身体会。"这时,卓玛伸出左手,多杰伸手牵住,走向前,坐在了卓玛的左边。卓玛把头轻轻靠在他的肩头,听麦子慢慢道来,"姥姥走的时候,妈妈给我打了无数个电话,我总想着不至于那么快,等等我,等我把这个大项目做完,也很快。后来……其实,也不是后来,妈妈十几天没有给我打电话,我也顺利地把项目做完了。只是,我再也没能见姥姥一面。就在我沉浸在事情终于做出来的时候,我才想起来给妈妈打个电话。妈妈没有再催促我。我万万没有想到,就在我拒绝妈妈的第五天下午,姥姥就永远地离开了我。就在这前几天,妈妈也不忍心让我焦急。第四天的时候,妈妈打来电话,暗示我,我却心思都在工作上。"

说话间,麦子已经几度哽咽。说到这儿时,她忽然停住了。一直低着头,听她说话的卓玛抬头看她时,麦子的两行热泪已经从眼角滑落。

多杰也看到了,他从旁边的纸巾盒默默抽出两张纸巾,递给了卓玛。卓玛一边也轻拭了一下湿润的眼角，把纸巾递到了麦子的手里。

  在过了五六分钟的沉默之后，麦子才又仰起脸，眼睛望着斜上方那暖黄的灯，慢慢说："小时候，总觉得家是一艘船，大人们才是船长和船员，自己就是个搭船的旅客，总想着一靠岸就跑下去。只有当永远失去时，不，是永远失去后，才明白。"

  这时，多杰紧握着卓玛的手，神情坚定地说："麦子说得对。我要请个假，生活还很长，但爷爷给我的时间并不多了。"

  "嗯，应该去的，不要留下遗憾。"卓玛说道。

  卓玛坚持要开车送多杰到机场。

  "太麻烦了，让你来来回回地跑，叫个车就好。"

  多杰推辞着。

  "这不就是女朋友该做的事吗？"

  说这话的时候，卓玛盯着多杰的眼睛，反倒让他觉得气氛有些尴尬。他避开了她火辣辣的目光。

  "嗯，那好吧。"

  这个时节，山南贡嘎机场的人不算多，接机口的栏杆外，稀松地站着迎接旅客的人。

  卓玛把车往北边的入口外一停，多杰便下车，拎起放在后座的双肩包，转到了她驾驶座的这边，他本想隔着车窗说句话，卓玛也开门下车，在退半步避让车门的工夫，卓玛已经站在了他的面前，近得都快要听到对方的心跳声了。

  多杰还是不敢对视卓玛的眼睛，他身体轻轻一晃，似乎潜意识里还想要后退一样。卓玛却直接向前半倾上身，将他抱住。多杰的耳鬓感到了卓玛脸颊的温暖，一股淡淡的香水味从鼻子钻入身体，直接冲开他怦怦直跳的心房。

"不要担心我，去了，好好陪陪爷爷。"

他脑袋像被电击了一般，但又一片空白，都不知道该说些什么，只是轻轻松开了拎着双肩包的手指，两手环抱卓玛的腰际，将头顺势埋在她左肩上，在上面轻轻点了两下头。

卓玛这才慢慢松开了胳膊，但两手顺着多杰的胳膊肘，还是轻扣着他的小臂下滑，趁着这向后直身时，两人身体间产生的空间，顺势又拉住了多杰的两只手。多杰这才轻轻抬起了头，望着眼前这个眉头微蹙、眼神里满是爱和担忧、深情凝望着她的女子，也握紧了她的手，身体稍微向前倾靠，轻吻了她的额头。

卓玛嘴角微微扬起，多杰也抿着嘴唇，两颗心，像点燃了的礼花，嘭嘭直响，那礼花直往上冲去，在他们脑袋里绽放，不断释放着幻彩闪耀的火花。

他们沉浸在这奇妙的感觉里，似乎是在四下空妙的寂静地。大约十几秒钟后，他们仿佛才又听到不远处登机口那嘈杂的声音。

如果说有一个城市能够和雪域高原关系如此密切，那非成都莫属。

这天，中午两点多，成都双流机场乘客到达的2号出口走出了一位高大帅气的藏族男生，在一个个身穿羽绒服的人群中，那身翻着羊毛内衬的褐色短袄，让他特别好认。年轻人穿这种藏式大前襟的羊皮袄，通常不会系上右肩处的肩扣，镶着金丝带的前襟自然搭下，在胸前翻出一块羊毛内衬，就像是一块三角形的装饰。

出站后，在来来往往的人流中，多杰站在机场出口的长廊下，耸耸肩，把背包往肩上提了提，微微仰起脸，深深地吸了一大口气。

湿润的空气中带着一丝的凉意，湿冷的空气扑在他脸上，也钻进了他的嗓子眼儿。

他坐上一辆机场的士，直接向市区方向驶去。

他熟悉这座城市，不仅因为他在这里读过八年书，还因他们家像大多数在藏工作的人一样，在成都安家置业，大家亲切地称这里为"西藏后花园"。几年前，为了休假时能来成都暂住些日子，爸爸做主在成都武侯区买了一套住宅。这处宅子离华西医院不到二十分钟的车程。

"小伙子，西藏来的哦。去哪儿？"

"是的，师傅，去华西医院，谢谢。"

蓉城的天气是阴冷沉郁的，城市上空裹着厚密的云雾，前几天的大风让这座城市一夜入冬，沿途金黄的银杏叶半树已经作别了枝头，铺满了墨绿色的草坪，以树冠覆盖的地方为中心，由内向外渐次稀疏，那树干则笔直地挺立着，是一种干净利落的俊逸。

"这银杏真好看。"

"我们管这叫白果树。前些天更好看，现在叶子落了，叶落归根嘛。"

成都的哥是热情能侃的，就算一个人坐他们的车，也不会感到孤单寂寞。

到医院门口时，美朵已经在门口等着，两手揣在厚厚的长款白色羽绒服口袋里，不停在原地踱着那穿浅腰马丁靴的双脚，活像一只寒风中的企鹅。

"情况怎么样？"多杰问道。

"不太好。"

说话间,美朵的眼圈就红了起来。多杰见状,拉着她往路边草坪的长椅上坐了下来,说:"爸爸在陪着吗?先别急,给哥说说。"

"在。刚下楼时,爷爷也在休息呢,我们先坐会儿吧。爷爷的心理状态还好,就像一个平静的老僧,只是看着他忍受痛苦,每天连饭也吃不进去,我比他还要痛。一个人,就是活在呼吸之间和日常的吃喝拉撒里,要是平常连饭都吃不进去,可不就……"

"那医生呢,医生怎么说?"

"虽然治疗在跟进,可也只能这样拖着。这几天,不知道是不是有什么预感,他老是想要回去。爸爸的意思是怕来回折腾,就在医院待着,能养一天是一天。"说话间,美朵的情绪稍微平复一些,她转过头,看着哥哥的眼睛,说,"爷爷说,死也要死在拉萨。"

美朵凝视着多杰的眼神,像是在探寻他的看法和答案。

一阵凉风吹来,头顶的银杏树又沙沙地掉落几片黄叶,每一片都曾经历了细芽的萌生、绿叶的蓬勃和金黄的凋谢,它们在空中摇曳时,像翩跹的蝴蝶飞落下来。多杰俯身拾起一片扇形的银杏叶,用拇指和食指捏着叶柄,轻轻地转动着。他看着这即使转身告别大树之际,却仍然保持着优雅和美丽的叶片。

"如果是我的话,我也想回去,在我离开的时候,请亲人把我天葬。"多杰把银杏叶递到妹妹手里,缓缓说道,"按咱们藏族的传统,人死之后,灵魂离开肉体,进入新的轮回,肉身就成了无用的皮囊,天葬并不是为了上天堂,灵魂该去哪里，自有它的去处，死后将尸体喂鹰，也算是人生的最后一次布施和善行吧。刚才，在车上的时候，司机还提到'落叶归根'，这里的医疗条件虽然好，但是却没有一处天葬台，躺在病床上的爷爷心里应该会有不安吧。"

"爸爸也是这么说的。不管怎么说，也得再观察观察，多听听医生的意见吧。"

"嗯。"

当多杰见到躺在病床上的爷爷时，他几乎不敢相信自己的眼睛，才不到两个月的时间，爷爷已经瘦得判若两人。如若不是爷爷看到他时，还费劲地将胳膊扶住床沿，努力挣扎着想坐起来看他，他几乎感觉那躺在小床上的，已经是一具枯槁的尸身了。

"波啦……"

多杰来不及取下背包，便三两步快走到床沿，他本想狠狠抱住爷爷，可看着这单薄的身体，就像是没有加以固定，一碰就会散架的积木，他在半空中停住了刚伸出的双臂，而是半蹲在床头的地上，轻轻捧握住了那贴着白胶布的手。

"波啦……"

他又唤了一声，两行热泪已经从脸颊流淌了下来。刚才还镇定地了解情况，耐心安慰着美朵的他，此时心像被狂风吹乱在空中的落叶一般，止不住地震颤着。

多杰的脑海中跳出一个画面，那是上学时在一节西方艺术鉴赏课上，老师展示的克罗德·洛林晚年画作《阿斯卡纽斯狩猎西维亚牡鹿》。画作讲述的是古典神话《埃涅阿斯记》里的故事。阿斯卡纽斯狩猎之时，愤怒的朱诺令其箭射提洛斯女儿西维亚的牡鹿，从而引发战争。洛林没有直接描绘牡鹿之死，而是以理想化的诗意气氛，展现了风暴之前的平静，以及牡鹿对死亡的凝视。射手满拉弓弦，箭矢随时射发，对岸的牡鹿回望射手，等待着命运的降临。

站在床尾的美朵，轻轻摇动着手柄，将病床的上半截升起了一些，爷爷慢慢转过了头，他的头发已经被剪得短短的，这是多杰头一次见爷爷短发的模样。镶金的绿松石耳钉被摘下，耳垂看起来像葡萄干般萎缩，耳廓也显得更加单薄而突兀。

转过脸后，脸颊陷在软绵绵的白色枕头里，枯瘦的脸和手看起来没有血色，那已深陷的眼窝里，眼白已经失了明澈，像是起雾的毛玻璃，眼神里也没有了平日那如炬般的神采，更像风雪里的幽灯，似乎随时都会被湮没。

爷爷唱戏开嗓前那摇头定睛的神采又浮现出来，那形象重叠在他眼前这苍白无力的面容之上，如此的真实而又虚幻。这一刻，当他感到自己真的与死神射来的箭如此之近时，那些关于死亡、灵魂、轮回之类的想象和理解竟然都如镜像一般，被射穿、碎散了。

"多杰……"

爷爷转动着瞳仁，望向心爱的孙儿，气若游丝般地叫了一声他的名字，然后慢慢抬起左手，放在他右边的脸颊上，又轻轻拨动着大拇指，想为他擦去眼角的泪水。

多杰抹了一下热泪，用右脚蹬着地，抬起屈跪的右膝，轻轻俯身向前，将自己的额头贴向了爷爷那满是皱纹的额头。

床头上，放着一个手电筒。虽然现代便捷的生活已经很少用手电筒了，可波啦依然保持着这样的习惯，手电筒放在床头。只是，手电筒没了电，可以换电池，可生命没了电，却难以再续。

多杰离开后的第二天下午,卓玛坐在小窗前,一手端着红茶杯,呆呆地望着比往日冷清的街道。

卓玛身旁与厚实的墙体一样宽大的窗台,靠外的一侧,种着一排多肉植物,它们被种在一整根和窗口一样长的朽木里,这朽木的上面被开出了一道培土种花的槽,感觉这朽木和古旧的石墙是一个整体,里面绿莹莹的植物从石缝里生出一般。这木块刚好有一个玻璃口杯的高度,为靠内的那面隔挡出了一个小小的茶台。里面种的多肉叶片肥厚,有一颗颗泛着白霜的天使之泪、叶片有序排列成星星状的姬胧月、有小鹅卵石大小的粉红色桃蛋、像莲花宝座一般的观音莲,这观音莲已经在大朵的底下,由萌发出很多的小花朵围簇着。

这些小花似乎是一夜之间冒出来的。卓玛侧过身子,指尖轻触着这些像小崽崽一样的花瓣,惊喜地对麦子说:"快看呐,出了这么多小花,像不像送子观音。"

坐在里面藏式床上读书的麦子抬起头,看着这排多肉和窗外三三两两走过的人,说:"这些多肉,这样看着,像是从墙壁里长出来的一样。"然后,低下头去继续读书,约摸两三分钟之后,她又抬起头说,"多肉很漂亮。不过,依我看,倒是你……安静地坐在那儿,就像是一面壁画,多美呀。"

外面的天气有些阴冷,室内的光线显得暗沉。身穿黑色皮草的卓玛,侧身坐在窗下,从窗口透进的光线,映亮了她起伏的额头、鼻梁、唇珠和下巴,就像画师在画壁画时,打出明暗的立体画面后,沿轮廓勾勒的高光白线。那修长优雅的脖颈处,系着一条银灰色围巾。她身上毛茸茸的皮草和拢在耳际的短发,都在蓬松中泛着明暗有致的光影。从麦子的视角看过去,店里那古朴浑厚的墙皮,愈发衬出她面容的精致。

"哦,是嘛,人家是情人眼里出西施,你这姐妹家,是抬举我呢吧。"

"真的好看。"

"唉,冬天的人真的少多了,少了应该有一半儿吧。"

听到卓玛像是自言自语般的问唤,麦子回问道:"是呀,很多人都回去了。你还记得那些鹤吗?"

"记得呀,那些精灵一般的禽鸟。"

"是呀,是精灵,也是候鸟。拉萨也有两种鸟,一种是留鸟,一种是候鸟,和人也很像。不过,感觉这时候,拉萨才真正属于本地的拉萨人。"

"是呀,可能做事情的心态和方式也多少会因此不同吧,像我们这样的也更淡定,看到很多人只待半季,感觉就像出门打仗一样,每天喝酒、应酬、拉关系,忙得灵魂都跟不上身体了。"卓玛啜了一小口茶,又把暖暖的玻璃茶杯环抱在两只手心,"天冷了,好干燥呀。"

这时,店门悄然走进一老一少两个女人,年轻的女子挽着年长妇人的胳膊。看样子,应该是母女。

对门坐的卓玛抬眼先看到了,她放下红茶杯,麦子也一扭头,在看到客人后,把红茶杯放在了右侧的窗台上。她们只顾说话了,捧着茶杯当暖炉,两个半空的茶杯内壁,在接近杯口的地方,刚才冒出的水汽已凝结成了小水珠。

"阿妈啦,快看,这些卡垫真漂亮。"

一进来,穿着时髦黑色镜面羽绒服的女孩儿便松开刚才还挽着母亲胳膊的手,跑到卡垫的跟前。

"这些都是江孜手工编织的卡垫,纯羊毛的,手工编织,这些纵横的经纬线可以随着人体松紧的，不会脱毛或塌陷，只会越用越结实，您可以摸摸看。"

麦子打开了灯，并跟着迎了上去，跟随在客人身后，一边亦步亦趋地走着，一边面带微笑地介绍产品。她已经完全熟悉了藏毯的编织技艺。

"是不错，我们这些上了年纪的一眼就看得出来，不像那些机织的，还用胶粘，用一用就脱线了。"说话间，这位穿着灰色藏装的母亲还凑上去仔细闻了一闻，"嗯，羊毛的。等你结婚时，来订一套。"

"那，我要这个，多可爱呀。"

女孩像是蹦着一样，走到前面一张吉祥双鹿的卡垫前，摸着卡垫上的小鹿，对母亲说道。

二人走到服饰展列区，母亲的表情里已经没有了刚才的赞许，她随意扒拉着摸了摸挂衣杆上成排的衣服，说："这些是什么呀，像是藏装，又不是藏装。"

"这是我们的新派藏装。"

麦子迎上前去，解释道。

"藏装就是藏装，什么新派不新派的呀。"

"呃——"

麦子尴尬地站在一旁，不知该说什么才好。

卓玛看二人也只是闲看几眼的样子，麦子跟在后面，她就没再起身。看着两人走出店门，还回头打望了一下，低下头私语着什么，便问道："麦子，咱们这个月销量咋样？"

"卡垫还不错，现货出了七套，但看过图样，已经交订金等着的还有十来套。衣服嘛……"麦子看了一眼架子上那排挤得满满当当的新衣服，从抽屉里拿出账本，翻开看了一眼，确切地说,"才六件。"

"唉,卡垫还不错,单价也高,衣服少了点。"

麦子又坐回窗台前,端起窗台上的红茶杯,摸着已经有些凉了。她起身把温凉的茶汤细致地倾注进花盆,倒了一杯新茶,重新坐了下来。

"我们想办法做做营销吧,前些时间净忙着装潢、设计和守店子了,这样守株待兔也不行呀,咱们又不光是为了开个店。"

听到麦子这么说,卓玛深思了片刻,说:"是呀,品牌,我们要做的不止是产品,核心是品牌。产品只是品牌的基础,我们不把品牌树起来的话,产品也没法根据市场去作调整。依我看,咱们做几场秀吧,以前都是接商演,给别人做,也该推推自己的产品了。"

"嗯,市场为王的时代,营销很重要,我也想想内地的渠道。"

"分头努力吧,品牌打出去,很多人会循声而来。这样子摆着卖产品,还是传统销售模式,复购率也比较低,谁会天天添新衣呀,加上我们的产品又不是那种易消耗品。我们也不可能做到人人都喜欢,也不是谁都适合我们的风格,只有先从壮大客户群上头下功夫,让潜在客户先知道我们的产品,从而精准地匹配客户群,才能尽快打开局面。"

"好嘞。"

白天要穿行在这凉风习习的街巷,去看店子、见客户、谈业务……每天晚上,卓玛都要孤单地走在回家的路上。

吉普车行驶在新修的南环路上,车里传来轮胎防滑线摩擦着沥青路面的声音,嗡嗡作响。卓玛伸手扭开了汽车音响,音乐的旋律瞬时填满了整个车厢，却填不满她那思念的心房。

车子行驶到南山公园下，在对着布达拉宫的地方，卓玛拨亮了右转向指示灯，将车子停在了路边的暂歇区，她又伸手按下应急灯，摇下半截前窗的玻璃，走下了车子。

她将双肘倚伏在悬空架起的路边栏杆上，伸展开手臂，摊开掌心，感受着风。

夜晚的拉萨河对侧波光粼粼，那光亮源于沿河的亮化工程，像是给城市镶上了夜光的金边，那些光影在波光中荡漾，像不断游向河心处的金龙。视线越过这些被灯光勾边的房顶，对面的布达拉宫被灯光照得通亮，在夜幕的掩映之下，显得更加庄严静穆。抬望眼，高耸的北山轮廓依稀可辨，她看到那黑丝绒般的夜幕，还缀着一颗颗明亮的星子。

凉风吹拂过她的脸庞，轻轻撩动着她的发梢，她掏出电子烟，深深吸了一口，把长长的思念吐向河岸的凉风。

她感到身后不时有车呼啸掠过，带着风发出一波一波"嗡嗡"的声音，应急灯有节奏地闪着红色的光，一闪一闪地照亮她孤单的背影。

车里传出音乐声，"才离开没多久就开始，担心今天的你过得好不好，整个画面是你，想你想得睡不着……"

她心里暗自想到，还是那个人，以前见面时，也没有那种依恋的感觉，可现在怎么会如此地想念？以前，一个人的夜晚也不会寂寞，虽然她羡慕麦子的夜生活，总是新鲜、随性和神秘，但她大都还是喜欢一个人待着，并没觉得夜晚的冷清孤寂。她又想起之前在对岸喝咖啡时，多杰说小时候爷爷会带他来拉萨河边放风筝，难道二人恋爱关系的确立，就像放风筝，她把系着自己这个风筝的线交给了多杰，却把思念的线紧紧捏在自己的手里。

或许,这就是感情吧,就像是那风筝,虽然要在生活的大风里摇荡,但却没有丝毫惧怕,因为有地上的人的牵引和注视,令它不再害怕高飞。想到这里,让长久以来独立的她不由得轻轻摇起了头,独自念叨,怪不得,都说不是因为孤单才想你,而是因为想你而孤单。这感情,真是让人依恋,让人温暖,让人踏实,也让人感到孤单,让人心生牵挂呀。

平时,因为怕多杰在病房不方便,她都不敢主动打电话,生怕打扰他陪护爷爷。这时,她心里怦怦直跳,忍不住掏出电话,在屏幕上敲出了两个字:"想你。"

片刻之后,她的手机铃声响起。

她接起电话,话筒传来熟悉的声音:"卓玛。"

"嗯,这会儿方便吗,爷爷休息了吗?"

她捂着话筒,温柔地说道。

"休息一会儿了,我出来在楼梯间。你在酒吧吗?"

"哦,不,我车里放着音乐,我在拉萨河边呢。"

"这么晚了,在那里干什么,拉萨晚上多冷,快到车里去。"

"嗯。"

卓玛坐回车里,关上车窗,调低了音量。

"你还好吗?"

"还好,每天都在医院,我和爸爸轮流在医院守夜。这里的医生很好,需要我们做什么,他们都会提前安排好,有时候还会常来提醒。"

"那就好,睡觉的地方不冷吧?爷爷那边情况怎么样?"

"不冷,爷爷情况不太好,出来之前就想过,但看到后才感到真的……"

电话那头沉默了。

卓玛有些自责，不问吧，自己也牵挂着，牵挂着多杰，自然也牵挂着爷爷。可是，每次一问，不管怎么小心翼翼，都好像是在忧伤的琴弦上拨弄了一下，难免不使它发出丁点声响。

"不要太难过，在身边就好。"

冷静片刻之后，她安慰道。

"嗯，爷爷想回拉萨。"

"这样回来能行吗？不在医院能行吗？路上也挺折腾，想想都……"

"肯定是在医院，应该是转院吧。这两天，跟爸爸一起，和医生也一直在讨论这个问题。医生保守地建议，先联系这边的医院，然后再看看情况吧。先不和你多说了，里头不能离开人太久，我得进去了。"

"嗯，也要多照顾好自己。"

"好的，你也是。"

卓玛缓缓放下握着电话的手，看着中指上的红玛瑙戒指，那是多杰送给她的。

卓玛将身体靠在椅背上，在重新踩下油门时，向车窗外看了一眼，在那黑咕隆咚的南山顶上，半轮上弦月已钻出了云层，像终于挣脱了命运束缚的精灵一般，桀骜高冷地孤悬在穹宇，以泠泠目光凝视着这座古老的城市。

未被清扫的残叶已经开始枯烂破碎，它们被凉风成堆地推搡至城市角落，和着泥土，枯竭焦烂，就连刚开始掉落时那残存的风采都不复存在。

这些曾经饱满的绿叶，已经在渐渐化为泥土，走向轮回，身归大地。

多杰几人最终还是没能拧过爷爷的想法，可能是心头惦记着回拉萨，连睡眠都不好了，多杰守夜时听到，他在半夜里轻声的呻吟。

"多杰，打个客服电话，联系一下航空公司吧。爷爷现在这个情况，必须得尽快做个决定了。"

这天，爸爸叮嘱美朵陪着爷爷，把多杰叫到走廊说道。

"医生怎么说？"

"来是来了，但爷爷毕竟年纪摆在这儿了……"爸爸沉默了片刻，没有细致地说下去，而是接着说道，"说是也可以转入保守治疗阶段。如果要回去的话，还得趁这个时候。不然，照这情况下去，想回去也难呀。"

"嗯。"

经过电话咨询，像爷爷这种情况，民航部门一般是不建议乘坐飞机或其他交通工具再上高原的。但像西藏航空这样的航空公司，比较了解民族和地域的习俗，对老人这样的想法也有过受理，时常处理这样的情况。

等多杰咨询完，将病房的门轻轻推开一条线，探了半个脑袋进来，冲爸爸点了个头。

"怎么样，航空公司那边怎么说？"爸爸会意地出来，轻轻掩上门，转头便问。

"我把情况在电话里告知了，他们表示理解我们的情况，也在电话里转达了慰问之意。只不过，因为爷爷需要轮椅、特护，需要地勤、机组几个部门配合，再加上可能出现的意外和风险概率较大，具体能不能飞，他们还需要具体研究一下，再通知我们。我也留下了联系方式。"

"嗯,那我们就做好两手准备吧。"

大约两个小时之后,多杰接到了藏航方面来的通知,基于对乘客所求助事项的关怀,他们可提供交通支持,并进行特别护理,具体办理过程中,需要提前48小时进行申请确认,以便地服和机组做好相应安排。

爸爸两手撑着床沿,俯下身去,贴着爷爷的耳边,把这个消息轻声告诉了他。

爷爷枯黄的脸上,露出了一丝的微笑。他轻轻张着嘴,想要说点什么,爸爸不想他太费力,便转头把自己的右耳凑了过去。

"身体不行了,我不计较能多活几天,把我带回去……"

爸爸抬起头,看着这双充满期待的眼神,紧紧抿着嘴唇,对他点了点头。

转身的时候,身后传来爷爷几声低声的念诵,那声音几乎是借着呼气时的气息而出。

四川盆地,湿气积郁,大太阳天是比较稀罕的。

就在和航空公司联系的三天后,爷爷踏上了回家的路。

太阳浮游在明暗相交的云层后,像一块透明的玉璧,看得清正圆的轮廓。就在一块絮状的云团飘过之后,阳光透过一片间隙,从昏沉的天空洒下,发出耀眼的光芒,世界明亮了起来。肉眼可见的扇形光柱,打在双流机场的停机坪上,一架空客A330飞机的尾翼上,红黄绿蓝的航标特别醒目,像是飘飞的哈达和经幡,又像飞翔的翅膀,穿越雪域高原,带着人们的愿望远航。这是西藏航空的标志。

下午三点，机场候机厅来了几位特殊的乘客，轮椅上是被包裹得严严实实的老人，在棉帽和围巾之间，只露出深陷的眼窝。

多杰、美朵和爸爸忙着搬运行李，地服人员已提前准备好了轮椅，在乘客登机通道还未打开之前，先将爷爷推到机舱门口，交接给了当班的乘务长，机组人员已经提前收到了旅客信息，将在飞行全程予以关注。为了方便机上服务和应急处置，他们的座位被安排在经济舱最前排，爷爷就坐在靠过道的地方。多杰帮忙抬起爷爷的双臂，乘务员在爷爷腿上搭了条深红色的小毛毯，爷爷已无力持续拨转念珠，那串菩提子被环绕在左手，他轻弯手指，只是平静地握着。

飞机昂首，穿破浓厚的云层。在飞越甘孜之后，机身下翻涌的云层被高耸的山峦阻隔，渐已成朵，空灵无依。连绵的雪山映入眼帘，像是白色的巨浪，翻涌在茫茫群山之间。

坐在舷窗边的美朵被这壮阔的景致所震撼，她把额头轻贴在窗面，喃喃自语道："山的世界，雪的故乡。"

"波啦，我们快到家了。"

坐在爷爷和美朵中间的多杰将手捂在爷爷的右耳，小声说道。

爷爷轻轻点了点头，这才合上双目休息。多杰则略微侧过身子，轻轻握住了爷爷的右手。

两个小时的航程之后，飞机顺着拉萨河宽广的河床，朝着前方跑道缓缓下降，两岸的山逐渐清晰起来，眼前亮堂堂的。

爷爷回家了，但不是回到拉萨北郊那个熟悉的家，而是直接被拉进了人民医院的病房。像远归的候鸟，不管千里之遥的飞行要扇动多少次翅膀、飞越多少道山梁、渴饮多少条河流,都认得最初的那片山谷。

虽然说这些年也没少进医院,但平时进医院都是为了健康地出来,可从爷爷目前的身体情况来看,全家人都知道,这一次进医院,或许是通向死神的最后连廊。

但,一家人都没有因此而懈怠。

"哥,夏天的时候,我一个朋友的妈妈因病去世,当我听说的时候,还没有什么感觉。可现在……我好怕。"

这天,在前往医院的车上,美朵一直盯着自己的手,眼袋看起来已经有些水肿。

"是呀,这就是亲情使然吧。如果把这世界上的人分个类的话,有一类就叫作'家人',虽然常说人生苦短,生老病死都是常态,但许多家门外发生的事,大都可以云淡风轻地说说,我们不是常听到寻常场合下有人谈到某人故去时,平淡地以'听说谁谁谁死了''挂了''没了'这样的话而一笑带过吗?也只有至亲的离去,才会让人感到死神真的进了家门,原来闲谈中的那些事儿,会令人如此真切地心痛。"

多杰似乎也遇到过类似的场景,他平静地向美朵谈着自己的体会。

"我好难过。"

说话间,她两手放在腿间,左手环抱着右手,用右手大拇指的指尖轻轻刮蹭着左手大拇指的指甲盖。

正在开车的哥哥转头看了她一眼,说:"我也是呀。"他又转过头,看着前面的路,过了一会儿,语气沉静地说道,"现代科学真好,能够让我们确切地知道许多的东西。可是,这种确切,也让人痛苦呀。"

美朵转过脸去,似懂非懂地看着哥哥的脸。

这种确切的结果，在一个大致确切的时间到来了。一家人悲痛之余，从寺里请来了僧人，在家中念了五天的经，祈祷灵魂可以顺离肉体。虽然悲痛，但没有人嚎啕大哭，美朵难以自抑，她跑到了楼上，把脸捂在被子里，放声哭喊了出来。

这些天里，家里没有喧哗、谈笑，家人也不洗脸、梳头，多杰和父亲蓄起了胡须。父亲在家门口挂了一个围有白色哈达的红色陶罐，罐内放有供逝者的灵魂食用的食物。

在一个浓云密布，却没有风的日子，趁着天还没亮的时辰，爷爷被白色氇氌裹起，就像胎儿在母亲的腹中一般。天葬师头也不回地背走了爷爷，在葬台旁燃起了桑烟，一只只鹫鹰从天而降……

过完头七，多杰便来到夺底沟的村子里，寻了半天也没寻到一只羊。他又驱车来到东边的达孜县，打听到有处贩卖牛羊的育肥基地，准备从羊圈里挑一只待宰的山羊。

"这些羊子，都是要送去宰杀的吗？"多杰问道。

"是呀，我这里又不是动物园。短期育肥嘛，我们从牧民那里收回来，给它养养膘，就能卖个好价钱。"场主操着浓重的青海口音说道。

"难怪去村里都挑不出羊子呢。"

"送我们这儿来了，我们不但育肥，还有渠道嘛。牧民零零星星养那点，不好出栏，集中过来，我们负责向市场供应。再说了，咱们这荒山薄地的，一入冬，就山皮子上那点草叶子，风都快给吹秃了，我们这草料和精饲料都是配方的，别说是羊子了，就算随时有架子牛进来，两三个月也能给它养肥了。卖到市场上，还不就是靠多卖点肉嘛。"

两人沿着围栏走着，场主侃侃而谈。就一只羊，虽然不是桩大买卖，但这场主显然是懂得本地习俗的。

"那就这只吧。"

多杰扫视了一圈羊圈。那些羊群看到有人来，咩咩叫着向另一边挤去。在这群白色的羊群里，他一眼就相中了其中的一只。

这是一只羊角冲天、身披黑色的长毛、只有额头和鼻梁处有一簇倒三角形状白毛的"次塔尔"[1]，在拥挤的羊群里，多杰一眼就看到了它。头顶那白色的毛块，活像一副藏戏的面具，从背部垂至腹部的毛，如那戏服腰间的流苏。

"那只养得好，七百块。"场主伸出右手，大拇指和小拇指比成羊角的样子，朝多杰晃了晃。

"好。"

他点点头，没有讲价。

场主用刚才比画的大手，摁着羊圈的铁栅栏，一个飞身，跳进圈里。羊群叫的声音更嘈杂了，从场主挤进的地方分群，纷纷惊叫着，挤成了几堆，眼神惊慌，四散逃窜。羊圈里掀起一阵土，裹杂着羊粪的味道。那黑山羊很好辨认，几个回合下来，场主的大手已经牢牢抓在了它又粗又长的羊角上。

多杰捆住羊的前后蹄子，把这只幸运的羊抱上车，放在后座处，带回了拉萨。

多杰在它耳朵上系上了红布绳，在色拉寺转了一圈后，将它带到色拉寺山后，在山泉旁边接了捧水，喂它喝了一气，然后拍了拍它。

他转身走开。几步之后，回头望去，那山羊还待在原地，一动不动地望着他。从下面抬头望去，"次塔尔"刚好站立在

---

[1] "次塔尔"：藏语，意为"放生"。

一块裸露的大石头上,这里经常有人会来,那石头被爬得十分光溜,它站在上面,安静而庄重。他想,如果它走过来的话,便可以跟着他回家。就这样,在凝视了二十几秒后,它掉转头,向山上走去。

就在这两对眸子对视的瞬间,多杰平静的心头一震,仿佛神灵的提示一般。"虽然存在形态不同,但若以平等心看待有情众生,生命应当是平等的。学会对生命本身的洞悉、敬畏和感恩,才会了解无常乃为常态,为这副皮囊注入慈悲心。这是一种智慧。人类有时还是太过骄傲,用自私、偏狭和欲望撑起这副皮囊,才会在现代科技的支撑下,看似人与人愈近,而心与心却愈远……这一年即将结束,新的一年里,改变应当从安顿好自己的肉身、照顾好自己的情绪、培护好自己的心灵,给身边人带去爱和正能量开始。"多杰一边默想着,一边为此而感动,

这或许是波啦仍在传达给他教益吧,波啦的肉身再也难以亲近,但爷爷仍旧在他的心间,会以不同的方式给予他温暖,那是另一种方式的陪伴。至少,他坚定地这么认为,就像波啦用过的手电筒,现在也放在了他的床头,继续带给他暗夜中的光明。

多杰久久伫立在那儿,看着它慢慢向上走去,慢慢变成了一团黑影,转身消失在灌木丛后。

古院里,依旧静谧,一只橘猫在大门的门头上慢悠悠地走着。

这只橘猫是院里的常客,强子时常会丢一些厨余的碎肉在走廊,它便像老朋友一样过来溜达。

强子的住处就在店铺的二楼，这二楼没什么大用处，大部分房间都空闲着，强子将其和店铺一起租下，楼上楼下的倒也方便。

这天早上出门，强子刚一伸脚，就看到一只小麻雀在走廊的地上，翻着毛茸茸的灰肚皮，刚开始还以为是死掉了，正想捡起来丢掉时。可还没等走近，它又扑棱起翅膀，但只是扑棱着一边，另一边伸张着，耷拉在地板上。它只是这样惊慌地扑棱着翅膀，稍微靠一边的翅尖支撑着站起身，不一会儿又倒下了，任凭怎么折腾，也只是搅起了地上的灰。

这一幕不免让强子心疼起来，他想起了自己遭遇车祸时的情景，腿被卡在那里，血一直在渗着。由于他近乎被倒挂在已经翻了个底朝天的座位上，渗出的血浆沿着腿向裤管里流，血浆粘着在裤管里，不停黏连着他的腿。原来血不一定是热的，居然可以那么地透凉。旁边的车窗已碎了个窟窿，冷风不停地往里灌，风里还裹着雪花，他全身越来越冷，以为自己真的要死了。那一刻，恐慌、无助、绝望反复撞来，又像龙卷风一样搅在一起，近乎把他撕碎并带向虚空。他甚至一度怀疑这难道是在梦里，难道这是幻觉？可不由哆嗦的身体提醒他，这是如此真实！直到透过已经完全冰裂的挡风玻璃，从那万花筒一般被折射出无数个绿影越来越大的晃动里，他才看到了一丝希望，从他反转的眼里看去，那漫天雪花里从天飘来的几个绿点，正是他呼救后就近赶来的边防士兵。

想到这儿，他弯下腰，捡起了这只受伤的麻雀，把它摊放在掌心，一手轻按着翅膀，看着翅窝里的血迹。

"唉，多半是小橘干的好事。"他低头喃喃道。

强子走下楼，拿了个小纸箱，撕了些纸屑垫在下面。唤夏夏端来药盒，那药盒原是个装鞋的盒子。打开盖子，里面杂乱堆放着碘伏、棉签、绷带、胶布、红花油等急救物品，他扒拉出胶布，撕了一小截，用嘴巴咬断，先粘住它的翅膀，然后用小剪刀剪掉绒毛，滴了点碘伏。

那小麻雀被碘伏激灵得又挣扎起来，黄褐色的小眼睛圆溜溜地瞪着周围。

"夏夏，咱们把它救活好不好？"

他边弄，边微笑着跟蹲在旁边的夏夏说道。

"嗯嗯。"夏夏点着头，两只小手也紧张地攥在一起。

这才忙活完，慕云山就来了。他听强子说，这二楼的房子便宜，便也想过来租一间，反正画画嘛，也无须门市。

等慕云山租下了强子二楼的房间，也学着强子在门口放了条长椅，好在这里是个端头，无大碍过往的行人。

等屋子收拾好，慕云山邀请强子来参观，尔后坐在长椅上休息。

从他们的视野望去，天空一片湛蓝，光秃秃的树枝，看起来未免太过萧索。

"真美。"

慕云山起身，伏在打着吉祥结回纹格子的彩绘木栏杆上，轻声说道。

"说啥呢？是说这走廊、栏杆、院子，还是天空？"强子心里想着，便也扶着椅子站了起来，来到慕云山身边，循着他的眼神向院子下看去，仍是看不出个名堂，干脆直接问道，"发哪门子思古幽情呢？"

"你看。"慕云山指向墙角的枝丫，说道，"这些树枝，就像是冬神画下的草稿，只是炭笔简单地打了个样儿，等到春神在它枝头点彩、夏日之神为它渲染浓荫。"

"咳，我当是什么，果然是画家，眼里都是风景，这是在说寒枝之美呢。"

强子又一屁股坐回长椅，端起就放在椅面的普洱，猛喝上一大口，趁着口舌皆润，又举起手里握着的烟斗，裹着这冬日的阳光，深深地吸了一大口。一脸的陶醉……

"是轮回之美。"

慕云山这才以低沉的声音，缓慢地吐出几个字来。就连头也不回。

"哦？"强子又站起身来，用受过伤的右腿踮了一下，左脚一大步跨到栏边，再次凝望那枝丫。过了一会儿，也出神地说道："轮回之美，是我狭隘了，以前总把这词往生死上套，整得越来越玄乎，甚至讳莫如深了。这么看来，一年四季、一朝一夕、一草一木，又何尝不是轮回。生命不只是时间的接续和演化的累加，春发、夏长、秋收、冬藏，一季繁冗，一季寂灭，终究要在繁华尽褪之后，才能迎来新的意志表达，要能看到这含而不发。不，是含而待发的力量呀。生命中，总有一些时间，需要在无人问津的角落里沉默地熬过去。这么看来，无常亦是美呀。"

"有理。"

听话间，慕云山轻轻点着头。

"你不是画家。"停顿了几秒后，强子接着说，"是艺术家。"

"这没有区别，画家拿着画笔作画，只是个形式，画家只是个身份，作画只是项技艺，终究还是为了表现美、表述生活、表达艺术。"慕云山转头看了眼强子，露出洁白整齐的牙齿，笑了一下，说，"无常亦是美！你不也是个艺术家吗？"

"唉，生活呀，百般滋味。有朋友真好。特别是有几个有意思的朋友，再来点儿真诚，真好呀。"

强子前言不搭后语地自言自语道。他的目光又落在了平常未曾注目的墙角寒枝上。一只麻雀刚好轻轻敛羽，停落了上去。

"对了，按江湖规矩，我这个新人，不得跟同行师姐报个到？"

"这几天没见着，也不知道她们最近怎么样了。"

"约个火锅吧，这大冷的天。就当庆祝一下我画室开业了。"

"我看行。"

"那我喊一嗓子。"

慕云山伸长脖子，正要冲那门洞大喊时，被强子伸手挡在嘴跟前，拦住了。

"别别别，别喊，越是老的院子，越是可能住着神明呢。就几步路，下去一趟，你这腿脚又不像我。"

二人顺着西北角的小木梯下楼，发出"咚咚咚"的声音，听起来是那么好听。

一下楼梯，就看到东头拐角处的小酒吧，几个身穿白衬衣和藏蓝色小马甲的店员，正在店门口布置圣诞造型。这时，他们已经摆出了圣诞老人、圣诞树、麋鹿等模型，正插着电线，调试氛围灯。

"这里的节日可真多，眼都看花了，既要过藏历的、汉历的，还要整这些土洋结合的破玩意儿，跟这儿氛围一点都不搭嘛。"慕云山看了一眼这古色古香的藏式大院儿，觉得那红红绿绿亮闪闪的东西实在是不伦不类，艺术家的矫情劲儿顿时又上来了，他摊开右手，将手心向上，冲着院子轻挥了一下，吐槽道。

"可不是嘛。不过，人家主打的就是洋酒，烘托一下节日氛围嘛，都是市场经济时代了，招徕生意，营销手段，无可厚非。现在这多元文化嘛，可以止步不做，也要止语不言，年轻人还是有很多喜欢这些东西呢。你以为现在的年轻人都像你这样，天天坐在画布前闭关修行呐。"

强子伸出手，想要拍一下他的肩膀。

"哎——不要拍，说是肩上有护法神呢。"

强子一闪身，腾挪到一边，调皮地笑着说道。

火锅恐怕是最江湖的餐食了。院儿里几个藏漂，平时都远离家人，难得体验一回人间烟火。

"想吃火锅的话，我来给你们整嘛。"

晓梅自告奋勇。

"平日里，要顾俩孩子，锅碗瓢盆就没离过手。让嫂子给你们露两手。"

强子见几人不好意思的样子，连忙帮腔道。

于是，大家便分头去菜市场和超市买菜备料。等回来时，晓梅已经搬出了一个大纸箱当桌子。强子、慕云山和麦子一字排开，坐在走廊的台基上，边择菜，边聊天。

"天天在外头，很久没摸过菜叶子了。"慕云山说道。

"这才是生活呀。"强子说。

"真怀念小时候回家就有口热饭吃的感觉。现在，感觉每天都在飘着。"

强子边说，边撕着一大块肥嫩的毛肚。

"切，矫情，怀什么心，走什么路。真让你天天待在家里，你又不干了。"正在削着土豆皮的麦子白了他一眼,说道。

择好洗净的菜,夏夏和小冬两个小帮手就来帮忙,端给妈妈。

"哟,晓梅姐,真行呐。"

看着晓梅手起刀落,"嗒嗒嗒"地切着菜,连头也不扭还顺手拿起左边盆里的肉和菜,土豆片直刀切、五花肉推刀切、香菇头锯刀切、猪肝则用片刀,再拎着刀抄底,用左手扶着切好的菜,从案板往右顺势一推,便分别码入盘中。

"没啥,熟能生巧。四川人嘛,都能弄得来几个菜。喏,那才是高手。"

晓梅操着"川普"口音,边扭头冲正在埋头陪两个孩子识字的强子嘟了嘟嘴。

傍晚时分,慕云山从椅子上蹦起来,跑到门口去接女朋友,他嘱咐她从家里带了两瓶青稞白酒,一进门就把酒举在面前。

"无酒不成宴,今天整两杯。"

刚才炒好的火锅底料已经在大炒锅里沸腾,掌勺的是强子,慕云山帮忙端上了桌,浓郁的牛油火锅味儿瞬间溢满了小屋。

偏偏这时候,小煤气炉打不着火了。

"强子,快来看看,咋回事嘛。"晓梅一边"吧嗒吧嗒"地空扭着点火开关,一边焦急地唤道。

"不用看,我桌上有点烟斗的火柴,先拿来点一下。"强子应道。

"哦。"

灶火点亮后,锅也上桌了。室内外温差大,过了不一会儿,玻璃窗里便起了一层雾。

"自己倒茶哈，你们先弄调料，我给娃娃煮两碗鸡蛋面就过来。"

晓梅站到灶火边，头也不扭地说道。

冬天，太阳收得早，小店的门一关，今夜属于友情。

"既然在我这个小地盘，我就先提一杯吧！不是一家人，不进一个门。虽然我们每天进进出出的这个门不是我们的，但能吃一锅饭，就是莫大的缘分，又一年要过去了，祝福我亲爱的朋友们。"

强子自告奋勇地举起开场酒，说话前，他还用手撑着左腿想站起来，被晓梅一把按下。

"都跟家里人一样，搞那么正式干啥。"

几杯酒下肚，平日里沉默少言的强子却又哽咽起来。

"说什么无常是美，可真遇着了事儿，搁谁肩膀头上，谁的肩膀头子不重呀。都怪我没本事。"

他扭头看了一眼因为吃不了辣，正趴在旁边小柜台上吃面的兄妹俩，用手捂住了双眼。

"怎么没本事了，强哥这么有责任感的好大哥。"

慕云山在旁边安慰他，晓梅也不开腔，只把手搭在他的肩头，轻轻拍着。

片刻后，他稳定了一下情绪，手掌紧贴着脸部的曲线，再顺着额头往后梳的头发用力抹到脑后，深吸一口气，长长地舒了出来。

"嗬——"

慕云山则顺势把一支烟塞到了他的嘴里，另一只手抓着火机，火苗腾地蹿起。他愣了一下，瞅一眼慕云山，把头往前一伸,点燃了那支烟。

他眨了两下眼,那像骏马一般幽深柔和的眼眶是湿润的,脸颊有点泛着红晕,没人看到他到底有没有流出眼泪。

"年底了,说点儿高兴的。大家挑个关键词,都来说说,今年有什么收获和感受呀?"

晓梅一边往强子的油碟里夹着刚才煮好的牛肉片,一边解围道。

"我来,我来。"麦子高高举起了左手,然后,先独自干了一杯,接着说道,"要说这个,我有特别不一样的感受,我觉得是'打开',这半年多的慢生活,让我看到了一个不一样的西藏,也遇见了一个不一样的自己,就像是为我打开了一扇重新认识生活、认识世界和自己的窗子。"

大家纷纷鼓掌,两位小朋友也转过头来,拍着巴掌凑热闹。

"说得好,我最近刚画了一组油画,就是各类藏式房子的窗口,最初的灵感就是'打开'。"

她是慕云山的女朋友,小名叫石榴。她头发从中间梳开,辫成了两根辫子,刚好过肩的长度,搭在两边的肩前。在现在各种潮流发型频出的时代,这种最传统的发式,搁一般人头上,未免觉得老土,但配上她那精致白净的脸,却显出别样的清丽和静好。

"哦,有照片吗?这个创意好,都想一睹为快了。"麦子接话道。

"有的。"石榴掏出手机,打开图片,递给了麦子,"你看。"

"哟,难怪说心灵手巧,石榴的这双手可真白净,果然是画家的手。"麦子接过手机时,盯着她的手,赞美道。接过已经翻出照片的手机后,麦子一张张滑动着看。只见那些小画,有的是黄墙上的寺庙明窗、有的是透着半帘灯光的民宅夜窗、有的是被阳光照亮的格子花窗，这格子花窗四周有黑色涂框，窗沿摆着几盆红黄的小花，上方则是被风轻扬的窗幡……

"哪里呀，就是天天躲在画室里，晒不着太阳。自己蒙画布，前两天还把手用钉锤给打了一下呢。"说着，她转了转手腕，让左手从袖管里拱了出来，只见那修长的手指像刚剥了皮的葱白一般，并拢在一起时，手背略呈反弓，指尖微翘，匀称无缝。就在她略微张开的大拇指的指肚内侧，果然有一处朱砂色的瘀块。那从袖管里伸出的细白手腕上，还系着一根红绳。

"哎呀，还真是。这种事，怎么还自己弄呀，你真是痴进作画里去了。"说完，麦子继续看着她的画，"真美呀。平时看到的画作，大多是整体建筑，反倒忽视了这样的窗子，没想到，把窗子单独表现出来，是这么地好看。"

"是呀，我觉得这一扇扇窗子，就像是建筑的眼睛，也是最传神的地方。"石榴环视了一下桌前，见大家都好奇地听着，便接着解释道，"从这里看出去，就是外面的世界，它打通厚厚的墙，联通着屋里屋外。但是，想要走进来，却又只能通过门。窗口就像一个画框，让住在屋里的人能看到屋外的风景，呼吸到纯净的空气，但大门的走进走出，却带着尘土，磨蹭着门槛。我想，它们或许正代表着一个精神的西藏、想象的西藏、纯粹的西藏和一个属于烟火人间的西藏吧。所以，我接下来还想再画一组关于'门'的主题。"

说话间，几人传看着石榴的手机。

"嗯，这个主意不错。我们的城市海拔高，既然身在高处，也应眼在高处，既要打开窗子，看到外界变化，也要打开大门，多走出去、请进来，和世界更深更广地互动起来……"强子补充道。

"我不太懂艺术。不过，只看这图片，就能想到，如果是油画的原作，往客厅的墙上一挂，下面再摆一排沙发，是不是就有一种坐在窗下的感觉。"晓梅边用手指拖动放大着手机屏幕，边说道。

"门窗不分嘛，原始穴居时代，找个山洞一钻，门就是窗，窗就是门。期待你的'门'系列问世。艰难的日子里，我们依旧喋喋谈论着生活、艺术和希望，那是因为我们还有相信的力量。来，我提一杯，新的一年，祝福大家都能找到自己的门，找到自己光明的出口。"

说着，慕云山高高举起了手中的酒杯，几人也举杯应声欢呼，"走向光明！"

火锅像沸腾的火山，不断升起带着香味儿的雾气，在并不太高的屋顶散开，那是由横梁和自然的圆木棍搭成的顶，那些像铁锹把子一样粗的木棍，连树皮都没有褪去，它们也没有刻意选直木，或是一样的粗细，就这样随机拼搭，反倒有种自然朴拙的美。几人在时钟的滴答声中，你一言，我一语，连欢笑声都快要装不下这小小的"家"了。

幽幽的小窗外，月光洒满了院子。

冬夜寒冷而凝重，但只要有人肯划一根火柴，就能够点起这一室的温暖。

庄严月

"石榴,这名字真好听。"

自从年终聚会上,听石榴讲到关于"门"和"窗"的组画,麦子就念念不忘。想到办时装表演秀时,如果能有这样一个布景,该有多好。于是,她拨通了石榴的电话,寒暄着。

"是吗?谢谢。我出生的时候,家里那棵石榴树果子结得正好,爸爸抬眼看到,就图了个省事儿。"

"那岂不是更好了,中国人讲究个风水,院子里种棵石榴树,寓意着多子多福。要不是听你这么一说,还以为'石榴'不过是小名呢。"

"大名。"

"那你应该是中秋前后出生的吧,那时候的石榴长得正好,个个籽粒饱满得开口笑。要不说,这风水应验呢,生出你这样秀外慧中的才女。"

"麦子姐,说笑了。你才是大家闺秀。听听,你这才是书香门第呢。"

两人这就论上了门第。要说起来,麦子倒也不负"书香门第"这四个字,她的父亲是资深的央媒新闻人,也是清史专家,虽是业余爱好,却也学思并通,按图索骥一般地搜罗了许多明清两代的中式老家具,北京的家里头,就连麦子的闺房里头,都是清一色的老物件。

"哦,石榴妹妹,我想看看你的画,看实物。可能的话,我还想跟你谈点事,你看可以吗?"

绕了一大圈,麦子这才绕回正题。不是为了客套,是她真心喜欢这个有才华的妹子。她甚至都想看看她作画时的样子,能够让一个女人都为之遐想,那场景应该是平静美好的吧。她那天在翻看画作时,中间也滑过一张石榴写生的照片,她就端庄地坐在田埂上,画板支在她屈起的膝前,面前是黄灿灿的青稞田。

"好呀,不过,要等后天了吧,这两天都有课。"

"行,这就说好了。"

"好。"

石榴嘴上虽说是有课,但也不只是因为有课。有人喜欢她的作品,她自然是高兴的,可这些画都堆在她那狭小住处的角落,她得先拾掇拾掇。

所谓的拾掇,也只不过是从那些一幅幅并排放着的画中挑几幅佳作出来,摆在墙壁的一边。

见面时,当石榴推开门的那一刻,竟不自觉地发出了一声:"哇——"

麦子的视线还不在那些作品上,而是石榴这客厅、卧室兼作画室的小出租屋,尤其是那两扇正对门口的窗子。窗子没有挂窗帘，中间隔窗和两边对开的玻璃窗上，用油画颜料厚厚地画上了梵高的名画《星空》，在阳光的照射下，是明亮清澈的蓝色。画中的星空，硕大无比的星体展露着太空的神奇，螺旋状的星云演示着宇宙的运动，璀璨的星河延伸着浩渺的空间。仿佛，这间小如蜗居的画室里，主人便是通过这一通道，将自己对美的追求与广阔无垠的宇宙相联通。

石榴察觉到麦子对这扇窗格外注意，便说："租这房时，窗帘有些陈旧，看着灰扑扑的。将就着用了几天后，干脆把它扯了下来，这颜料既能保证隐私，也让房间明亮了起来。"她走向窗边，伸手摸着窗，转过头来，莞尔一笑，"别看它现在特别透亮，一到夜幕降临时，颜色便会暗沉下来，宛如真实的夜空。等到早晨天亮的时候，阳光又会把夜晚的暗色渐渐照得透蓝。每天早上，只要睁开眼睛看到它变亮，就让我想起，梵高画的不止是浩瀚宇宙中的星空，而是他心中的梦境和精神之皈依处。那我呢，我该怎样去画？"

"好梦幻呀，真是别有一番意境。"麦子也走过去，伸手触摸那凝结在玻璃上表面起伏的画面，默默念到，"每个人的心中都有一团火，路过的人只看到烟。"

"但是总有一个人，总有那么一个人能看到这火，然后走过来，陪我一起。"石榴立马接过麦子的话，开心地笑了起来，"这是梵高的话呀，是梵高写给弟弟提奥信里的话。"

麦子与她相视一笑。

石榴笑着推开了一扇窗。就在她推开窗的那一刻，太阳像穿破云层一般，照进了这小小的蜗居，也照在了石榴的身上。

麦子转身打量了一下这间居室。只见这只有五十平米的房间里，除了靠窗一张黄色小木床、两把木椅和一个小书架外，画框堆得居然快扎不下脚。床的另一边，靠窗处自然光最好的位置，留给了一个木制的画架，旁边有一个小方桌，上面摆着画笔、颜料、调色板和一副圆形黑色窄边的近视眼镜。

"在这儿。"石榴指了指画架旁、贴着墙放的几幅画，接着客气地说道，"你要看的画在这儿。真不好意思，有点乱。只不过，这些画儿不好搬，只好请你过来了。"

"没关系，不乱，让我想起了梵高的《卧室》那幅画。我想，他那幅画的另一头，会不会也像你这里。"

说完，她又指了指床尾堆着画的区域。

石榴不好意思地低下头，她的嘴角轻扬，微启的唇缝间，隐约能看到莹白的牙齿，就像清秋刚开口的石榴。

"麦子姐，你要找我谈什么事呀？上次就想问来着，好奇了两天呢。"

麦子看画的工夫，石榴倒了一杯水，还放了几根藏红花，搁在画架旁边的小桌边。然后，把两把靠背木椅搬到了旁边。

"哦。"麦子走过来，坐下说，"你也知道，我们有个店铺，在做自己的品牌，前些天就想去内地办场秀，正想这布景该怎么弄呢。这不，受你的启发，便想过来看看。"

"我这净瞎琢磨呢，就是爱画，也没个目的。跟你们的活动一起，能行吗？"

"嗯，我看行，看你手机上图片时，就有这直觉。原来想过蓝天白云，觉得用得太多；想过牛羊，又觉得不够特别；当然，也想过房子，可房子画风太密，有点喧宾夺主，想来想去，都不太搭。后来一细想，这'窗'不也正暗合了我们希望市场了解我们的小小心愿嘛。往大了说，也是想通过这样的活动，让更多祖国更多城市的人们通过民族服装这扇窗，看到藏民族优秀文化的初衷嘛。"

"你说得有道理,像蓝天、白云、雪山、牛羊、转经筒这些,是大多数人一想到西藏,就会在脑子里跳出来的东西,只是稍显俗常了一些。这可能也是目前藏文化的提炼和推广中,大家常会面临的一个问题。"

"所以嘛,你就是天使,恰好飞到我这正在头疼的创意中来。毕竟是我们的第一场秀,按你的话来说,我可不想做得太俗常。"

"我这能行吗?我都只是画画,卖都没卖过一幅呢。"

石榴还是不那么自信地说。

麦子忽然拉住她那白皙的手,加快了些语速,说道:"怎么就不行了,相信自己。"

说话间,她略微歪点头,盯着石榴的眼睛,像要从中看到她肯定的回应一般。石榴并不作声,也只是轻抬双眼皮下长长的睫毛,用那水灵灵的眼睛,平静地看着麦子。

"其实,正因为你这种不自信,还有不带目的性、功利性的做法,才让你能够真正用自己的眼睛,从自己关注、热爱、理解的角度去发现西藏不一样的美,这才是成就艺术最天然营养的土壤呀!我看咱们这儿所谓的一些'家'们,也是鱼龙混杂,有的太商业化。艺术源于生活,某种程度上讲,艺术甚至是一种生发,而不是被定制出来的,它就是艺术家对世界的独特理解、自然流露和艺术表达,只不过具体的表达方式不同,有人通过画笔,有人通过音乐,有人通过相机,有人甚至通过自己的生活方式,艺术史家贡布里希不是说过'只有艺术家,没有艺术'这句话嘛。"

"哇,你居然知道贡布里希,他也是我很喜欢的艺术史家呢。我读过他所有的著作,就是因为像你说的,画画不能只学技巧,不了解艺术,怎么搞艺术。"

"嗯。"麦子口若悬河地说着说着,竟激动得站起身,到一幅画前蹲下,用指尖触着油画上凹凸不平的颜料,"你这是画中有画,上次咱们聚会时说,这小小的窗口是西藏建筑,甚至是西藏美的一个点睛之处。其实还不止呢,你看,这窗台上的藏海棠花儿,它最普通、最大众,很不起眼,但有着家的味道,虽然入不了很多一上来就是大雪山、大草地、大宫殿人的眼,但真正了解西藏,特别是拉萨的人,一看这普通的小花,怕是就会想家吧。我们大多数人,一谈到西藏文化,就习惯于往高拔。其实,西藏是多元立体的,不论是对于它的历史纵深感,还是地域多元化、人文独特性而言,雄伟的殿宇是它,温情的小窗是它,苍劲的雪松是它,这普通的小花也是它。"

说到这儿,麦子转头望着石榴。

石榴似乎被她滔滔不绝的演说所鼓舞,也激动得站了起来,她的脸上,浮现出激动的神情。她也走了过去,蹲在麦子的身旁,看着画中的藏海棠花,说:"姐,我听你的。"

"画一幅门吧,像真的门那么大,到时候,一个个身穿传统服饰和我们新派藏装的模特从它后面走出来,多有魔幻感呀。"

"嗯,时空之门。哦,不,是漫威宇宙里奇异博士的旋转门。"

蓝天之间,太阳从一大块孤独悬浮的白云后慢慢钻了出来,一缕温暖的阳光从小窗口移到画架上,正好打在将要完成的画作上,画里的藏海棠花像醒了一般,连那刷子留下的丝迹都藏着热爱的光彩。

这小屋也更加明亮起来。

说话间，麦子看到画架旁，侧立着一幅画，虽然有着斑斓的色彩，但却看不懂。各种颜料没有规律地被搅混在一起，像是被随意涂刮，又在面上被抹平，一切都没有规则，只有散布着白色、红色、黑色的大大小小的小方块，是正方形或竖长方形的。

这像是一幅随意丢弃的草稿，但又有着一幅作品的规整样，跟屋里那些窗子的图案放在一起，显得格格不入。不禁引起了麦子的好奇。

麦子弯腰拿起那幅斗方大小的画板，好奇地问道："这是什么？"

"哦，城市。"

"哦？"

麦子又歪着脑袋，反复打量着。

"城市，它的名字叫《城市》。"石榴解释道。

"城市？"

"嗯，你看，像不像一座城市，五光十色，包罗万象，混杂着传统与现代、高尚与卑微、菩萨与恶魔，好像什么东西都能装进来，搅和到一起，都能被抹平，看不出原来的样子，又像是原来的样子。只有那些门窗是固定的样子，其他的我看不太懂，可能我还太年轻吧。我还特意只挑选了十种颜色呢，每种颜色都有它的意义，颜色也会说话，它是有魔法的。"

说着，她伸出手指，点过几个方形的斑块。

"哦！"

……………

从石榴那里出来后，下午的时间还长着，麦子伸手掩在眉间，看了一下晃眼的太阳，沿着西藏大学河坝林校区往八廊街走去。

街上车水马龙，轮胎和汽车喇叭的声音，显得有些嘈杂。八廓街的周边，被各类现代建筑所包围，再装上明晃晃的玻璃，被开辟成商铺。她又想起了石榴的那幅叫《城市》的画。

穿过江苏路河坝林社区的十字路口，麦子的脚步离开这光整的水泥路面，踏上了通向八廓街的石板路，走进了八廓街的小巷子。听不到汽车那种嗡嗡般叠来的音浪，她的耳朵清净了下来。

"唉，那些明晃晃的建筑，就像给古董加了一圈不锈钢，就像钻进博物馆的白蚁，啃食着一本古老的书籍。"

她暗自想着，平时只顾低头走路的她，轻轻抬起头，眼睛不由得落在了那些古旧建筑的窗台。

这时，她看到一处白色高墙围着的大院上，有一个圆形的金顶，在阳光下熠熠生辉，再走几步就是大昭寺了，这让她想起在英国读书时，某个假期去往耶路撒冷时，那三教融生的和谐景象。

两旁不时有行人来往，有身穿厚实羊皮袄的本地人，有着平常衣饰的商贩，有踩着滑板车的小男孩儿，还有个头戴白色覆顶小圆帽的精瘦男人，他头戴的小圆帽就像那圆形的屋顶一般，他用透明塑料袋提着一大袋虫草，脚步匆匆地从她的身边快步走过，不小心碰着了她的肩膀，她的左肩不由得一闪，暗紫色的披肩一角随之滑落。

"哦，对不起。"

他回头说道，脚步依旧不挨地般地轻快抬落着。

"没事。哦，虫草可以散卖吗？"

麦子左手掀起滑落在背后的披肩，划出一条优美的弧线，像水手扬起白帆一般,顺势往肩头上一拉。

那人听到这话,像是拧着发条的玩偶被按着了发条一般,顿时停住了脚步,转过身来,朝她挥了一下手,说:"可以。"

她转身,跟他往回走了几步,又回到刚进八廓的进口处。

这里就是一排平常无奇的小店铺,如果说让人觉得有不一样的地方,就是在跨上几步台阶的店门口,会有一样头戴无檐平顶"号帽"的人,就坐在一个小板凳上,腿上放着一个浅边的大圆簸箕。

男人走到这里,把塑料袋子往上面一放,解开橡皮筋,将袋子平放,扯起底子一提,一大包虫草便跑落出来,堆成了一个小山的模样。

那坐着的男人低下头,用手轻轻扒拉着,把那堆虫草摊平。他们一起边看边用自己的语言你一言、我一语地说着什么,神情严肃认真。

她就在一旁看着,心想,这些虫草应该值不少钱吧。然后,又抬头看看街上来来往往的人。

约摸四五分钟的样子,那男人才抬起身,冲她微微一笑,抬手说道:"来,这里来看,都是好草。"

小店的纵深只有五六步宽,一个头包黑色纱巾的女子站在里面,用不锈钢托盘给她端出一盘虫草。那黑色的头巾,让几乎被包得只露出鼻、眼的脸更加小巧白皙,细柳般黑亮的眉毛下,双眼皮在不时地看货和看客之间上下开合着,长长的睫毛随之扑闪。

那男人转身便又回到门口,就站在台阶上,左脚在上一阶,用左胳膊肘撑着膝盖,右手也捡起一根虫草,继续和坐着的人说着。

"我们批发，一般不零卖的，你跟他过来的，慢慢选吧。哦，看你是送礼还是自己吃，如果不看卖相，自己家吃的话，这里有些断草。"

说着，女子又躬身拿出一个托盘。她的声音轻柔缓慢，完全不像刚才那男人般，说话的节奏跟他走路的步态一样，说着这头的事，话都还没说完，人就已经开始转身往那头走去了。就连说话的时候，眼睛也不会多停留在客人身上几秒钟，不是看着交代话的人，就是盯着那些个虫草。

"就是自己家吃。"

"那你看看这些吧，都是拿货时候不小心弄断的，但是不影响品质，你可以对比一下，泡水、炖汤都可以。"

"是吗？以前少见到断的。"

"市场上肯定要摆好看些的嘛。也有一些用竹签子给连起来的，还有的人会用胶粘，整根的肯定好卖嘛，但不小心吃到肚子里就不好了。我们平时做批发，这些没法数根根，你看得起的话，按两给你称重。"

麦子左右看了一下那女人身后的货架，果然是干干净净，就在刚进来的时候，她还以为是进了家黑店呢。货架上反光的镜子，显得小店的空间纵深明亮了不少，里面晃动着门口来来往往的人影。

"好吧，就看看这断草吧，反正只是自己家煲汤下料的。"

"好。"

女人麻利地撤下了那盘整草，似乎经她那双灵动的眼睛一测，早就猜透了这客人的需求。

麦子拿起半截的虫草，放在了鼻翼下，轻轻嗅了一下。

最近这些天，卓玛抽空便会陪着多杰。当然，赶上那档子事情，也是去帮衬一下。

这边，石榴开始准备主背景画，也买了些带回家的虫草，麦子准备这些天回北京一趟，去联系一下北京那边圈里圈外的朋友。

临走之前，二人少不了约在一起合计一下。

"这几天老是在屋里憋着，叫上多杰、美朵，咱们一起去八廓走走吧。"卓玛提议道。

"也好，外头太阳好。不过，咱们天天在八廓，你不嫌烦呀？"麦子说。

"人的运气和情绪一样，总不会一直那么高涨。时不时往高处走走，或者到八廓转转，到明朗的地方去，心情自然也会舒畅一些。"

"好是好。不过，我们换个地方吧，到尼木去买点藏香怎么样？非典那时候，他们就老是往北京带尼木藏香，说是纯植物成分，能净化空气、祛病安神呢。"

"也好，你先别挂，我问问他俩。"电话那头传来卓玛和多杰、美朵小声的说话声，不一会儿，便又响起卓玛清晰的声音，"好吧，去尼木的话，今天来不及，就明天吧，我们来接你。"

第二天一早，四人见面时，麦子一眼便看到多杰戴了个咖啡色的套头毛线帽，他蓄起的胡须已经老长，就跟他那柔软贴伏的发质一样，温柔地蜷缩在两腮和嘴唇上下，看起来没有想象中潦草，反倒有种不一样的成熟。来西藏也不是一天两天了，她明白多杰蓄须的原因，并没有跟他开玩笑，换作平时，她少不了又以调侃的口吻赞美上几句。

"最近辛苦了。"

刚一上车,她就认真地向三人慰问道。

"哦,还好。谢谢你的关心。也好久不见了,家里的事也暂时告一阶段,出来走走挺好。"坐在副驾驶位置的多杰扭头说道,嘴角微微一笑。

"卓玛姐时常来家里照料,她说这些天店里的事多亏你上心了,该说谢谢的是我们。"

美朵在旁边扭头看着麦子,快人快语地说道。从她那言语间,卓玛已经是家人一样了。

"应该的嘛。"

说话间,卓玛瞅一眼右边的路口,娴熟地转动着方向盘,车子向右拐出八廓北边的车道。

"我这不也是应该做的嘛。"麦子说完,从车里的后视镜里看见卓玛转目看了她一眼,嘴角也扬起了微笑。便接着说道,"对了,卓玛,我前两天去找了石榴,看了她的画,画有不少呢。我还请她再画一扇大门,到时候用作布景的主景,你看怎么样?"

"嗯,是个好主意。不过,来得及吗?往北京来来回回地运,好不好收拾呀?"卓玛问。

"这个嘛,不用担心,这画构图不是很复杂,我不想太刻意,也没给她提具体的要求,也想看看她的发挥。只是,等油画的颜料自然晾干,可能时间会紧了些。"

"在太阳下画吧。"美朵俏皮地说道。

"嗯,石榴这么聪慧的姑娘,自然有她的安排。其他的画作,运输的话应该没问题,好在她那些画都在家里放着,并没有打画框,比较好归整。"

"哦。再折腾回来,运费应该不低吧?"卓玛问。

"所以嘛,我还有一个想法,这些画为什么一定要拉回来呢,演出之前和过程中,就当画展了呗,一起推介一下,说不定能遇到懂的人呢。"

麦子得意地将眼皮一抬,和后视镜里卓玛的柳叶眼对上了。

"这还真是个不错的办法。观众看完,也不会空手而归嘛。要不,把服装也赶制一些,一起试试大家的购买意愿。"多杰说。

"秀就是秀,卖就是卖,这样会不会掉价了一点。"

对自己模特事业心怀敬畏的卓玛不无担心地说道。

"画是画,衣服是衣服,衣服还是别卖了,去亮相找渠道、找合作的,又不是去搞批发的。"

还没等卓玛多说,美朵便给哥哥怼了回去。

多杰有些尴尬地落下个窗缝,一股清凉的空气透了进来。

笑声从车里飘出,随着车轮奔驰时带起的风,一路撒在拉萨河畔。

雅鲁藏布江像是一条绿色的长龙,与横亘在青藏高原西南缘那条莽莽玉龙般的喜马拉雅山脉相伴而生,拉萨河也在西边的曲水县汇入奔腾的雅鲁藏布。

穿过一片峡谷,便到了尼木县的吞巴村。远远望去,全村只有二十几户人家,房屋零散地散落在山谷中,远处雪山融化的雪水形成一条小河,从村中穿流而过,日夜不停地滋养着这个小村庄。雪水为这片宁静的山谷带来了灵性,那些水磨便分布在小河的两岸。

"哥哥,到处都有藏香,为什么要到这里来呀?"美朵问道。

"说藏香,不说吞巴村,就和说牦牛不说藏北草原的一样。虽说藏香的生产历史已经有一千多年,无时无刻不在伴随着我们的生活,但在传统手工制作藏香的历史中,尼木县吞巴村、拉萨西郊的堆龙德庆、山南敏珠林寺可是被称为三大传统藏香生产地的。而尼木县吞巴村生产藏香的历史最为悠久,也是藏地最大的藏香原料生产基地。"多杰说。

"这里也是咱们藏文字创始人吞弥·桑布扎的故乡呀。"卓玛补充道。这时,她踩下刹车,车子稳稳地停在路边,随后动作娴熟地解下安全带,说,"走,去看水磨。"

"天气真好呀。没有风,多暖和。"

麦子仰仰头,往下扒了一下刚才还裹着嘴巴的围巾。

四下无人,两头牦牛正在悠闲地啃草,其中一头被这开关车门的动静干扰,但也只是轻轻地抬起头,不停磨切着嘴里的青草,用那乌溜溜的大眼睛打望了一眼。

虽说是冬季,大片的草已枯黄,但有小河的滋养,河岸两边的草地还有一丝绿意,像戴着两条绿色的蕾丝花边,拨水的小木轮盘就架在上面,岸边错落着开出方形的小土坑,里面连着用来磨木渣的柏木块。

远远望去,这些错落在河边的小磨坊,就像衣服对襟交错的扣眼。

"好神奇呀,还是第一次来呢。"美朵用手指着随水车轻轻转动、不断在磨坑下一块凹凸不平的石头上被转磨的木块,眼里满是惊喜。

"神奇的还不止这呢,这条河的名字叫吞巴河,吞巴河虽浅,但很湍急,也很干净,神奇的是河里没有一条鱼,据说 1300 年前,吞巴河原本是有鱼的,有一天,吞弥·桑布扎带着村民在这里做水磨藏香,水车转动的时候不小心绞死了一条鱼,吞弥很心痛,便在吞巴河与雅鲁藏布汇合处立一石碑,写上'江中鱼不得入此河',从此吞巴河就再也没有了鱼,水磨藏香也不用担心再伤及生灵。"多杰站在磨坑边,弯着腰,用两手扶着膝盖,说道。

"那两根木条是干什么用的?"

问这话时,美朵蹲在地上,手指着横放在小河上的两根圆木,歪过头来,看着哥哥。

"那个是引水用的,让木块保持湿润,这样刮磨出来的木浆才均匀细腻呀。"卓玛抢着答道。然后,用手指了指上面宽一些的河水,只见那布满石头的清澈河水里,还散乱地堆放着一截截大木块。那些已经被剥了皮的圆木桩由于浸着水的缘故,看起来油亮亮的黄,像被盘过的老蜜蜡,感觉材质很紧实,没有剥净的地方,带着点红褐色,更像玉的粗皮。

"多聪明的自然利用呀,只不过是利用水面溅起的水,便可以一点点地把水浸着滴下去了,太多水自然也是不行的。"麦子说。

"哦,这下我懂了。这么说来,这木头棍子就像是水量调节器一样,水花多的地方少放,水花小的地方可以多放一两根。"

美朵一边说着,一边就盯着那已经被风吹日晒得发黑的两根圆木棍子,那神情仿佛是第一次在千百年前,在生产中发明和开启这个秘密的人一样。

河水淙淙流淌,水车"哗啦啦"转动,木桩子被水车推动着,一下下拍打着石块,将松柏磨成木浆泥。

远处还传来转经筒碰撞铃铛的声音。

"呵——"

随着一声放松的声音，不远处的磨坑里站起一个人来，约摸五十多岁的样子，看那两手黄巴巴的样子，就知道他是用手刨出磨好的木浆泥，再把它们堆码在一旁。

那人看起来有些干燥的头发随意盘在头顶，上面也沾着一些木浆。他只是冲几人咧着嘴笑一下，又埋下头去，将身子隐在了那垛已经冒出磨坑的木浆泥墙后。

"还以为这里没有人呢。"美朵说完，低头看他们脚下这个磨坑的旁边已经堆起的堆垛，她这才注意到，那一层层木浆的边缘，有鼓出的圆边。不远处的圆形石台上，有一个更大的圆垛，一层层被码放整齐，好像一个大蚁穴，又好像一座塔，她想着。

一股风吹来，把美朵的鬓发吹到了眉眼处，她伸出右手，将了将头发，闭上眼睛，深深地吸了一口气，空气中有一丝松柏香的味道。

美朵随手抓起一块已经干了的木浆，放到鼻子前轻嗅，木香气扑鼻而来，轻轻捏碎之后，手感细软湿润，还不会把手弄脏。

"别忘了还要去买藏香哦。"麦子提醒道。

"哦。"

美朵拍拍手上的木浆灰，站起了身。

多杰则走到刚才站起人来的磨坑边，像是在小声问着什么，只见几句话的对话后，那人便举起小臂，贴着额头往上推了两下耷拉下来的头发，然后按着磨坑边，腾地一下跳了上来。

多杰向三人招了招手，几人便跟着他往家的方向走去。

没走几分钟，几人便到了一处大院。暖烘烘的太阳下，几个男男女女席地而坐，有人搬着木浆做成的小方砖，有人和香泥，调和着香料，有人用虎口的地方，握着一捆捆藏香在缠线……

屋里是开阔的，脚刚一跨进门，浓重的香味便扑了上来。几排摆起的晾香架上，整齐摆放着一盘盘藏香，一个头戴毡帽的老人，正在独自低头忙活着。

"那是我爸啦，村里做香最好的。"中年男人手臂指向一位背对他们坐着的人，介绍道。

几人怕打扰了匠人的工作，轻手轻脚地走过去，默默站在他身后，一个个歪着头看。

只见老人左手环握一个牛角头做的定型器，又用右手食指和中指环扣在出香口外，右手大拇指顺势挤压着牛角空腔里的浆泥，随着他上身和胳膊连手平衡地左右一推，均匀的线香便从磨好的牛角尖处挤了出来，一根根服帖地躺平在绷着蓝布的托板上。

为了方便装填，他左手虎口后，还备着一团香泥。手上粘着木浆，那手背上一根根暴起的青筋，像从泥土里钻出的蚯蚓一样伏在上面。

"吁——"

挤完一盘香后，中年男子端下托板，老人才长吁一口气，把左手余下的香泥甩进旁边的香泥盆，转过头来，仰起了脸。

"阿爸啦，他们专门从拉萨来买香，也想来看看做香。"

"喔呀。"

爷爷点点头。

美朵站在老人侧后方，在老人抬起头时，美朵看到帽檐下，老人露出的方正的下巴，唇窝和嘴唇上蓄着胡须，两颊略微凹陷，双目炯炯有神，像手中那流线形出香的牛角口一样，看人的时候都带着一种传神的力量。

"波啦——"美朵伸出大拇指，略微迟疑一下后，她又躬下身，低声说道，"波啦，我能试试吗？"

老人也不言语，只笑着点点头，摁住旁边，便要起身。美朵连忙伸出手搀扶着他的胳膊。

待美朵坐到工位后，老人帮她揪起一团香泥，塞进牛角里。他扯香泥的动作，让麦子想到母亲蒸包子时候扯面剂子的样子。

这时，中年男子正转身从旁边搬来一张新的托板。

藏香老人的牛角挤香器，让卓玛不由得想起爸啦的牛角鼻烟壶。

"牦牛养育了我们民族呀。"买好了藏香，车子刚一发动，卓玛就扭头看了一眼车窗外说道。

从车窗看去，村口那两头牦牛还在那里。只不过，这会儿正并排卧在那儿，细嚼慢咽地反刍。

爸啦也惦记着卓玛。自从店铺开起来后，姐姐和姐夫来拉萨的机会也多了，大多是送货，爸啦自然也知道了卓玛恋爱的事情。

"爸啦，卓玛有男朋友了。"旺姆说道。

"真的吗？是拉萨人吗？"

爸啦听到这个消息后，放下了梭子，转头看着旺姆，认真地问道。

"嗯！听卓玛说，上次过林卡时，你们就见过。"

"哦？！"

爸啦想起了那个在草地上，跟爷爷一起唱戏的年轻人。

当天，爸啦就坐到了另一架织机旁，他根根熟练地在织机上挂起经线，准备为卓玛和多杰亲手织一幅挂毯。在挂线的时候，他的脑海里就已经慢慢编织出了图样，那是棕红色打底、龙凤呈祥的图样；四周边框用粉、玫红和紫色的三色缠枝格桑花打圈，象征二人恩爱无间，共享美好幸福生活；周围再以"丁"字纹锁口，像城廓一样，锁住这幸福。

"爸啦，往常您一坐到这织机旁，就停不下来。这是第一次中断一张卡垫的编织呢。"旺姆一边帮他绷着经线，一边说。

"嗯。"爸啦随意应和着，一直不停手里的活，一边上下看着，一边指挥着说，"绷好了，再稍微紧点，不然线容易跑，图样就不好看了。"

"那也不能太紧了呀。爸啦，可不能太赶，把自己累着了。"旺姆顾左言右地说。

"不累，能赶上婚礼最好了。"爸啦停了一下正在调着线的双手，抬眼看了一眼正站着挂线的旺姆，忽然叹了一口气，轻轻摇着头说，"唉！你结婚时候也没照看好，天天青稞酒喝太多了。"

"哎呀，爸啦，不是都好着呢嘛。"

旺姆连忙懂事地安慰起爸啦，不敢再多言语了。

旺姆想起，她结婚的时候，爸啦一时高兴，喝多了青稞酒，可这高兴的酒，一旦入了愁肠，也能把最深的忧伤给勾起来，爸啦想起他和阿妈啦结婚的事，一个劲地喝多之后，一个跟跄摔在了地上，把门牙往左边第二颗牙齿都给磕掉了，现在的是女婿巴桑后来拉去镶的钛合金，爸啦说话时露下齿，可咧嘴笑起来时候，就能明显看得到那颗泛着银色哑光的牙。

也是从那儿以后,爸啦再没多喝过酒。

卓玛回来时,自然看到了那已经织起一截的挂毯。因为是从下往上织的,才织出下圈的格桑花边框和祥云图案。

"哇,这么好看的配色,谁家的好东西哦。"

说这话的卓玛一半是入眼,一半是走心,她这是夸赞爸啦,想让他开心。

"才开始织,就知道了?"

爸啦显然是听出了她的话意。姐姐旺姆只捂着嘴,坐在窗边的小床上笑。等她笑够了一气,才放下捂在嘴上的手。

"谁家的?幸福人家的呀。"

卓玛瞅了她一眼,也不再自讨没趣。她给坐在织机旁的爸啦添上酥油茶,又转身给姐姐添上后,坐到了姐姐身旁。

"姐,拉萨的生意不错,这半个月别的事多,我没怎么去管,都卖了二十多套了,还有些是订单,照这样下去,我怕东西跟不上呀,得想想办法。"

"看来,咱们的卡垫还是被人们喜爱呢。不过,咱们的卡垫也是真的好呀。"

说话间,她抬头看了一眼正在穿梭子打纬线的爸啦。他背对着姐妹二人,背微微弓着,只在窸窸窣窣的编织声里,看到他的胳膊肘不停地在动。

"是呀,这是好事。这些只是上门的生意,麦子我们还计划着推市场呢。这不,我怕产品跟不上,都不敢推。"

"是上次一起在八廓街吃火锅的那个女孩子吗?"旺姆问道。

"是呀。"

"看上去倒是很有想法的样子。"

"嗯,我觉得我们挺能互补的。"

"卓玛,今天不走了吧。等我跟你姐夫商量一下,他脑子活。"

"嗯,不走了,住两天。"

姐姐起身,到院子里打电话。卓玛猜想,电话应该是打给姐夫的。

傍晚时分,姐夫回来了。透过琉璃窗,她看到被傍晚的暖阳照得柔亮的院子里,两个孩子跟在他身后,只顾一前一后地追赶着,从院门外打闹到院里。

姐夫照例一见面,就冲她点头笑笑,然后放下手里的东西。

这次,放在桌上的,是从县城打包回来的一大份干锅鸡,还有卤牛肉、凉拌猪耳和芹菜炒牛肉。

"带了这么多菜呀,我在炉子上煮了土豆呢。"旺姆揭开干锅鸡的盖子,闻到一股呛辣的香味。

看着姐夫黝黑的脸上,那笑意盈盈的双眼,卓玛心里有说不出的感动,她从小就离开家,姐夫顾着这个家,一直朴朴实实,自己还没说过一个谢字。

"愣什么呢?"

姐姐看出了她的出神。说完,转身到厨房热菜去了。

"哦。"卓玛这才回过神来,她看了一眼正在给爸啦添茶的姐夫,忽然说,"这么好的菜,想不想喝点啤酒?"

头一回听小姨子主动提出喝酒的姐夫有点不知所措,他扭头看了一下,卓玛正看着他。他没有急着说话,而是抬眼看了一眼爸啦。

爸啦笑了,说:"巴桑,天气冷,热点藏白酒吧。"

"嗯。"

巴桑从靠墙的藏柜取来一壶藏白酒,用铁钎子往铁皮炉膛里一捅，本来暗淡的炉膛一下子便红亮起来。然后，用小铲子铲起一些羊粪，伸进炉膛，顺势一抖，泛着蓝头的火苗便蹿了起来。

这种牛羊粪的炉火就是这样，在不使明火的时候，只要不随便去动它，表面会覆着一层青灰，火心就藏在青灰里面。文火的时候，把酥油茶壶放在上面是再适合不过了，既不会煮干，又保持着恰好的温度，倒出的每一口茶都刚刚好。

炉膛上厚厚的钢板泛着油亮，后面引出的炉腔较长，大约有一米的样子，以至在接烟囱的转角下，不得不垫上几块水泥砖。这样的好处是，散热的面积大，导热不一的位置也适合放置各种器皿，有经验的主妇根据茶壶里剩茶的多少，便知道该放在哪个地方。

巴桑把铁锅烧热，放入两坨酥油化开，再倒进整壶藏白酒，一股烟腾起，很快便起锅。

这本就只有三四十度的白酒，再经大火这么一加热，喝起来口感更加绵柔。

"家里这火炉，真暖。"卓玛轻声说道，语气是暖柔的。

"我们好久没有一起喝酒了，一起敬爸啦一杯。"旺姆说。

爸啦端起酒杯，笑了。

旺姆觉得，爸啦的笑，比往年间要多一些。想到这儿，她看了一眼身边的卓玛，脸上浮现出欣慰的笑容。

趁热吃完饭，两个孩子还在那里边吃边玩，四人围坐在火炉旁边，盛酒的铝壶和酒杯就放在炉面。

坐在对面的旺姆看着卓玛被炉火映红的脸，说："还记不记得，上小学时候发高烧，爸啦背着你走了好远，才到乡里的医院？"

"记得，昏昏沉沉的，眼皮子都抬不起来，只感到在爸啦背上一颤一颤的。后来，不知道是不是烧的，都有点产生幻觉了，听到爸啦'呼哧呼哧'地喘着气，还以为是趴在牦牛的身上呢。"

"是呀，还好乡医院可以输液，把我和你姐都吓坏了。"爸啦扭头打量了一下坐在身旁的卓玛，"从小就长得快，那时候背得我胳膊好痛，现在都长这么高了。"

"是呀，长大了，都有男朋友了。"旺姆说。

说完，姐姐冲卓玛瞟了一眼，伸手去掀那坐在炉子上的平口铝锅的盖子，一股土豆的香味从刚才拉开的一道缝里钻出。卓玛不好意思地看了一眼爸啦，转身拿起身后桌上的小毛巾，站起身来帮姐姐接过锅盖。

一个个本来干皱的小土豆皮已经被撑得溜光，卓玛捡起一个小土豆，那土豆有些长，皮子也透点红，看起来就像一大块生姜。刚捡起来比较烫，她两手换了几下，便已经轻快地剥好皮，递到了爸啦手里。

爸啦接过土豆时，正慈祥地看着她。

卓玛低下头，轻声说："嗯！"

然后，她又捡起一个土豆，麻溜地剥好，递给了姐夫。

姐夫虽然家里也有一群弟弟妹妹要照顾，但是一直没有落下对这边家里的照顾。姐夫家的条件原本也很贫寒，自己连学都没能好好上，但却靠着勤劳的一双手，让家人过上了踏实的生活，也让卓玛安心学习和工作。看着温和有爱的姐夫，卓玛相信，知识和经验是可以不断学习的，但爱与温暖的种子，即使在贫瘠的土地，也能开出最美的花。

姐姐也剥了一颗土豆，递到了卓玛的手里。

杯子里的藏白酒保持着温热，酥油的油花儿在酒上缓缓漂转，卓玛接过土豆后，举起了酒杯。

不知不觉间，卓玛脸色绯红，头也昏沉起来。爸啦看出卓玛稍微有些醉意后，便招呼旺姆送她回房间，自己又坐回了织机旁。

还是二楼她以前住的那个小房间，床头的藏柜上放着她大学时参加比赛的奖杯，奖杯靠上的墙壁上，贴着周杰伦的贴画。

她头一贴在枕头上，便沉入了梦乡。

梦里，一个大雪纷飞的晚上，她轻轻走下木梯，在将要走到尽头的地方，她倚着扶手，炉膛口闪着暖红的微光，织机上的经线不时被拨动，就像是被拨动着的琴弦。在跳动着的微微火光的映衬下，织机前并排坐着两个人影，一个盘着头，是她熟悉的父亲；另一个两根长辫垂肩，但面目却怎么也看不清……

在梦里，她想要走近一些，但似乎被梦拉住一般，再不能向前一步，开始喊着爸啦的名字。爸啦像是听不见一样，一直都不回头，任凭她拼命挣扎，任凭她拼命呼喊着："爸啦，爸啦……"

走不近那炉火，看不清那面目，她左右摇着头，感到越来越冷。

"爸啦，爸啦……"

她仍在拼命地喊着，这声音分明传入了自己的耳朵，身上一哆嗦，她醒了过来。

伸手摸了摸有些冰凉的额头，冒了一头的冷汗。再摸摸那枕头，竟也被濡湿了。

她撑起上身，房间里黑咕隆咚的，便怔怔地叹口气说："唉，又做梦了，又被梦拉住了。"

卓玛转身，拉开窗帘。夜至中分，万籁俱寂。

只拉开了半边窗帘，清光便飘入室内。她抬眼望去，半个月亮挂在中天，清亮亮、孤零零。

卓玛把窗帘掩上，但留了一点缝隙，她习惯了睡觉时透点光亮。她把枕头翻了个面，掖了掖被角，又合上了眼睛。眼角，已噙着泪。

月光被拉成了一道细缝，像一束虚空投来的目光。

那目光在清晨隐去，化为一杆金色的箭，射进了屋里。

卓玛到楼下时，父亲坐在窗前，旺姆正在打酥油茶，她一手按着打茶器的盖子，一手按压着开关，随着她每次按压，打茶器便会发出嗡嗡的声音。

卓玛走下楼梯。

"头不疼吧？"旺姆转头问道。

"嗯，那酒喝着顺口，还是有些后劲。不过，半夜醒了一次，酒也就差不多醒了。"

说这话时，卓玛伸手揉了揉太阳穴，又转头看了一眼那楼梯口。

"姐夫送小孩上学去了，我们喝点茶，去乡里一趟。"

"哦？"

"姐夫平时到处做活嘛，他说认识一些人，让咱们去问问。"

……　……

姐夫认识的是乡里的扶贫专干，他是个退伍军人，方正的脸上颧骨微凸，说起话铿锵有力，双目有神，就是头发有些凌乱。

"你们好，快请坐，巴桑昨晚就给我打电话说了，你俩谁是卓玛呀？"

一听这浓重的陕西口音，卓玛接话道："你好，我是卓玛，这是我姐姐旺姆。听口音，你是陕西人呐，我在西安和咸阳读了八年书。"

"是呀，我就是西安的。这么算，咱们也是半个老乡了呀。"那人咧着嘴笑了，又抬头看了一下墙上挂的钟表，开门见山地说，"事情我都在巴桑那儿了解得差不多了，你们这个事很好呀，现在从上到下都在脱贫攻坚，你们这个好好组织一下，带动作用还是很强的。要不，先说说，你们有什么困难，需要我们做些什么。"

"我们在县城和拉萨有店子，主要销售卡垫，目前最大的困难就是货源问题，以前都是找熟悉的人去订，现在订单量起来了，这货源怕是紧张了。"卓玛答道。

"哦，听说过因为生意不好发愁的，你反倒是生意好了才发愁。"那人笑了，"不过嘛，咱们这儿也没有个厂子，这问题该怎么解决呢？"

"工厂？哦，我们也没有考虑工厂。以前探讨过这个问题，现在市面上也有一些机器，像个电钻头一样的设备，但咱们这卡垫有上千年的传承，手工编织出来的那种质感，跟机器打出来的完全不一样。"

"时代在进步嘛，不能改良吗？"那人挠了挠头皮，见两人正看着他，把手停在发堆里，有点尴尬地说，"不好意思，到村里跑了几天，连个头都没洗。"

"机器都出来了，也不是不能做，外地也有用机器生产的。我们的卡垫还是想坚持纯手工。如果用机器的话，东西倒是能出得快了，但这品质和手艺就会慢慢丢了，人家可能也就不认我们这个东西了。"

"嗯，有道理。"那人放下了刚才挠过头发的手，又从烟盒里抽出一支烟，夹在手里，"那你这个问题，不上机器，就得上人。咱们年河一带，手工编织的基础倒是挺好，只是真要组织起来的话，还得跟妇联、人社、文化和村里好好沟通一下，把有一定基础和意愿的妇女们组织起来，搞搞培训。"

卓玛和旺姆四目相对，点了点头。

"我现在有十几户常订货的人，都是熟练工，有男有女，他们可以教，平时就跟着带也行。"旺姆说。

"嗯。"那人好像还沉浸在自己的思考里，轻轻点了点头，拿起桌上的打火机，"叭"地一声点着了烟。他两齿轻扣，厚实的嘴唇微微打开一条缝，长长地吸了一口，发出"咝咝"的声音，连后背都慢慢挺直了一些。那吸进去的烟像被他吞掉了一样，几乎都没有看到被吐出来的。他这才把头扭过来，放慢了一些语速说，"培训不是大问题，最近我们也想把农牧区实用人才队伍做一下统计，结合咱们今天聊的这个事，也把愿意干这个的人先摸个底。然后，就是场地……"

"那太好了，我们也设法一家家去问。现在都是各自在自家做，希望有多一些人加入呀，这样的话，那些大的藏毯订单也可以接了。"

卓玛说这话时，松了一口气，脸上带着笑，感觉刚才绷着的后背也放松了下来。

"这样吧，没其他事的话，你们就先回去，针对刚才这些问题，我们先开个会，把政策梳理梳理。然后，看具体怎么弄。"那人把烟头戳进烟灰缸里，使劲摁了两下，只剩一截的烟头，在熄灭了烟火时，也被拧弯了，"卓玛，我们留个电话，后续有什么情况，多沟通、多商量，一起把这个好事办起来。回头，我给巴桑也说一声。"

说完，他便拿起了桌上的电话。

从乡里出来，卓玛顺路开车送姐姐回城。

车子刚停在路边，她的眼睛就被旁边店铺里的藏靴吸引，便将车子熄火，下车走了进去。

"这家店我以前怎么都没有注意到呀。"

"以前没有，这才新开的。"旺姆应道。

卓玛请店员拿出几双，端在手里反复看着，还拉开靴子的腰口，杵在眼前往里探视，说道："是手工的呀，以后走秀时买上几双。"

"拉萨没有吗？"

"有是有，还是觉得家乡的好嘛。"

听到这话，旺姆笑了。

"这双靴子，大概一米七出头的人能穿吗？"卓玛把手伸到一双黑色的浅腰靴子里探了探，问店家。

"没问题，我们这个靴子是手工制作的，鞋码没卡那么死，越穿越合脚呢。"店家答道。

"好的，这双我要了，帮我装起来吧。"

回到市里，卓玛直接来到大院里。

强子坐在他的操作台后，手里捧着一本书。夏夏蹲在地上，一点点地掰着喂那只小麻雀吃饼干屑。

"强子老师，看书呢？"

"嗯。"他直起身，说道。

"什么书看得这么认真呀？"

"阿兰·德波顿的《哲学的慰藉》。"

他伸出左手，扬一扬书，便把书放在了桌上。

"真好，我现在都看不进去书了。"

说罢，她一抬手，变戏法一样，从桌下拎起一个布袋子，放在了干净的操作台上。

"这是？"

"送给你的。"

"哦？"

强子看了一眼卓玛。她也微笑着看着他，眼里满是善意。他动作缓慢地转过布袋，伸手取出来一双藏靴。他把一只靴子捧在手里，又抬头望着卓玛，那眼神里说不清是感激，还是疑惑。

"你不是说一只脚费鞋嘛。这个呀，硬底儿、齐头，可以两只脚换着穿。"说着，卓玛拿起另一只靴子，把靴子底朝向强子，"看，真皮千层底，比外面那些胶底子可结实多了。"

强子这才想起他们刚认识时的确聊过这个话题，可那只不过是他不经意说过的一句话，没想到卓玛过了这么久居然还记得，还给他买下这双靴子。

"这……"

强子不知道该说什么才好，他托着靴子的手开始微微颤抖。

那天的聚会上，强子给自己的新年寄语是："走出"。他一直没能走出事故带来的阴影，就连酒都没有再调过，他舍不得买一瓶好酒，也没有那种心情。

就在他陷入这种复杂的情绪之时。蹲在地上的夏夏忽然稚声稚气地喊道："爸爸，爸爸，快看，它要飞了。"

强子抬起头，卓玛转过身，只见那只受了伤的小麻雀慢慢扑棱着翅膀，真的飞了起来。不知道是因为找不到大门，还是舍不得离开,它在屋里转了两三圈,又落在了夏夏的旁边。

"谢谢卓玛,你太有心了。"

"谢什么,不客气,那天你们聚会,我在多杰那里,都没能来。听说大家玩得很嗨呀,下次我得补上哦。"

"一定,一定!"

强子放下靴子。他微微摇晃着身子,走到夏夏跟前,双手捧着那只小麻雀,走到门外的阳光下,轻轻把它放在了地上。

夏夏跟着跑了出来。

卓玛转过身,看到那小麻雀灵巧地上下点点头,转转那灰扑扑的小脑袋,扑棱着翅膀,飞了去。

"爸爸,它还会回来吗?"

"会的,它还会来看夏夏的。"

"那,它就是还记得我了。可是麻雀有那么多,我会认不出它是哪一只了。"

"没关系,夏夏救的是麻雀,不是一只麻雀。等夏夏长大了,看到的每一只麻雀都会说,夏夏从小就是个超有爱心的小朋友呀。"

"咯咯咯——"

满意月

首都机场人头攒动,钢结构撑起的穹顶,像一个巨型的蚁巢。

一下飞机,"嗡嗡"的音浪扑面而来,机场广播、呼喊声、脚步声包裹着人们的耳朵。从清净的高原下来,麦子觉得不大习惯。

"人潮汹涌。"麦子喃喃自语道。

这是她第二次从藏地返京,孤身入繁华,看人流如织,她都会莫名生起一种被淹没的感觉。

她停住了脚步,踮起左脚尖,微屈起左膝,用大腿顶着黑色挎包,右手掏出了一对耳机。轻轻歪着头,让秀发避开耳廓,用耳机堵住了耳道。白色的耳机搭在她黑色的四叶草耳钉上,她轻撩了一下耳侧的发丝,迈开步子,向外走去。

一月的北京,有几分清寒,麦子取下挎在左臂的驼色羊绒大衣,披在了身上。风衣的里面,是松开一个颈扣的青灰色衬衣，一条杏黄色的丝巾掖在领口里，在脚脖子处收口的白裤子，恰好露出略带弧度的脚踝，让她的每一步都看起来清爽利落。

没有人接机。麦子不爱劳烦人，哪怕是亲近的人。

网约车应约而至，直接把她送到了家门口。

麦子的父亲已经退休，正俯身书案前，读着一本《明史》。或许是读到了伤怀处，忽然拍着自己的大腿说："唉！真郁结，刚日读史，犯了大忌呀。"

说完，他转头看了一下窗外，又是一个阴冷的雾霾天。

坐在厨房外的餐桌边，正在包饺子的母亲应声说道："伤春悲秋的，几十年净捣鼓这些虚头巴脑的东西，女儿的事也没见你上个心。"

她虽然早习惯了这场景，但又总忍不住絮叨两句。她的语气慢条斯理，手里正拿着双筷子，往饺子皮上抹馅，不紧不慢地包着饺子。高粱秆横竖两面做成的笸子上，由外向内，耳尖对着耳尖，一圈圈摆着包好的大馅儿饺子。

这盛放饺子的笸子下，是两张对拼的老榆木高束腰三弯腿"半桌"。这种桌子的造型，本来是当一个八仙桌不够用时，用其来拼接以扩大桌面面积的，故又称"接桌"。家里这两张，恰好拼成一个六边形，如果是半圆形的，也叫"半月桌"。这半桌平时也可分开对称摆放，可靠墙或临窗，上置花瓶、古董、相框等陈设品，别有一番清朗俊雅的风味。可在老麦家里，就当餐桌使了，他搜罗这些老物件，并不拿来当摆设，而是应用于日常。

"女大不由人呀。一会儿呀，女儿回来，你可别再提这事了。"父亲从花梨木的明代古董笔筒里抽出一条木书签，夹在左手抚摁着的书页处，摘下了老花镜，"你说你，前几年忙活着张罗的,让女儿受了那么大苦,唉——"

父亲的神情从激愤变成了怨怜,眉头微微蹙了起来。

"谁料想呢,也不能怪我呀,我比你心里还难受。说好的不提了,不提了,你就不怕我难受。"

母亲把肉馅刚搁到饺子皮上,筷子头儿就停在那儿,一动也不动,扭头说道。

"好了,好了,不提了。"

父亲轻轻摇了摇头,默默走到厨房,洗了洗手。出来坐到母亲旁边,拿起了一张饺子皮。

过了一会儿,他又晃了晃手腕,转过手表,瞅了一眼说:"这都快六点了,怎么还没到呀。"

话音未落。

"爸——妈——"

门才开了一条缝,喊声就钻了进来。父亲站起身来,连忙走到门口,还从门边的岛台上帮麦子倒了一杯柠檬水。

"我说,你这孩子,怎么也不戴个口罩,外面雾霾这么大。"

父亲边拿着玻璃壶倒水,边念叨着。

"从西藏回来,循环设备早净化过了。"麦子笑着说。

她把挎包放在岛台上,一气喝了半杯常温的柠檬水。

"回来,还是得注意,口罩就在这儿。"说完,父亲拍了拍岛台靠墙那里放着的一次性口罩盒子。

"嗯。"

"饿了吧?等会儿吃饺子。"厨房里传来妈妈熟悉的声音。

"不饿,妈。"

麦子边说,边向厨房走去。

"老麦,快进来烧水了,先给苗苗煮几个。"

"来了，来了！"

从高原回到北京，家里的温暖踏实，加上海拔直降了三千多米，富氧的空气让麦子一觉睡到近午。

"睡得真香，山上待惯了，居然还醉氧了。"

刚从被窝坐起来，她就左手撑着床垫，用右手掌根轻轻拍了几下太阳穴，自言自语道。

一杯黑咖，一把坚果，打过一通电话，麦子便驱车出门。钻惯了拉萨的巷子，许久没摸车，还有点手生。她不自觉放慢了些速度。

走进南锣鼓巷附近一间茶餐厅，她微笑着朝离门口不远处、靠窗面门而坐的一位男士挥了挥手。

他眼神一亮，放下茶杯，站起了身。那男士虽然小口啜着茶，视线几乎未曾离开过门口。

麦子仍穿着一条紧身白裤。只不过，衬衣换作了米白色竖纹包臀毛衫，圆开的无痕阔口领，完美地衬托出颈肩的曲线，她把头发挽在脑后，两缕刘海自然地拂在面颊。若隐若现的美胸与浅浅的颈窝之间，一玫贝面四叶草项链贴在胸前白皙的皮肤上。双耳是同款的耳钉。

"贺一鸣，贺老师。"还未走近，她便微笑着招呼道，同时伸出了右手，那毛衫的袖子裹着她的胳膊，袖口一直覆至手背。伸出手时，才露出完整的玉手。

"你走进来时，真像一只蝴蝶翩然而至呀。"他轻握她的指尖，微微躬身，颔首说道。

"还是有内涵的绅士会夸人，谢谢。"

麦子抽回手，把搭在左臂弯的孔雀蓝呢子外套换搭在椅背上，坐了下来。

"我还没有点餐。一起点吧,茶餐厅的餐点上得也快。咱们边吃边聊。"

这位叫贺一鸣的男士向服务生招了招手,伸手帮麦子倒了杯红茶,这才重新坐回了餐位上。

这是位比麦子年长两三岁的男士,身高一米七,顶发后梳,耳发修直,戴着一副双横梁近视眼镜,高大而温和,英俊而儒雅。

麦子接过服务生递来的菜单,并没有着急点餐,而是微微探身,轻轻嗅了两下,又环视了一下已经走了一多半人的茶餐厅说:"你这潘海利根的鹿首香水味儿,可是更适合去酒吧呀。"

"你这鼻子,可不止是好看呢。"贺一鸣笑了笑,"你也不赖,到吃早茶的地方用下午茶。"

"这不是考虑到你是广东人,中西结合嘛。"

"嗯。"贺一鸣放下菜单,抬手摸了摸柔软的夜蓝至酒红过渡拼色羊毛衫领口,又接回麦子刚才的话头,"这么久不见,可不能一场就放过你呀。"

"看来,我得多准备几个问题了。"

这是两位一年多没见的老朋友。贺一鸣是麦子在英国念研究生时的学长,毕业后回国,先是在北京服装学院任教,后来下海做起了国际贸易,主营产品还是老本行的服装和纺织品类。

说话间,各式精美的点心已经摆上了餐桌,有虾皇饺、叉烧酥、糯米鸡、卤牛肚、酱汁蒸虎皮凤爪……

"以前,怎么没注意到,你眼窝还有颗痣?"

看着麦子慢慢地嚼着一小截凤爪,贺一鸣浅啜一口茶,持着茶杯,歪着头问。

"嗯。"麦子拿了张餐巾，捂嘴吐出那一小截凤爪骨，"是有一颗，是不是不好看？"

"好看。玛丽莲·梦露、布莱克·莱弗利，好多经典的艺人她们不都有痣嘛。"

说是痣，不过是颗小米大小的暗红色小圆点。就生在麦子右眼内眼白向下约一公分的位置。

没承想，你还对这有研究呢。可是有一次，我遇到个面相师父说，这是'泪痣'，注定为爱所苦，被情所困，还容易流泪。他还说，这是三生石上刻下的印记，连转世都抹不掉的痕迹。"麦子看了一眼坐在对面、正凝视着她的贺一鸣，伸出了左手食指，轻轻触碰着那颗痣，"看，就在流泪的地方，是流泪的痕迹呀。"

说完，麦子也端起了右手边的紫砂茶杯。可能是那茶有些凉，就在她上唇的唇珠刚碰到茶汤时，她下意识地停顿了一下。

"茶凉了，换热的吧。之前等你的时候，也快被我喝淡了。"贺一鸣唤来服务生，新叫了一壶熟普。继续问，"那，你爱哭吗？"

"嗯。"麦子放下了茶杯，嘟着嘴，想了两三秒，"曾经有一段时间吧，现在不了。"

"所以说呢，虽叫泪痣，也未必是自己滴下的泪吧。"

"哦？"

这时，贺一鸣接过服务生递来的新茶，起身绕到麦子身边，为她倒掉凉茶、温盏、换茶，再坐回自己的座席。

"是泪水凝结后的样子，但也未必是自己的泪水呀，也许是因为前世的爱人抱着她哭泣时，泪水滴落在脸上形成的印记，以作三生之后重逢之用。遇上命中注定的那个人，也会为对方偿还前生的眼泪，会幸福吧。"

"哦——"

麦子陷入了遐思。

"也许并不是泪痕，是流星闪过的地方吧。"

"嗯。"

像是被流星击中，麦子从遐思中醒来，她抬眼望着贺一鸣，目光里多了几分温柔。

贺一鸣之前没有特别注意到麦子的这颗小痣，是有原因的。

麦子回想起，二人是三年前在返校参加活动时认识的。短暂相处了半个多月，但就像一束烟筒里放出的烟花，虽共处一地，却各自光彩，参加些集体活动，聊一些天南海北，虽然丰富有趣，却难以深入。后来一年的时间，曾有过一些联系，但也是混迹在北京校友圈内，从校友过渡到朋友的关系。后来联系越来越少，直到麦子闪婚，便再没有联系。

其间，贺一鸣单独约过麦子，但当时麦子家给她张罗着相亲，便从失约，再到失联。

也正是那场闪婚，一度将麦子的生活拖入了冰渊。就像一场本该优雅的冰上双人舞，在令人眩目的飞旋之间，一人的冰刀切碎了冰面。

这也是麦子母亲最为懊悔的事情。本是担心女儿成为大龄剩女，就三天两头地托人介绍，催着相亲。但没承想，大海捞针般选出的女婿，竟然是个性格不健全的家暴男。

"都怪我……""是我错了，还是他错了……""怎么就看不出来呢……""现在的年轻人到底都怎么了……"一度，母亲也陷入了深深的自责和不解,她总是这样反复问自己。

从闪婚到闪离,不过一年多的时间。

从那儿以后,麦子说要回英国、去外地,父母都不同意,一是怕她想不开,二是怕她再遇人不淑。

虽然是摆脱了那人,冰刀离开了冰面,麦子困在了冰下。一段时间里,她都变得郁郁寡欢,把自己关在房间里,脸都开始有些浮肿。

麦子的母亲是位律师,天天还要被法院和委托人召唤着,有约在先,积案在身,没日没夜地在外头跑。担心女儿,还要自责,心里百转千回的,总是夜夜失眠,精力难以集中,被客户抱怨不说,有一次还差点开车追尾。

有天很晚,她一回家就冲进了书房,对老麦发泄着心里的怨委,一会儿抹着眼泪说:"是我害了女儿。"一会儿又激动地在胸前晃动着捏得紧紧的双拳,"站在法庭上,写好的陈词都能读错,当着法庭,丢人我不怕,我对不起女儿……每天像头驴一样,被鞭子催着转,被磨盘拖着走……"

老麦转过身,抱住她,让她把脸贴在自己的胸膛,怕她越来越激动的声音吵到隔壁的女儿。

"好了,好了,有我在,先不说了,先不说了……"

说这话时,他背对女儿的房间,拥抱着怀里的妻子。

"呜呜——呜呜——"妈妈呜咽着。

"不怪你,不怪你,女儿右眼那颗滴泪痣,也许是她命里有此一劫吧。"老麦心疼完女儿,又转头心疼妻子,当时压根不敢责怨她,话头一起就哭了起来,只好如此安慰她。

"呜呜呜呜——"

她又轻轻推开老麦,跑到一旁的罗汉床跟前,两手捂住口鼻，哭得更厉害了。

"唉——"

老麦一声叹息，走到窗边，开了点窗，那叹息声长长的，像窗外的一股风。

知道她差点出车祸，由于工作原因，又不能不出门，为了她的安全，那段时间只好暂时不让她开车。

那些天，退休的父亲在家天天守着麦子，一天天地敲门叫起床、叫吃饭、递牛奶、送水果……麦子时常不应，更是足不出户。担心麦子出事，他还得时不时地敲敲门。转头又摸摸，觉着饭菜冷了就热，再去敲敲门，热过两遍，麦子不吃，便留着下顿自己吃了，再给女儿做新花样。

终于在五天后，麦子自己走出了房间，她敲了敲父亲书房的门。

"爸，我们去郊外走走好吗？"

父亲一怔，连忙起身说："好，好，好！"

言语间，他一手扶着榉木圈梁椅扶手，另一只手里攥着两颗山核桃。慈爱地盯着麦子，生怕多说一句话，哪怕是宽慰、劝导和随便一句无由的家常话，都怕有一句说得不合适，凝住了女儿这才开始融化的冰心。

他嘴上不说，心里却有一丝欣慰，默念着："肯说话就好，想出门就好。"

"谢谢爸，那我拿个包。"

看女儿敞着门，转身去拿包，老麦才舒了一口气，默默转过头，面对着书桌，用松开圈梁的右手，自个儿抹了抹眼角噙着的泪花。

父亲的书桌上，除了老摆件外，没有放一本书。那些书也都默默地躲在书架上。这些天来,酷爱读书的父亲,没有心思看一个字。

父亲的书房挨着女儿的闺房,只有一墙之隔,两人墙里墙外,父亲踱来踱去。

这些天,父亲书房的门没关过一天,就连老两口睡觉时,也没关过卧室的门。走廊的灯,一直开着。

由那香水的话头惹起,贺一鸣邀请麦子前去酒吧。

"一天的正餐,合着吃了一下午。还是头一回。"贺一鸣笑了笑,在口前比了一个举杯作饮的动作,"继续?"

"可不是嘛,头一回。"麦子将右手置于小腹,用四指轻轻拍了拍,"这才刚回京,总得顾忌下老人的情绪,下次吧。这会儿没有风,楼下走走?"

麦子望了望窗外。

"也好,消消食。"

二人转身走出餐厅,出门不远,便是什刹海公园。吃饭的当口,二人言谈虽涉及到工作,但更多却是无关工作的乐闻趣事。

公园里,人并不多。

"为什么会选择在西藏做事?恕我冒昧,你可是地道的北京大妞呀,以你的天赋和资源,那儿是不是偏远了些。"

贺一鸣仍然没有急于正面回应她在用餐时偶尔提及的专业问题。斜阳晚照,清凉湖畔,二人低头漫步。

"知道化石吗?"

麦子停住脚步,轻声问道。

"化石?"

贺一鸣自然知道"化石"是什么，只是被麦子这答非所问的跳跃，弄得丈二摸不着头脑。这时，他已经多迈出了半步，便停住了步子，顺势用迈出的右脚支地，半转过身来，不解地看着麦子。麦子也面带着微笑，认真地看着贺一鸣。

"呵呵——"麦子笑了，"好了，不跟你卖关子了。1960年，中国登山队第一次攀登珠穆朗玛峰时，在山顶找到了一块三叶虫化石，那是寒武纪的一种海洋生物，在地球上生活了超过3亿年，它们消亡于二叠纪末期。"

"嗯，准确来说，应该叫'海洋生物化石'，那里曾是海洋。"贺一鸣边走边转头看了一眼麦子，轻轻摇着头，感叹道，"沧海桑田，自然造化神奇，地球上最高的地方，曾经是无边的大海。"

"嗯，古特提斯海。"麦子和贺一鸣双目对视了一下，便又低下了头，接着说，"一块化石的形成，需要许多的机缘造化，它最好是硬质体，迅速被埋藏，被绝氧密闭，再经过漫长的时间石化，这期间还要抵抗物质分解、自然压力、外力破坏等等。最关键的，它还得在几乎没有出头之日的绝望下，在亿万年后，恰好有缘被你发现。"

"缘？！"

"嗯！"

二人相视一笑。

"会选择在那儿长驻吗？"贺一鸣问。

"'长住'还是'长驻'？"

"哦，是会留在那儿吗？"

"主要看工作进度，生产和市场是两回子事儿。所以说，这不是来搬救兵了嘛。"

说完，麦子看着贺一鸣，扑哧一笑。

"备感光荣。"贺一鸣略微思索一会儿，"我这里没有什么大问题，现成的渠道。吃饭的时候，听你介绍，你们的产品主要是藏毯和服装。依我看，藏毯应该没什么大问题，但服装的地域性突出，你们的挑战还是比较大，客群的方向要想好了。"

"嗯，侧重点不同，刚才你说到海外。国际贸易一般是大宗商品，要么是原料，要么是精品，要走到哪一步，可能还得做一些开发。不过，欧洲地区对毛纺品的日常应用还是多，西藏有自己的文化符号，是享誉世界的天赋品牌。我的伙伴正在那边联系解决生产的问题，如果能早些运营起来，就能设计出一些新品。"

"是的，不一定是藏毯，也可以尝试做一些餐垫、床旗之类的对路产品，除了贸易渠道，我也认识些分销商，可以请他们来尝试……"

"如果有机会，年后我们想在北京做场发布会，不光是推广服装，也不光是找渠道，也是推广藏文化嘛。"

"说起藏文化，身边还是有些朋友对藏文化一往情深呢。前不久，还和一个北京援藏的朋友在一起聚，现在回来了，跟你一样，心留在那儿了，一见面就跟我们聊西藏，说藏文化。都是热爱呀。唯有热爱，不可辜负。"

"也欢迎你的加入呀。"

"藏迷会？加入！不过呀，咱们这事，先别着急，这几天我多联系联系，好好梳理和思考一下，再和你做进一步沟通。"贺一鸣取下眼镜，举到嘴巴前，轻呵一口气，用搭在身前的围巾角轻轻擦拭了两下，又戴上后，扭头看着麦子说，"有机会，我得去一趟，亲自到古海床走走，感受一下西藏的魅力，你欢不欢迎？"

"欢迎，欢迎。"麦子说这话时，那自然的口气，俨然是个地道的主人家。

麦子停住了脚步，凭栏遥望，湖水平静。贺一鸣也移步栏前，将围巾挽个结，两肘撑在栏上，又看了眼麦子，眼睛望向了麦子所望的方向。

一丝风掠过湖面，惹得轻波微起，对面有两三只飞鸟，落在了萧疏的柳枝上。

麦子在北京四处联系渠道时，卓玛也没有闲着。

"麦子，人找好了。"

这天，卓玛与美朵搞了场线上视频会议。

"太好了，有多少呀？"

"熟练工有三十多，主要是编织工，愿意加入的有不少，经过技术培训，上岗不成问题。剪花的老师傅只有一个，这是个头疼的事。"

"剪花很难吗？"

"看起来简单，做起来难，关键还要经过一定时间的积累，眼力见儿、巧劲儿，一直要做到有肌肉记忆，这不是一时半会儿能成的。"

"这么说来，是不像编织。编织就是识图作业，会编一个扣眼，照着往下编就行了。"说到这儿，麦子又想到一个问题，"那画样儿呢？也很关键。"

"这个我早想到了，父亲搜集了一些老藏毯，早就让我看，我没当回事。见惯了时兴的图样，本来觉得没什么用。你猜怎么的？"

"嗯，你说。"

"他把我带到二楼小仓库的时候，桌上本来只摆了两三张藏毯，门一打开就惊艳到我了。唉——"卓玛叹口气，咋了咋舌，意味深长地说，"老一代人有水平，我翻着看，那些图样比现在的更简单、纯粹、古朴。有一张小方毯，就是用简单的拼色，从中间往四周散开，一开始我嫌它太小，就没有特别注意，还顺手丢在一旁的帽子上，等翻完了那些大幅的，一回头，哎呀，当时就把我震撼到了，你猜我发现什么宝贝了？"

卓玛的语速越来越快，已经激动得摇晃起了脑袋，耳朵上两个大圈的金色耳环像荡秋千一样，左右摇晃着。

"又来了，又卖关子。"

"不是卖关子……"

说完，卓玛起身，短暂离开了对话画面。等片刻后重新坐下时，她的两手提着一块小方毯。

麦子把脸凑近，隔着电脑屏幕，怎么也看不出名堂。"这，不就是一块平淡无奇的小方毯嘛，有什么值得大惊小怪的？"麦子心中暗想。

"看出来了吗？"卓玛问。

"真没有。"麦子又细细看了看，摇了摇头。

这时，卓玛撸了一下袖子，竖起小臂，用左拳顶住那块小方毯的中间，把那块小藏毯凑在摄像头前。

麦子看了看，又仰起身，远观一会儿，伸出右手食指，指着电脑屏幕上那呈三角形的图形，若有所悟，但又不太确定地说："这，是一座雪山？"

"对呀！"卓玛举着那小藏毯，往后移了移，歪着个脑袋，注视着藏毯，也伸出右手食指，从高处一层层往下指着说，"你看，中间是白色，往下是褐色、青色、绿色、土黄色……这样一看，这不就是一座雪山吗？你看，外圈的黑色，还有这黑色上一条细灰色，不就是代表了牦牛和羊嘛。还用条纹的宽窄代表山色过渡的比例，最可爱的是，还用一粗一细代表牦牛和羊的不同大小。而且，这个深色收边，多稳重呀……"

听着卓玛滔滔不绝的讲述，麦子又凑近看着，不住地点着头。

"绝了，他们居然把三维立体的图样放在平面二维里展示，这里头没有一点花哨的东西，就是简简单单的日常所见，加上质质朴朴的手工呈现，看起来不炫技，却成就了艺术。"麦子停顿下来，嘟着嘴巴，轻点着头。片刻后，她又像欣赏一幅名画一样，语气肯定地说道，"没错，这就是艺术！"

"神奇吧。"

卓玛又把那小毯子抖落开来，眼睛里写满了惊喜，说完这话时，保持着口型，嘴巴张得老大。

"嗯，这种风格，在古埃及艺术里也很常见，他们以前不懂透视，但是也想画出天上的鸟、地上的树、水里的鱼，干脆直接画在一起，外圈画鸟、内圈画人、最中间画个方框，里面画几条小鱼。这样看起来，反倒是像空中视角一般，中间一个鱼池，池边有人赏鱼，外面是一圈树，再外边有鸟。画人也是这样，本来两只脚是脚踝相反，但他们画出来，两只脚是一模一样的。"

"嗯，空中视角，这简直是异曲同工呀。西藏艺术也有这种流变，以前没有度量经给出严格的规制时，像我们家不远的夏鲁寺,还有江孜白居寺里的壁画,都是仪态万千,古朴又耐人寻味,就是画一样的题材,也是千变万化的,有空你去看看。现在的人吧,画什么都一样,从不敢突破变成不会突破了。"卓玛又起身,把小藏毯铺在地上,仔细端详着。

"不仅如此呢,虽然时代在发展、技术在进步、信息在爆发,可有时候想象力或艺术品位并不一定因先后分高下,像中国传统文化中的玉璧,本来就是一种礼器,寄托着美好的寓意。以前,我看玉璧,还以为上面就是小点,像现在的凸纹,后来从我那业余历史学家的老爸那儿才知道,那上面的小圆点其实是一个个整齐排列的'e'字形。你总卖关子,我也考考你,你猜这是什么意思?"

"呃——"

"这是谷物的胚芽呀,寓意着新生的希望、丰收的未来、蓬勃的生命力。你想一下青稞刚才发芽时候,从侧面看,是什么样?"

卓玛的脑海中,已经浮现出一粒青稞刚好发芽的样子,她不由得又轻轻摇晃起了那美丽的头,惊叹道:"要学的东西,可真是太多了。"

"我们搜肠刮肚,他们自然天成。"麦子淡淡地说道,语气像一位终于领悟真理的觉者,"对了,爸啦这样的藏毯收藏了多少?"

"咳,他哪里懂收藏,就是收集。走到谁家,看着好看,就要过来,或买过来,或者是换来,大部分是用新的换回来的。"

"哈哈哈,这也说明,藏毯这东西真的是好工好料,能传家呀。"麦子笑了,"对了,咱们也不能止步呀,还得创新,不能输给了老一辈呀。"

"嗯，姐夫都上了，不管怎么说，他是画师出身嘛，以前临过、画过那么多壁画、唐卡。"

"有空，我也给你整理一些中国传统和欧洲经典的图样，咱们一起好好研究研究。"

"嗯。"

虽说人员不成问题，可问题也来自人员。

这么多人，总不能全部在家生产吧，那样的话，还是没办法实现集约管理。卓玛可是为此伤透了脑筋。为这事，她最近没少在拉萨、江孜之间两头跑。

乡里的扶贫干事协调了各个部门，也能提供培训场地，适当安排培训经费，但生产场地属于经营范畴，还需要经营主体自主投资。

新建的话成本太高，又买地、又建房的，想着麦子在北京联系渠道，卓玛便跟姐夫四处跑着找场地，好不容易在县城附近找到个废弃的青稞加工厂，厂子修起来，老板却跑了，留个烂摊子。

跑得了和尚，跑不了庙，这物业在县里，可以租用。可是，麦子和卓玛满打满算，凑了一百多万，还差六十万。

"要不，在拉萨附近找找吧，这边空房子多。"麦子给卓玛出着主意。

"还不只是房子的事，那么多群众，本乡本土的，还好安排。这要是都上来的话……不行，那样不太现实。再说了，这种东西，离了乡土，总感觉少了些原味儿。"

话筒这边的卓玛，边思索，边分析。

"是呀，这是咱们那儿的特点，是优势，也是劣势。好就好在能凸显地方特色,难就难在规模化、商品化和市场化上,像生产、销售、推广这些宝石,串在一根绳上才行呀。不管怎么说,得融入大市场,连通这个链条,发挥好各个环节的优势。"麦子沉默了片刻,"总之,这是我的认知和信念,你呢?"

"是这样,那就把生产放在那边,营销和渠道引出来。在那边租场地,前期先适当集中,能分散的就分散,先做起来再说。要不,把咱们这眼下的困难给家里说说?"卓玛问道。

"咱们自己的事,还是先自己想想办法吧。实在不行,再说吧。"麦子说。

"嗯,这样也好。那我先挂电话了,多保重。"

就在卓玛将要挂电话之时,话筒那边又传来麦子着急忙慌的声音。

"卓玛,卓玛,等等。"

"嗯,听着呢,听着呢。"

"还有一个事呀,我得提醒你,提前统筹好,别又到了跟前再慌神。原来都是个体编织,如果人上齐了,生产起来了,原料呢?原料当地够不够?能不能支撑起来?"

话筒里传来连珠炮似的问题。

"这?"

卓玛陷入了深思。

麦子提出的这些问题,既是提给卓玛,也是提给自己的。

反复思考着这些问题。当晚,卓玛迟迟难以入睡,一关了灯,她就感觉脑子里飘闪着各种问题。唉,当初随大流,好好上个班也挺不错,也不用这么为难自己。卓玛呀,卓玛,可不能打退堂鼓,梦想不就是眼里看得到、心里想得到、伸手摘不到、蹦一蹦才能够得到的那颗果实嘛。要不然,还叫什么梦想？唉，净瞎想……她翻来覆去地想着。

她起身，裹了个厚厚的加绒睡袍，慢悠悠地走到床尾卧室中间的小圆桌前，俯身嗅了嗅玻璃花瓶里插着的那束幽香的玫瑰。

卓玛在俯身之后，仰起脸细嗅那花香时，轻轻向右歪着头，右手拢着右额发。然后，她转身来到窗前，轻轻拨开了窗帘。一束月光，洒在玫瑰花上，那玫瑰是浅粉色的，是下午时分，多杰才送来的。

因为要给爷爷守孝，多杰不能常陪卓玛，这天他还是抽空从城北的山下跑来城南的山边。路过花店时，多杰犹豫了许久。居丧期间，不宜买红艳的东西，但想到最近不能照顾卓玛，也明白她在为厂子的事而忧劳，还是决定买束花。在五颜六色的鲜花里，他一支支地抽出那白色又带些粉边的长秆玫瑰，一共抽出了九支。

月光下的玫瑰，虽然看着更加清冷玉洁，但却也浮动着幽幽的暗香。

卓玛闭上眼睛，缓缓地深呼吸。白月光照着她美丽的脸庞。

星空之下，灯火万家。

卓玛住在慈觉林片区，这里是拉萨河南岸一处视野开阔的山谷。从高处远望，夜晚的拉萨沉静安详，远处的布达拉宫被夜灯照亮，依稀辨认得出上下红白二宫，那幽幽的灯光，像深邃的目光，凝望着这片净土。

一颗流星划过寂静的夜空。

这时，卓玛做了一个决定。

日光城的清晨，一缕金色的阳光照亮了北山的山头，像一只温柔的手拂过北山的山腰，很快又无遮无挡地落在烟火人间。

　　街边随处可见的店铺门口，一碗香浓爽口的藏面，连汤带面地吞下，是开启美好一天的密码。

　　卓玛喜欢坐在门外的小桌边，晒晒早晨的太阳。透过她镀膜的金色太阳镜，眼里的世界更加金黄明亮。两碗藏面汤喝完，额头已微微冒汗，疲倦被从里到外一扫而光。两碗藏面，其实并没有多少，当地人戏称其为"三六九"，就是三块肉丁、六个葱花和九根面。因为面里加有鸡蛋液和碱面，这弱碱性的面条、清冽的水辣椒、滚烫的牛肉汤，再加上几杯香浓的甜茶，往往是宿醉的人解酒的灵魂之物。

　　吃过藏面，卓玛匆匆起身。外面摆的小餐桌很矮，从她扶着腿在小板凳上起身开始，她那蓝白色牛仔裤包裹的大长腿就吸引了其他几桌人的目光，要不是手里端着热烫的藏面碗，真不知道有些人那快要淌出来的口水是为何而流。

　　等卓玛收腿拉上车门，那些火辣的目光才被拦截在车门外，那些继续喝茶吃面的人，才开始扭头小声嘀咕着。

　　卓玛轻点油门，吉普车就拐下了路边的马路牙子，向柳梧新区驶去。

　　她几乎是和早晨上班的人一起来到了拉萨市"双创"办公室。昨晚，她就考虑到，创业不是办个体户，有许多财务、法务、业务的事情，自己毕竟不是科班出身，不能遇到一个问题，才发愁一个问题。于是，她决定来这里好好咨询一下政策。

　　"你来对地方了，我们市里是国务院小微企业创业创新示范城市，各项配套政策都比较完善，不知道来之前有没有做过一些了解？"双创办的工作人员一边烧水，一边说。

"没有了解，目前就是遇到些具体的问题，听朋友说咱们这里政策好，才想来咨询一下。"

"这里有本《政策汇编》，你先拿着，回去好好看看，里面有培训、就业、社保、补贴、金融等方面的内容，门类比较多，三两句也说不清。"

那人安好烧水壶，打开开关后，转身从旁边的文件柜里取出一本厚厚的大书。卓玛起身接过，又坐下来，翻开目录，一行行政策文件标题整齐地排列在书页上。

"嗯，回去好好看看。还有两个问题想单独咨询一下。"

"别客气，这里就是创业者的'娘家'，欢迎提问。"

这名脸型微圆、戴着方框眼镜、说话时语气虽然不紧不慢，但言语爽快干脆的男同志，给卓玛端来了一杯白开水，又坐回座位上，微笑地看着她。他的桌边，不太整齐地摆着厚厚一摞文件。

"就是，我有一个项目，是做藏毯、新派民族服饰品牌的，店已经开了，也有一些合作社的支撑，现在想扩大一下规模，资金上有点困难，听说咱们这儿有一些扶持政策。"卓玛不太自信地叙述着。

"项目在哪儿？"

"厂子准备设在江孜，因为……"

这时，那男同志把手掌一举，又干脆地打断了卓玛的陈述。

"我们政策好是好，可都是属地管理。咱们活儿干得好，也不能去种了别人的地呀。"

"这……"

简单客套两句后，卓玛悻悻快快地离开了。就在她快要走到门口时，身后又传来那人的声音。

"这样吧，你不是很有经验，这次来也没带什么资料，你回头写个情况说明，把自己的企业情况、经营想法和存在的困难，一并写个五六页纸的东西,交过来,我们再帮你看看。"

说这话时，他声音稍微提高了一些。卓玛转过身时，看到他从座位上站了起来，一手扶着桌子沿，一手在胸前端着个大号的紫砂茶杯。

"谢谢，谢谢！"

"对了，材料上把联系方式也附上。"

"嗯。"

卓玛走出办公室后，并没有急着走，而是从车里取出笔记本电脑，就近在柳梧新区找了一个清新的小茶馆，叫了杯菊花茶，手指轻快地敲击着键盘，发出"叭叭叭"的声音。

不一会儿工夫，材料就准备好了。卓玛微信发给麦子，在简单通话之后，抬手看了看表，上午下班的时间还没到，便匆忙打印好，飞身跑回刚才的办公室。门虚掩着，站在门口，往里一望，刚才接洽她咨询的位子上没有人，办公室也空空如也。

正当她遗憾地转身之际，一个年轻女子走了过来。

"有什么事吗？"她看卓玛一手扶着门框，往里打望着，便问道。

"刚才……哦，是早上的时候，这里的同志说是让我报个材料。"

说话间，卓玛用手指着屋里。

"哦，主任呐。他开会去了，你把材料给我吧，等回来我转交给他，省得你再跑一趟。"

说着，那女子看着卓玛手里拿的材料,已经向她伸出了手。

"好呀，谢谢。"

卓玛两手认真地把材料递交给了那女子。她接过文件，垫在自己的文件夹上，低着头粗略地翻看了一下，并认真看了一下最后一页，抬头说："贷款、培训……多半还是转到我这儿处理，你先回去，等电话吧。"

"谢谢。"

第二天上午，卓玛的电话屏幕上就跳出一个七位数陌生号码，在大家都用移动通信的时代，她很少接到座机打来的电话。

"喂，是卓玛吗？"

电话那头传来一个熟悉的声音。

"是的。"

"我是双创办的。"

"哦，听出来了。昨天去送材料时候，说您开会去了。"

"是呀，上午你来的那会儿就打算去的。"话筒里的声音停顿了几秒钟，卓玛能听得到翻动纸张的沙沙声，"是这样，我看了一下你的材料，总体是符合的。虽然生产在外面，但你的公司注册地在拉萨，针对你的贷款需求，可以对接银行，主要还是核查你的日常流水、纳税、征信等情况，你把款贷出来以后，具体支出是可以自己安排的。"

"哇，太好了。实在是太好了。"

"你可以根据自己的需求，具体看看，应该一两百万都是可以争取的，计划得好的话，多贷一些，作为流动资金也好，咱们这个贷款，就是扶持小微企业的，利息适中。"

"嗯，谢谢，谢谢！"

卓玛把电话紧紧地贴在耳朵上,生怕错漏了一个字。笑容洋溢在脸上。

"不用客气,这样来看,你们本身符合条件的嘛,也没帮什么忙。后续的工作,你就找昨天转送文件的小刘就行,她会帮你衔接,你记一下她的电话。我们这边的企业家培训也在日常开展,你也可以跟她具体了解一下,或者从微信公众号关注一下预告,有感兴趣的内容,可以来听听。"

"嗯。"

卓玛摸来身边的纸笔,记下了小刘的电话。她挂断电话之后,右手还拿着笔,两手高高举起,激动地喊了一声:"耶!"

放下手中的笔,卓玛马上给记下的电话号码发了一条短信息,自报家门。然后,便抓着电话打给了麦子。

麦子听到这个消息时,正在贺一鸣的陪同下看场地。

几经比对,他们把场地选在了服装学院。在贺一鸣的疏通下,场地可以免费使用。

"真是太谢谢你了。"走出预选场地的时候,麦子说。

贺一鸣伸手比了一个叫停的姿势。

"打住,咱们之间还用得着这么客套吗?你看看,一听说是西藏的事情,咱们这儿的人,一个比一个热心。"

"西藏魅力?"

"对,西藏魅力。"贺一鸣笑了,他转过身,看了一眼麦子说,"对我来说,是西藏和你的双重魅力。"

"你都这么夸女孩儿的吗?"

这个问题,听着不痛不痒的,但着实不好接招。说不是吧,似乎绝对得有点不真实;要说是吧,刚才的夸奖又太不值当。

"哦,陈述事实。"

贺一鸣并不回避，却也是话里有话。说这话时，他的表情显得无比真诚。

麦子回望了他一眼，四目相对之时，麦子抿嘴一笑，说："以前怎么没发现你这么会说话。"

"一切都是最好的安排！你忘记你说的那个'化石'了吗？只要能发现，早晚都正好。"

麦子"噗哧"一声，快要笑出了声，她虽然控制着，但上身随着憋着的笑而颤动。

"我过几天还得回去一趟。"她整理了一下表情说。

"这都快过年了。"

贺一鸣抬起手腕，右手扳着表盘，看了一眼日期。

"朋友刚才落实了一些事，想趁年前去看看。再说了，你这场地都给我们找好了，我不得回去准备一下，总不能给你丢脸呐。"

"要不这样，我陪你去一趟。反正年后，我得出国去转一大圈，一时半会儿也回不来。"贺一鸣与其说是在询问，不如说是在主动示好。看麦子没有反应，他又加快了一些语速，"出去给你们当推销员，总得让我先踩个点，对客户负责吧？"

麦子知晓他的心意。沉默片刻，看着他，点了点头。

京藏空中直通车拉近了祖国首都与西藏首府的距离。四个小时的时间，便可从北京直达拉萨。

"激动呀，去西藏，可是很多人的梦想呀。"

"叮叮……"飞机起飞铃声刚在机舱里响起，贺一鸣就一脸兴奋地说道。

"你倒是开心了，我呀，可是……"

"可是什么?"贺一鸣转头问道。

"一会儿呀,你就知道了。"

飞机平稳降落在贡嘎机场。雨季像走远门的亲戚,已经离开家很久了,连续几个月干燥的天气,让高原的天空更加通透。

卓玛早在机场来客通道外等着,为他献上了洁白的哈达,并顺手在胸前挽了个结,边挽边说:"欢迎欢迎,这吉祥结一打,你就和西藏结缘了哦。"

"扎西德勒,扎西德勒……"

贺一鸣一直低头看着卓玛这颇有仪式感的动作。然后,双手合十,笑着说道。这是他刚在飞机上从麦子那里学来的祝福语,不管适不适合,一落地就迫不及待地用上了。

"看,西藏并不遥远吧。"麦子在一旁说。

贺一鸣点点头。

从机场到市区的高速公路上,贺一鸣就没有了刚上飞机时的那股子精神,眼睛好奇地四处打望,表情却显得有些难受,他耷拉着脑袋,不时按压着太阳穴。

"吸口氧吧。"

前来接机的卓玛从副驾驶座位上,拿出一支便携式氧气瓶递给了麦子。

麦子帮他撕掉包装膜,给他示范着怎么使用。然后,看着他按压气阀,大口吸着氧气,笑着说道:"现在知道了吧。这几天呀,我可是成你的保姆了。"

贺一鸣回想起刚飞机上麦子那说了一半的话,才恍然大悟,开心地笑了起来。

车子在宽阔的机场快速通道上一路驶向市区。很快,钻出一个隧道,当"嗡"的一声冲出隧道出口那拱形的光圈时,贺一鸣一眼便看到了布达拉宫,像个空中城堡的雕塑般,耸立在一片城市的上空。

"刚来这两天,只有先跟着我们活动了哦。"麦子说。

"我不是以游客身份前来,我呀,可是来和你们一起工作的。"贺一鸣一本正经地应道。

第二天,麦子便要去找石榴,她期待早点看到那幅关于"门"的画作。

高反让一晚没睡好觉的贺一鸣一直睡到了日上三竿。尽管如此,在接电话时,他还一直坚持着让麦子等等他。

"好好好,等你,那不如就下午再去好了,你就先安心好好休息。记得,放慢节奏,一定不要剧烈活动哦。"

"嗯。"

石榴在学院的画室等着他们。

一进门,就看到摆满了画架的画室内侧,一幅两米高、六米宽的大幅作品拼接在一起。那是由中间一道门和两边两扇窗组成的三联画,靠右的一扇窗子看起来才画了底层,还有待进一步完善。

"哇,太美了!"贺一鸣加紧了两步,边端详,边赞叹。

"我自作主张,画了两幅大的窗子。"可能是有生人在,石榴看了看麦子和一旁的男人,腼腆地笑了笑,"你走后,我看了一些发布会现场的视频资料,模特出场时,不是需要一些遮挡嘛。不过,还有一点工作要完成,会不会耽误了时间?"

"不会,来得及呢。太好了,太好了!"麦子走上前去,拉着石榴的双手,关切地问道,"累坏了吧?"

"不累，做喜欢的事，是不会觉得累的。"

石榴用右手腕推了推鼻梁上的眼镜。她胸前穿着一个灰色的牛仔布围裙，中间的圆兜里放着手机。说完，她又抬眼看了看麦子身旁这位优雅的男士。贺一鸣也对她点头一笑。

"哦，这位是贺一鸣，我们的大救星。"麦子伸出手，边示意二人，边打趣地介绍道，"一鸣，这就是我给你提到过的大画家，石榴妹妹。"

说完，麦子就要去靠着石榴，去挽她的胳膊。石榴轻轻退了半步，说："哎呀，麦姐，有颜料。"随后，又害羞地低下了头，低声说，"就是画画，还不是画家呢。"

贺一鸣又点头微笑着致意。

"怎么不去云山的画室，这里多空旷，多冷呀。"麦子打量了一下空无一人的画室，疼惜地说道。

"他那儿……"石榴面露尴尬之色，看了看贺一鸣，有些欲言又止。转而说道，"我那个家里太小，也放不下这么大幅的嘛。"

"哦。"

麦子默然一笑，也不再急着追问，而是转身朝贺一鸣伸出右手，从他手里接过一本书，递到石榴手里。那泛着亮光的封面上印着"月亮和六便士"几个字。

贺一鸣的高反持续了两天，头疼得晚上总睡不着觉。他便利用这时差，和国外的朋友们聊起藏毯的事。

毯子本是伴随人类生产生活已久的东西，好比说波斯地毯、土耳其地毯，但一提到藏毯，人们知之甚少。贺一鸣不厌其烦地和朋友们讲述着藏毯的神奇。

"你们对西藏的了解太过抽象了,这里的牛羊是藏族民众千百年来生产生活的一部分,很早的时候,他们便掌握了毛纺编织技术,你不能简单地把它理解为一个毯子,除了毯子,还有帐篷、藏被、衣物,这是藏族同胞改造和利用自然的宝贵传承,是人与动物和谐相处的故事……"

他这样饱含激情的陈述,总是引得朋友们的纳闷,一个北京的贸易商,怎么就突然跑到了遥远的西藏,还这么沉迷于其中?但朋友们还是愿意去了解西藏,接受西藏,敞开渠道。

一直等到第三天晚上,卓玛为远道而来的贺一鸣安排了一场本地特色的接风宴。宴席在一处藏家小院。麦子也特意邀请了石榴。

宴席上,卓玛也难得地一展歌喉,一连清唱了几首藏歌,手捧着酒壶,边唱边斟酒,为大家敬上三口一杯酒,把气氛烘托得异常热烈,就连平时不怎么饮酒的石榴也忘情地多喝了几杯,便得空在二楼小阳台透透气。她白皙的脸颊变得通红,胳膊撑在阳台的栏杆上,意兴阑珊地看着楼下的小花园。说是小花园,也不过只有两株针叶矮松、靠墙一排冬青树和几盆藏海棠花。令人惊奇的是,小院的角落里,竟然生长着一株腊梅,几朵红艳的腊梅花,在寒枝上自由地绽放。

眼看卓玛和贺一鸣相谈甚欢,麦子也跟了出来,摸了一下铁栏杆,说:"真凉。"便也以同样的姿势将小臂轻搭在上面。

"这些天,是不是发生什么事情了?"麦子问。

那天在画室,见到石榴欲言又止,加上今天她也没和慕云山一起前来赴宴,细心的麦子便觉察出了一些异样。除了爱才之心,她在之前的聊天中也得知石榴自幼母亲早亡,跟着父亲和继母生活,继母又对她一直不好。一个人跑这么远讨生活，麦子便对她多了几分疼爱。

"嗯。"石榴点点头。

"可以给我说说吗？也别一个人闷在心里。"片刻后，见石榴并不言语，便追问道，"是不是感情上的事儿？"

麦子望着石榴，石榴望着花园。

"是呀，我们分手了。"

过了一会儿，石榴才吞吞吐吐地说。

"不是好好的吗？"

"不好！"敏感而倔强的石榴接着说，"不知道是他不好，还是我不好。感觉他变了。以前，我们一起聊艺术，聊画画。现在，特别是他到了那个画室后，嘴里只会谈钱。"

"挣钱还不好吗？"

"没有说不好，可能是'三观'不合吧。前些天，朋友托他画幅画，想请一幅文殊菩萨，别人送来了珊瑚，希望他镶在眉心，他却给昧了下来，给人家换个胶片……"石榴越说越激动，"艺术是对美的追求，别人求一幅画，本是源于喜爱，更何况是求佛像了，自己去买珊瑚，更是带着虔诚。他却那样做。"

"慢点说，慢点说。"麦子伸手轻轻拍了拍石榴的后背，低头看着院子里那只跟着传菜的小伙子跑来跑去、期待着能被丢下一根骨头的小黑狗，说，"世界上有两种人，像你说的这种情况，我也遇到过。前不久，几个人在一起还谈到写作，谈文人渐死的情怀，谈知识分子应当保留的批判精神，有一个脑满肠肥的家伙就插嘴，还侃侃而谈，谈的竟是一个朋友成了网络写手，赚了几百上千万，然后堆出一脸羡慕的神情。什么情怀、责任、精神，对他们来说，感觉都是扯淡的。"

"总之就是不想谈恋爱了,拉萨找不到爱情。"石榴倔强地说。

看到这倔强又可爱的妹妹,麦子笑着轻摇了摇头,温暖的手掌停在了她的肩上。

"傻妹妹,我还当是怎么了,那天就感觉你在提到他时,情绪不大对劲,这两天都在为你担心。姐也认同你的看法,两人相处,处的是人,交的是心。如果'三观'不合,难免会有隔阂。不过呀,云山对画画倒也是有天赋的,不知道以后的路能走成什么样。"麦子并没有多说下去,她解下自己的围巾给石榴系上,"该来的会来,该走的会走,生活自会有自己的选择。不管怎么样,先要照顾好自己,就把我当亲姐一样好了,有什么都可以给我说说。"

麦子看着眼前这个冰清玉洁般的妹妹,似带有几分仙气,虽然寄身在他乡,却有着自己的艺术追求和审美标准,不论是对于画,对于事,还是人。况且,她的理想是如此纯粹,在别人看来,或许是一种无谓的矫情,但在麦子眼里,是一片晶莹的雪花。哪怕这雪花落地后转瞬即化,但能保留片刻晶莹也是美好的。麦子并不急于给她讲一大堆的现实人生大道理,或去贩卖经验,或教其成长,劝她如何如何地接地气,反而欣赏这样一种纯粹,特别是在媚俗成风的当下,这样依然执着于美的心灵,就像冬日寒枝上的腊梅花,没有丁点病态。

"嗯。"

石榴的脸色渐渐恢复了一些,只有脸颊还带点红晕,不像刚才那样满脸通红了。她那精致的小嘴,显得更加红润。这嘴巴像开在白茫茫雪地里的腊梅花,生在她干净的脸上。

"快进来呀,你们是不是跑在外面躲酒呀?"

卓玛咚咚咚地开门冲了出来,不由分说,把二人拉回了屋里。

等贺一鸣度过了严重的高原反应,三人便取道羊湖前往江孜。

一路上,贺一鸣难免还是一路昏睡。只是,到了有湖、有山、有冰川的地方,被麦子摇醒,赞叹和惊呼。

考虑到贺一鸣头一回来,几人便安排他先去了趟白居寺,卓玛的姐夫巴桑成了地道的本地导游。

"感谢对我的照顾。"贺一鸣说。

"这也是工作的一部分嘛,沉浸式体验一下藏地的人文风情,才能做好这里的事情嘛。"卓玛应道。

"山上有堡,山下有寺,这是传统的藏式城市建筑布局。早在元明两代,藏地便分设十三宗,后来大多毁了,像这样保留下来,而且如此完整的,并不多见。"巴桑已经开始介绍起来。

"足见历史底蕴深厚,难怪这里出这么好的藏毯。"贺一鸣叹道。

"日喀则和拉萨本来就是西藏早期两大政治文化中心。"卓玛说。

几人一边听巴桑讲解,相谈甚欢地往白居寺走去。

听说贺一鸣年后要去英国,而且要把藏毯卖到英国。一进寺门,巴桑便指着寺墙上的转经筒说道:"那些转经筒上,以前可挂过英国红毛鬼的长枪和头盔,指不定还挂过什么呢……"

贺一鸣不解地看着巴桑。巴桑只是默默地抬头望着那高高矗立在北边山巅的堡垒。

"哦，英国人曾经入侵过西藏，不是有过一个电影《红河谷》嘛，讲的就是那段历史。"卓玛解围道。然后，也转头看向宗山顶上的古堡，"江孜人最终不敌洋枪洋炮，宁死不屈，几百人从那上面跳崖了……"

"哦，原来是这样，英雄的城市。"贺一鸣冲巴桑伸出了大拇指。

"白居寺始建于明代，它是一座塔寺结合的藏传佛教寺院建筑，寺中有塔，塔中有寺。其中白居塔四方殿堂内，绘有十余万佛像，因而得名'十万佛塔'。转山转水转佛塔，是藏传佛教信众表达虔诚之愿力的一种行为，在塔寺合一的白居寺，不但可以在塔外转，也可以在塔内转，甚至一层层地由下向上转，建筑意向完美地传达了一颗向佛之心的修行之美。"巴桑继续讲道。

"不仅如此，它的兴建过程，凝结了汉藏文明，特别是艺术交流成果，塔内亦有千余尊泥、铜、金塑佛像，堪称佛教造像和绘画艺术的博物馆。尤为亮眼的是，佛像除了本来常见的跏趺座之外，在佛像背光和宝座常见造型多样的中原明代高靠背木制家具和脚凳。除了南亚常见的卷草状花蔓枝叶冠样式，壁画中也出现五花冠等大量汉地花卉和纹样。受汉工画风影响，人物的衣裙、褶纹、飘带等服饰比夏鲁风格更加繁多宽松，中原式'吴带当风'的圆转飘逸之风渐替南亚式'曹衣出水'的衣衫紧贴之风……"麦子接着说。

"哦，你怎么也了解这么深？"贺一鸣转头看着麦子，"换句话说，此时汉藏交流已为常态，特别是艺术往来交流密切，且汉地审美风格已渐压南亚风格，一种全新的审美理想站到了前台。"

"因为热爱嘛,所以愿意去多学、多听、多看呀。"麦子莞尔一笑,"相信,你也会的。"

到了这个季节,几乎不见游客。几人自下而上,一层层围转着白居塔,逐个探头端详着一个个造型各异的洞窟。

"这些雕像、壁画,堪比敦煌。特别是南面的这幅绿度母,实为殊胜。"贺一鸣不由赞叹道。

蓝天之下,黄土之上,上尖下大的白塔熠熠生辉,以端庄稳重的姿态,如一颗巨大的白钻,安住于这千古大地。

一缕晚风拂过塔前那株大树的枝梢,让驻足的几只麻雀轻颤了一下翅膀。窗幌翻飞在彩绘的飞檐之下,雕刻着风的形状,风儿摇动着塔檐铜制的风铃,传来千古的梵音,那是一声声清脆的"叮叮——噔噔——"

卓玛和麦子都来过白居寺,对于卓玛来说,更是从小便来。这里层层塔外的环形廊道,曾经不止一次留下过她的足迹。当然,也有她的姐姐、爸啦、波啦,以及爷爷的爷爷的足迹。或许,还有她未曾见过面的母亲,当卓玛面对白塔向南的那幅绿度母壁画时,她的心莫名地被打动,那目光是多么的温暖慈爱。

卓玛静静站在绿度母前,双手合十。

待她走过,贺一鸣也上前两步,站在绿度母像前,双手合十,喃喃祈福。

"许愿了?"

等贺一鸣直起微躬的上身,巴桑问道。

"嗯!"

"会灵验的,'十万佛塔'嘛,许什么愿都行。"

巴桑露出了朴实的笑。他最近又是在工地上东跑西跑,皮肤黑得像壁画上的护法神，当他笑起来的时候，两排洁白整齐的牙齿，像是一颗颗色子游戏里用作筹码的小贝子。

卓玛走到了前面，有巴桑陪着贺一鸣，麦子便跟了上去。卓玛站在西南角廊道外廊的垛墙前，两只手环抱在胸前，阳光照在她的脸上。

"在想什么呢？"麦子轻声问道。

"以前，上学的时候，总想着从这里出去，所有的努力都是为了离开，没承想，现在又在努力地回到这里。"卓玛慢慢说道。

"不一样吧。虽然是乡情难却，但每个人在每个阶段，眼睛虽然看到的东西是一样的，山还是那山，水还是那水，可随着见识的开阔，那颗心是会变的。也可能变的并不是那颗心，而是对世界的认知。正所谓看山是山，看山不是山，看山又是山吧。"

说话间，麦子转身靠着垛墙，两肘支在只到腰间的墙头上，右脚略微踮起，支在那墙根处，眼睛望着正在躬身虔诚祈愿的贺一鸣。巴桑也不打扰，就站在离他两步开外的南墙边，一动不动地凝视着洞窟的方向。

"以前，上学的时候，我并不算是个太聪明的孩子，别人一遍就会的，我要反复好几遍。终于离开的时候，就是在和爸啦、姐姐告别的时候才有点舍不得，可是车子才一离开江孜，心就像放飞的小鸟，别提有多高兴了。特别是到了内地的大城市，一想到家乡的落后，甚至都还会有点自卑。好多同学聊起家乡的时候，我都不愿意说实话。唉——"卓玛轻叹了口气，抬起头，看着远处年楚河上寂寥飞翔的鸟阵，淡淡地说，"到最后，其他的地方不过都是一片越冬的湿地草野,候鸟总是要回归的。"

"我在想,就像这塔,为什么会修成环形的。时间并不一定是线性、必然消逝的,似乎只能不断告别过去、消逝生命、指向未来。正是有这样的想法,人们才会害怕消逝,会不断积累物质,这种快节奏的生活又反过来让人们的心很难安定下来,不停地索取,不停地折腾。但时间它也可能是环形的,心心念念,兜兜转转,又回到原来心里念念不忘的地方。"麦子若有所思地说。

"什么?时间不一定是线性的,那它也可能是圆形的了?有科学依据吗?"

"至少,没有科学依据证明时间一定就是线性的。宇宙洪荒,我们所未解的事物还多着呢。"

说完,麦子抬起脸,拢了拢头发,将目光投向了头顶湛蓝无尽的天宇。半轮弦月疏朗地挂在天空,游云像害怕迷失一般,低低地依恋在山脊边。孤悬的弦月周围没有一丝云彩,就连暗影也像透明的破洞一般。

"哦,那不是跟我们常说的轮回有点像了?"卓玛转过身来。

这时,贺一鸣和巴桑已经边看边走到他们跟前。

几人漫步在白居塔间,未曾想这看似并不太大的白塔,竟花去了他们长长的时间。

等他们终于站在塔顶,向四方望去,苍山绵绵,浮云朵朵,山长谷阔,大河静流,那些远隔山谷的山脊线上,条形的流云,皆依山而生。

当他们再转身下塔时,白塔的东北角有一位老人,正站在墙边,一手端着颜料,一手拿着画笔,把脸凑向前,描绘着垂檐画。

"他们就是北边不远齐吾岗画派的传人,刚才我们看到的画作,很多都是这个画派的。"卓玛伸出一只手,捂着麦子的耳朵悄悄说道,生怕打扰到了画师的工作。

"哦,传承至今呢,太棒了。"麦子也小声说。

"真好。"虽然二人的声音很小,但站在旁边的贺一鸣还是听得真切,他左臂抱胸,用左手轻托右肘,食指和拇指轻扶着下巴,那睁得老大的眼睛一直随着老人那干瘪描绘的手移动。当二人听到他的赞叹声转过头时,他放下扶着下巴的右手,指着面前的塔、塔上的画,也指着正在作画的画师,轻声说,"应该向他们致敬,应该向他们学习。文化得不到好的传承,根脉就会断了。"

二人默默地点头。

老人只顾画着,并不理会他们。与其说老人是在作画,不如说只是在描绘着,他的笔下并不是在无中生有的创作,也不是在精细打磨绝无仅有的作品,他们的画笔只不过是在原有的图样上游走,或许这样的复绘已经过了数次、数十次、乃至上百次。但正是这样一次次地复绘,让这些不起眼的画作保留了下来,让后人得以看到前人的古老记述。

贺一鸣痴痴地看着眼前的老人,他身上是土,头上是灰,佝偻着背,分着马步,左手拿着剪掉的塑料饮料瓶底,里面盛放着朱砂红的颜料,右手坚定地紧握着一支画笔,在他脚踩的简易脚手架上,还放着一堆五颜六色的瓶底子。他目光、画笔和脚步经过的地方,灰暗的墙绘变得光彩重生,仿佛被赋予了新的生命,抑或是唤醒了沉睡的神灵。在贺一鸣的眼里,这不是一个寂寂无闻的画师,他微锁眉头,崇敬的眼神,明明是在欣赏作画的莫奈、毕加索、达·芬奇……

"文化不是空的,它会物化在外,把千百年的人文积淀附着于某一具体的东西上,就像我们现在看到的绘画呀、雕塑呀、建筑呀,这些可都是民族瑰宝呀。"麦子说。

"还有藏毯!"贺一鸣话赶话地紧接着补充说,他的语气充满了确切。

麦子和卓玛相视一笑。

转过塔角,还站着两个年轻一些的画师,他们以同样专注的姿态,一笔笔地倾身描绘着。

左转便走回到刚才来的大殿前院,已不见之前稀疏往来的僧俗之人,白的塔、红的殿、蓝的天,衬得这里更加静谧。几人依依不舍地回头望去,夕阳已洒在光明大地,将白塔渲染成倒覆的金钟。

"嘎吱"一声,几人转过头,大殿的门口,一名身着绛红色袈裟的老僧,正拉着那碗口大小的铜门栓,"吱吱嘎嘎"地关掩着偌大的殿门,门栓上系着五色吉祥结的粗绳。

老僧弯躬着身躯,背向四人,一步一退,最后一步退出门槛时,那浸着油光的殿门终被掩上,就像封藏着一段古老的历史。

"西藏,就像这扇门,需要被打开,需要被发现!不然,多好的地方,多好的故事,多好的东西,都会被关起来。"

贺一鸣摘下头戴的毡帽,贴放在胸前,深情地念道。

"所以,需要你的支持和推介呀。"卓玛看他一脸认真的样子,便笑着说道。

"是呀,你呢?来西藏的人有很多,有游客、香客、过客、看客……你呢,想成为什么?"麦子冷不丁地问道。

"哦?"这问题让贺一鸣有些猝不及防。他又把毡帽戴在头上,转身跟随几人的脚步慢慢向外走去,在走到寺门之际,他转过头,又看了一眼大寺,"不想做客,这些都不想做,想成为跟你一样的人。"

麦子听到这话,转头看了他一眼,他目光坚定。麦子会心一笑。

转过身去,两人不约而同地一起抬起脚,双双迈出了寺门。

访寺的时间超出了预期,几人便索性在县城驻休。

一夜无话。次日清晨,巴桑早早去了工地,他刚接了一个文物建筑维护的活儿,正是安排工人进场开工的紧要时候。旺姆便带几人在县城寻了一家地道的藏面馆,几碗面下肚,醒神开窍。

"呵——"贺一鸣握拳扩胸,舒了一个长长的呵欠,"这东西,能治高反呀,这下清醒多了。"

听他这话,旺姆便在一旁"咻咻"地笑,说道:"这面很便宜,你喜欢就好。反正我们是从小吃到大的,一点也吃不厌。"

这段时间,几人分头推进工作,旺姆也热心地跑起来。考虑到有许多落地的事情需要她这东道主去联系,她便请了一个店员,好让自己腾出时间。

厂区就是两处房子,没什么大看的。巴桑已经请人开始制作一批钢管焊接的编织架子,代替原来的木架子。这恐怕是整个编织过程中,唯一能看到的现代化东西,因为钢管焊接的架子更稳,不会在使用中发生变形,对藏毯的编织有益无害。

"像这样的技术改进，还有哪些？"贺一鸣摸着这些已经摆放进来的架子，问道。

"也不是没有，就像早些年，就把经线换成了棉线。"旺姆说。

"哦，有什么不同吗？"

"有呀，两种线质地不同，棉线更坚韧，抓得更紧呀。"旺姆接着说。

"哦。"贺一鸣点点头，若有所思地说，"这也是与时俱进了。"

"主要是以前，咱们这里没有棉纺厂，纺不出这样的线。也不是非得用羊毛、牛毛的线嘛。再说了，那样用纺锤搓出来的线也比较粗。"卓玛接话道。

"以前，在内地，总觉得西藏封闭，看来这是个错觉呀。"贺一鸣摇了摇头说，"这种汉藏文化、技术、贸易往来之间的交流，从古至今，都没断过。原来，孤陋寡闻的竟然是我，了解太少，了解太少了。"

"嗯。"

几人纷纷点着头。只有刚才参与讨论较少、一直耐心听着的麦子颇有风度地说道："了解也需要一个机缘嘛，你那些国际贸易，我们还弄不懂呢。这下好了，咱们一定要共同努力，把这个事情给做好呀。"

贺一鸣可劲儿地点着头。连他自己都没想到自己的变化，最初只是单纯地想帮麦子联系联系渠道，给一些咨询参考。西藏虽然也是自己多年以来向往的地方，只是一直没有合适的机会前来，后来，是想凑个热闹，来西藏看一看。到现在，他发觉，如梦一般地站在这片土地上，和这里的朋友一起无间相处，聊着传统、说着未来，那种为西藏代言的责任感竟油然而生。

他是真的爱，爱上了这片神奇的高天厚土，爱上了这里纯朴的同胞朋友，冥冥之中，也爱上了麦子。

麦子又何尝不是。

曾经，麦子几乎认为自己与爱情无缘了，虽然她仍然对生活抱有信心，但却在变动不安的社会中越来越将心封藏，像一根被绝缘塑料包裹得严严实实的海底光缆，她可以把热情的信号导向彼岸的工作、朋友和爱好，却在穿越爱情这片海时，以平静的姿态向前延伸，不敢轻易再去尝试。

爱是一束光，就藏在相爱两人的眼睛里。这种光，又怎么能隐藏得住？

"哎——我看贺一鸣还不错哟。"卓玛猛地用胳膊肘戳了一下麦子的胳膊肘，侧过头，小声说道。

这时，高出旺姆半个头的贺一鸣，正和旺姆走在前面。从厂里出来，贺一鸣仍然在向旺姆孜孜不倦地请教着，慢慢地和身后的二人拉开了约摸五六步的距离。卓玛和麦子慢悠悠地跟在后面。

就在歪着头说话间，卓玛的眼睛一直盯着走在前面的贺一鸣。临近中午，几人向南走去，太阳打在他们身上，投下了一截影子。麦子则低头盯着贺一鸣投映在她面前的身影，每走一步，都小心地避免踩到了他那戴着毡帽的头影，每走一步，又都盯着那摇晃的头影，保持着不近不远的距离。

贺一鸣头上那顶咖啡色的毡帽，是他刚来头一天上午，就是赖在酒店睡觉的那个上午，麦子专门去八廓街的藏式毡帽店给他选的。

"是呀,帅气、儒雅、热心。不过,以前也有过接触,但都是平平淡淡的,也没有觉得什么特别。"

听到卓玛的话,麦子才轻轻抬起头,看着前面的贺一鸣。卓玛和麦子日常聊的都是工作和爱好,并不知道麦子的情感经历和伤痛所在,更不懂麦子那深藏起来、不敢轻易再去爱的内心。听麦子这么一说,更起劲了,她直接挽住麦子的胳膊,说:"以前就有接触,那更好呀,有基础嘛。他有给你表白过吗?"

卓玛说这话,也不是无中生有,这几日来,细腻的她,也多少看出了两人之间眼神交流时那若隐若现的一丝秋波。

"表白?"麦子陷入了思索,那什刹海边的答话算吗?刚才,他在绿度母像前的祈愿里,又会有自己的身影吗?便慢慢地说,"我也说不清楚。"

"你要主动呀!婚姻大事,总不能落在妹妹我后面吧。"

说这话时,卓玛挽着麦子的胳膊,稍稍用力往前一扯。满眼期待地看着麦子。

麦子无奈一笑,也不再接话。

"你俩快点,爸啦还等着我们回家吃午饭呢。"

旺姆转过身,在前面喊道。这时,二人已经落下一大截的距离了。

"哦,去看看爸啦的宝贝?"麦子转头笑着说。

"好呀,保证不会让你失望。"卓玛在后面大声应道,"来了,来了!"

二人加快了脚步,向站在前面等着她们的旺姆和贺一鸣走去。

看望过爸啦,也看过那些麦子心心念念的藏品,一行人返回拉萨。

回去的路上,贺一鸣神采奕奕,已经全然适应了。车子刚出江孜,他便向卓玛提出想开开车。

"高反怎么样?能行吗?"卓玛关切地问道。

"来一趟西藏,怎么也得体验一把这自驾的感觉吧?"他两手扒着前座,探出个头给卓玛说道。

卓玛转头一笑,说:"好吧,许巍的歌也给你放起。"

车子穿行在高山峡谷之间。车厢里回响着许巍的歌声:"我像风一样自由,就像你的温柔……所有沧桑独自承受,我给你温柔你拒绝接受。我给你双手,真实的感受,我给你自由,记忆的长久……"

这时,换乘到副驾的卓玛转头看了一下后排的麦子,眼神一眨,俏皮地冲她一笑。

"工作差不多完成了,接下来这两天,想去哪里看看吗?"麦子问道。

贺一鸣深思片刻,也不客气地说:"城里倒是过来过去地看了个大概,要不,就去趟纳木措吧,别的地方我也不知道呀。"

"行。一路上还能看看藏北羌塘大草原,看牛羊遍地,慢慢走起来,像珍珠般在草原上滚动。只不过,这时候的纳木措,应该是冰封的时候,岸边应该涌堆起一层层的冰浪吧。"

听麦子这么一说,贺一鸣更是来了劲头,眼睛瞪得大大的。

快到拉萨时,贺一鸣忽然接到一个电话。放下电话后,便带着一脸神秘的笑容,瞅了一眼卓玛,并从后视镜看了一眼正在发呆的麦子,说:"一会儿,到拉萨,有朋友请你们吃饭呦。"

"朋友？在拉萨？你哪儿来的朋友？"

麦子抬了一下眼皮，压根儿没有放在心上，只当他在闲说着玩笑话，继续呆呆地望着窗外的山崖。

"那可不一定，不是有句话叫'四海之内皆兄弟'嘛。你就瞧好儿吧。"贺一鸣故弄玄虚地说。他又抬眼看了一眼后视镜。

贺一鸣并没有说大话，果然是有朋友相托，要与他见上一面。这事的缘由还是他在北京时和上一批北京援藏干部的朋友咨询西藏这边的政策情况，只是朋友没曾想他会在这么大冷的天还往西藏跑，当时并没那么急于回应。从微信朋友圈看他这些天四处晒着高原的风光、美食和自拍照，便给他打来电话，并委托这边的朋友接待和接洽一下。

贺一鸣不忍拒绝。等见到了这边的朋友，头一件事就是拿起电话，特意给北京的朋友报告，连声说道："实在是太热情了，盛情难却呀。"

"没关系，人家是文化局的，你们也是在弘扬文化，多听听本地干部的意见，不会走偏。都是纯粹朋友间的情谊，虽然我们援藏回来了，但还是关心那边儿嘛。"

电话那头儿的声音真诚而又恳切。

"太好了。感谢联络，感谢联络，回来再见。"

贺一鸣捂着话筒，态度谦逊而又诚恳地答谢道。

接待他们的张姓负责人是一位面相白净的江苏人，也是一个热爱文化的人。他保持着极好的耐心，坐在那儿就像尊雕塑一样，就连抽烟的动作都是慢的，在慢条斯理的言谈间，只有谈到文化时，两眼才会放光。

"我是个"二代"，不是什么'官二代''富二代'，是个地道的'藏二代'呀。"他这样自我介绍道。

"那你亲身经历了拉萨这些年的变化,一定有不一样的体会吧?"贺一鸣追问道。

"是呀,光是城市建成区的面积,就扩大了好多倍。现在算得上拉萨最热闹的德吉路,我们来的时候,地都还荒着呢。"说到这儿,张姓负责人缓缓地点上一支烟,转头看着贺一鸣,"拉萨有这么大的变化,也离不开援藏干部的奉献呐。我说的这个援藏干部,可不仅仅局限于组织派来的'正规军',也包括像你们这些关心西藏发展的各界朋友呀。"

说完,他举起酒杯,提敬贺一鸣和麦子一杯。

贺一鸣是一个感性的人,这几天西藏之行的见闻,加上张同志恰如其分的捧台,还有那五十二度白酒的催化,让他心中的使命感顿时激增,他满满倒上一杯酒,激动得起身时,酒杯轻轻摇晃间,白酒都洒到了端着酒杯的手指间。不过,他全然不理会,竟直接倒出了一箩筐的心里话。

"西藏是我和很多人都向往的地方,能来西藏,来到拉萨,是偶然,也是必然。这场际遇,让我看到了另一种生活。我是个做外贸的,跑过很多地方,但西藏让我在短短的时间里,体会到了心灵的颤动和震撼,这是其他地方所没有的魅力。刚来的时候,我只是想来看个新鲜,这是个私心。"这时,他瞅了一眼麦子,"现在,我的想法变了,不能说是这里的海拔高度提升了我的认知,只能说是这里的人感动了我。我,也要加入你们。"

说到激动时,他的手颤抖得更厉害了。

麦子一手托腮,认真听着他的真情流露。她心想着,这家伙平时斯文优雅,还是有感性和激情的一面,都说无情未必真豪杰，贺一鸣这率真的一面反倒更让她觉得亲切，她害怕那些城府深藏的人。

"好！"张同志也站了起来，帮他添满刚才洒出的酒，自己也满满斟了一杯，字正腔圆地说道，"让我们敬所有热爱、关心和帮助高原的人。"

大家落座之后，张同志详细听了几人的创业经历和对未来的畅想。当即拨通了单位正在休假援藏干部的电话。

放下电话后，他高兴地说："你们做的事，是弘扬文化的好事，也是我们倡导的事。我管的这个文化，和其他部门管的事情不一样，不是一栋房子、一条路、一棵树，它是有形的，也是无形的，既需要政府的引导，更需要全社会的广泛参与。文化的特性就是社会性，只是我们在台上喊，就成了听个回音了。刚才，我和援藏的相关负责同志沟通了一下，我们单位和援藏渠道也可以多支持你们走出去。"

"真的？"麦子简直不敢相信自己的耳朵，竟下意识地喊了出来。

"真的！我是个老文化人，看得多了，也不是没见过那些想搞一些歪门邪道的。做文化，需要点专业，需要点情怀，也需要点耐心呀。看到你们，我看到了希望。各要素联动起来，才能把文化做好，咱们一起努力努力。"张同志意味深长地说道，"再说了，这些年对口支援工作也特别强调西藏与祖国内地，以及各民族之间要增进交往交流交融，这'三交'总不能摆空，也需要媒介嘛，你们这个活动主题就很好，也是大家喜闻乐见的事物，衣食住行，道不远人。依我看，除了北京之外，再总结成功的经验，多往其他地方跑跑，这些都可以支持，也应该大力支持。"

张同志真不愧是老文化人,不但对文化二字看得明白,更是把文化纳入大局思考,几人听得入神。

"您才是真正的文化人呐。"贺一鸣心服口服地伸出了大拇指。

"唉——"他摆摆手,"你们才是真正的文化人、文化从业者和文化传承人。我呀,顶多是个老文化工作者,是为文化事业,为你们服务的。"

说完,张同志环视了一下认真听他讲话的几位年轻人,爽朗地笑出了声,几人也会心而笑。

贺一鸣是真的高兴,他高兴的是能因一个决定,发现一个全新的世界、交到真诚有趣的朋友,也培养了对西藏文化的兴趣与热爱。

送别了张同志后,室外的凉风一吹,他感到飘忽起来,一扫平日的斯文拘谨,竟意犹未尽地缠着麦子,说是想走一走夜晚的八廓街,走一走她平时走的路。

见他孩子气的样儿,麦子没有拒绝,她扶了一下挎包的肩带,给卓玛道过别,便陪他从东南角清真寺的位置走进了八廓街。

越往里走,越幽静,大院和小店的门都紧闭着,糙石块铺就的深巷老街上,清晰地听得到两人嗒嗒的脚步声,还有两人"嘭嘭"的心跳声。

街巷幽深,两人并肩,默然走着。脚步很慢、很慢……

"哎哟——"麦子惊叫出了声。

可能是这气氛让麦子有些心慌意乱,也可能是这夜晚的街巷实在幽暗,麦子一不留神,轻抬的步子下,不小心踢到了一块边缘翘起的石板,一个趔趄,差点儿摔倒。

这会儿,贺一鸣的心思本来就全在麦子身上,眼看麦子要被绊倒,眼疾手快,向前一步,伸手拉住了麦子的胳膊。麦子也下意识地紧紧挽住了他有力的臂膀,他又伸出另一只手去托住身体前倾的麦子,麦子失控的上半身旋即扑倒在了他的怀中。

这一刻,时间仿佛静止了一般,二人保持这样的姿势有五六秒,贺一鸣这才用力把麦子拉起身,麦子像沉入梦境一般……

她站起身后,略低着头,喘着粗气,额头就要抵在贺一鸣的胸膛前,几乎能清晰地听到他的心跳声。贺一鸣似乎并未想要放手,不但没有放手,还紧紧地把她拥入了怀中。

麦子放松了身体,任凭柔软的身体被他有力的臂膀重新雕塑。

月亮也钻出了云层,窥视着深巷的秘密。透过如水的月光,麦子轻轻仰起了头,他看到一双在黑夜里仍然灼热的眼睛,还有那一紧闭却微微抿动着的弓唇,麦子轻轻闭上了眼睛,她感到他嘴唇的温度,从额头、眉目、耳鬓、还有那滚烫的脸颊……

居丧七七四十九天之后,多杰剪去了蓄须。

多杰搬了个小板凳,坐在三楼的露台上,略微歪着脑袋,一手扯着长胡须,一手用剪刀剪着。

这露台有个室外盥洗台,他刚才洗过了头,湿发贴在头皮上,长长的发梢还慢慢渗滴着水珠,滴在他只穿个背心的光膀子上。太阳辣辣地晒着他黝黑光整的肩膀,显得青春而有活力。

"咚咚咚——"

楼梯间传来一阵急促的脚步声。原来这老房子只有二层，三层搭建起来后，楼梯便用了传统藏式的，一侧是整根木棍的扶手，扶手的头部包裹着铜皮。

"又是美朵这野丫头。"多杰正暗想时，美朵已经小跑到了他的跟前。

"你不冷呀？"美朵站在旁边说道。

说话间，美朵的眼睛看着多杰，反手指着山头的雪峰。

多杰也不理会她，这会儿已经在用刮胡刀收拾残余的短胡茬了。过了十几秒后，才放下手里的剃须刀，两手上下地摸着光溜溜的面颊，左右扭了扭脸，对着镜子说："一下子剪了，反倒是有点不习惯，留着胡子还挺好看的。"

"那你留着呗，谁让你非得剪了？"

"还不是为了工作，上台要化妆演角儿，我可是一个敬业的藏戏演员。"

这时，多杰才转头看了一眼美朵，从旁边的椅背上拿起毛衣，套在头上，两手撸下，又晃了晃他那已经快凝成块儿的头发，一屁股坐在了椅子上。椅子就放在大太阳下，他才一坐下，头发上就升腾起了水雾。

"那你头发留着呗，这样长一点也挺有艺术家气质的。反正，你脖子长。"美朵冲哥哥俏皮地挤了一下眼睛，"哦，你等等……"

还来不及多杰反应，美朵又一个转身，"咚咚咚"一溜烟地跑了下去。不一会儿，便提了一小壶甜茶上来，另一只手就握在胸前，手心握着两个小茶杯。这种底部稍细的锥形小杯子,几乎是每个藏族家庭都常备的,既可以喝甜茶,也可以喝啤酒。特别是用它来喝啤酒时,大口一张,脖子一仰,一杯酒不多不少地刚好顺溜到嗓子眼儿。于是,美其名曰:"子弹杯"。

美朵把琥珀色的玻璃小茶杯放在哥哥椅子前平整的栏杆上,一边倒茶,一边嘟着嘴说:"真烦。"

"小姑娘家,有什么烦的?"

说罢,多杰起身,从屋里给美朵也拎出来一个小板凳。那是尼泊尔人用手工编织的竹凳,像一面两头大、中间小的大鼓,坐的地方是十字穿插的彩色绳面。

"妈妈还是让我报考事业单位。"

多杰转头一笑,看着美朵还在嘟着的嘴,心里这才明白,妹妹这是找他吐槽来了。

"考什么岗位?"

"还是老师呗。"美朵咕咚喝了一大口甜茶,"他们就觉得老师好,不当个老师,也得嫁个老师一样。唉——"

"咋还叹上气了,你这就是少年不识愁滋味。"多杰看妹妹只顾叹气,便起身给妹妹添上茶,接着说道,"爸妈他们那代人,跟我们生活的时代不一样,平静而简单,工作、生活和人际交往都是。你看,教妈妈织毛衣的她的那个汉族同事,都退休回去这么多年了,她还老是惦记着。除了在家里照顾咱们,也没见她多交几个新朋友。他们觉得那个年代好,那种上课、下课、退休的生活安安稳稳,就是最好的。他们也是觉得把最好的推给我们。"

"搞不懂。"美朵小声嘟囔着。

"我觉得,你要是有什么想做的事,或者有什么明确的想法，可以跟他们聊聊。如果实在没有的话，也可以先去考，当一段经历嘛，也不一定就一辈子都干那一件事。你还这么小，以后的路，谁说得清呀，现在时代变化这么快。"

"想法倒是还没有，我都不知道要干啥。跟卓玛姐学学模特也算是个爱好吧，要是真干那个，也不知道能干啥。"

"那就先别想那么多，也到这一步了，不管干啥，总得先有个事做嘛。"

"嗯！"

"没有经历过他们那个时代，但想一想，也挺美好。现在太浮躁了，各种声音，感觉谁要是像他们那时候安安稳稳地过一辈子，人生就不成功一样。"

多杰伸手在头顶，来回抓挠了几下已经晒干的头发，柔软的头发，微微带着卷，已经蓬松起来，像好看的鸟尾般，在颈后微微翘起。

"这个我懂，我能理解，爸妈还是好伟大哦，虽然一辈子都在吃粉笔灰，也不是什么大款，但是把我们都照顾得很好，从来也没让我们受过什么委屈。"

多杰正把腿翘在栏杆间的横隔上，靠着椅子背，悠然望着天，忽然听到妹妹说话的声音停下了，便放下腿，坐直了身子，只见美朵捂着嘴呜咽起来。

"咳，你这……一会儿风，一会儿雨的。"说完，连忙从裤兜里掏出两张纸巾，伸手递给了美朵，冲天空抬了抬头说，"前段时间，给波啦居丧，也有点沉闷，阿妈啦也天天闷在家里。看这下午天气好，带阿妈啦去南山公园转转吧。"

"嗯。"

院子里传来"嘭嘭嘭"的声响，美朵倚身在栏杆上，探出头往院子里望，阿妈啦正拿着一根竹杖往晒着的被子上拍打，虽然冬天的被子大都是羽绒被，而不再是以前容易结成坨的棉被，但阿妈啦的习惯还是没有改变，敲敲打打让被芯更松活柔散。

　　岁月的白雪落在北山头上，也渐渐飘落在阿妈啦的头上。自从波啦离开后，这两个孩子对时光的感受有了不同的看法，他们开始留意长者，有时还会窃窃私语，说起黑白老照片和儿时记忆里阿妈啦的青丝、黛颜、笑容和挺直的腰板。

神变月

新年来临之前,贺一鸣和麦子返回了北京。

这一年,恰逢中国传统的农历新年和藏历新年在同一天。藏历纪年基本和农历的干支纪年法一致,也是六十年一轮回,但并不叫"甲子",而是称为"绕迥"。藏历纪月和农历略有区别,不是以朔日为初一,而是以月圆的望日固定为十五。

虽说藏历与农历有着渊源,但高原独特的自然地理特征与黄河中下游广袤的平原相比,还是有着相当大的差异,四季平分并不适合高原。因此,藏历虽然也有与通行历法春、夏、秋、冬四季划分的传统,但同时又根据高原变化莫测的气候形成了独特的六季划分法,即:春、后春、夏、秋、冬、后冬。

不但如此,由于藏地地域广阔,传统中各地观察天文节气的方法也有所不同,原始苯教多观察日月运行,羌塘草原观察星象与风雪,生活在密林中的门巴、珞巴族则观察禽鸟与植物。要是在辽阔的拉萨河谷,人们可以轻易地通过不同山谷的积雨云来判断雨雪会从哪边飘来。

"看,阿妈啦,咱家那边下雪了。"美朵指着北边说道。

北山之上,浓云密雾,坠絮状的落云飘至山腰,已经看不清山脊的线条。一架飞机,悄无声息地从头顶滑过。

"都快过年了,也该下场雪了。看这样子,应该也不会下大吧。"妈妈的注意力并不在这云上,而是铺展在云下的城市,"从这个角度看下去,拉萨可真是变化不小呀。难怪这些年,秋冬季都看不到拉萨河上飞起的龙卷风了。"

"可不是嘛。"多杰说。他还清楚地记得,在他小时候的秋冬季,呜呜狂叫的河谷劲风,总会卷起高高的龙卷风,携土带沙的,像一条黄龙,一到刮大风的时候,他就跑到楼顶去看。

"那边修了很多的高楼呀。我知道,以前城里是不能修的,会挡住人们遥望布达拉宫的视线。"阿妈啦指着拉萨河的东边问道。

"阿妈啦,你出门太少了。那是教育城,现在好多学校都集中搬过去了,校舍、操场、图书室都是新修起来的,北京、江苏援藏还在那儿建了一贯制的学校。"美朵回答说。

阿妈啦虽然出门少,但走的路并不少。美朵记得,有一次阿妈啦说她年纪轻轻的,老是坐着,运动太少,她便不服气地说自己天天在外头,走的步数早够运动量了。结果,打开手机的运动步数一看,阿妈啦比她还多出一倍,当下就让她露出一副吃惊的表情。阿妈啦每天把最多的路,都走在了家里,在早晨打扫的客厅里,在傍晚忙碌的灶台边,在收碗抹桌的平凡里,在洗衣晒被的琐碎里……

"太好了,城里车多,接送小孩也不安全。"阿妈啦转过头来，看着美朵，"新修了这么多学校，你要是能在那儿当老师，不就挺好嘛。"

"哦……"美朵看了一眼多杰，悄悄撇了一下嘴。

从南山公园一眼望去，整个主城区就在辽长的拉萨河和绵延的北山之间。拉萨河经过几道拦河坝的调节，即便是在秋冬枯水季，水面也变得平阔起来。

"唉，拉萨河……"阿妈啦忽然怅然地叹道。

"阿妈啦，拉萨河怎么了？变化大吧？"

"变化是大呀！波啦在的时候，家里都不敢提起。"

"为什么呀？"美朵好奇地问道。

"波啦的妈妈，就是在拉萨河离开的。"

"啊？"美朵几乎要惊叫了起来。

"现在，河上架了这么多桥。以前，渡河全靠牛皮船，有一次船给翻了。"

"啊！？"美朵惊叫了出来。

"好了，都是过去的事了。这里视野真好。看一眼，感觉心情都舒畅多了。咱们去冲赛康买点年货吧。"阿妈啦起身说道。

三人缓步下了拉萨南山，来到位于八廓街北缘的冲赛康。往年，阿妈啦都会自己早早备足年货，特别是精心制作和炸制"卡塞"，这是一种用酥油炸成的面食，分为耳朵形、蝴蝶形、方形、条形、圆形等各种形状，涂以颜料，裹以砂糖，既是装饰神案的艺术品，又是款待客人的佳肴。"卡赛"的品种花色常常成为女主人勤劳、智慧和热情的象征，在节日里分外引人注目。今年，由于前期忙着服丧，这些东西没有在家里做，好在冲赛康里应有尽有。

"这些东西,虽然做得好看,掏了钱就能装回家。但家里不做点这些,感觉过年都没气氛,明年我再给你们做,多做点。"

说这话时,阿妈啦俯着身,从各式各样的"卡塞"里挑着好看的。美朵也在一边挑着,多杰夹在两人中间,用两手撑着塑料袋。

"是呀,小时候我们就最喜欢在锅边守嘴了,这些东西虽然放到最后都变凉了,但加工时那热气腾腾的感觉真好。"多杰说。

说到这儿时,多杰忽然一怔。他想到,这多像我们的生命呀,虽然结局是必然的于虚空,但生命的热情不正在这每天二万一千六百次的呼吸之间吗?

卖"卡塞"的女孩儿看起来年纪并不大,但却用绿色的头巾包着头,圆圆的脸颊上印着高原红。她并不急于向客人推销,只是麻溜地给已经开始拣货的人手里递上两个塑料袋,那袋子就塞在藏袍襟口。

他们的身边,不时有人侧着身,用肩膀挤着进来。冲赛康里摩肩接踵,人声鼎沸……

旧年最后一个月的头两天,卓玛也回到了江孜家里。头天晚上,她和旺姆把灶房打扫得干干净净,在门窗上挂上新的帘布,屋里铺上新的卡垫。就像小时候爸啦带着她一样,她也带着一双外甥儿女在打扫干净的灶房墙上,用糌粑粉在已经淡掉的图样上点白粉点,描出"吉祥八宝"的图案。

傍晚,一家人围坐在烧得通红的火炉前吃"古突",这是羊肉块、萝卜丝和着煮的面疙瘩,煮得越久越香,直到汤汁浓稠，裹上羊脂油的油花子。藏历新年的"古突夜"，就像农历春节的除夕夜。藏语中，"古"意为"九"，寓意二十九日，"突"意为面食。随着锅里"咕噜咕噜"的熬煮声，夜幕降临，热气腾腾的古突上桌。每个人的碗里都有一个古突包了馅儿。九种不同的"馅儿"代表不同寓意，豌豆代表勤奋，木炭代表心黑，羊毛代表性格温和等等。大家打开各自的"盲盒"，互相调侃着，欢笑声不断。

初一早晨，旺姆便起床到附近水源处背回第一桶净水，巴桑到山顶煨桑，家家户户的桑炉里都升腾起了桑烟。未来的几日里，邻居们会挨家挨户地闯门祝贺新年，聚在一起吃肉、喝酒、唱歌、跳舞……

一直到十五，卓玛和家人们才会把新年供品卸下来，各自开始准备进入忙碌的工作之中。

家家户户屋角新换的经幡迎风飞舞，在即将融化寒冰的明媚阳光里，蓝、白、红、绿、黄五色明艳，屋里屋外都是崭新明亮的颜色。人们脸上洋溢着欢乐的笑容，山上山下都悄然蕴藏着春天的讯息，连拂面而过的风也变得不那么凛冽，充满希望的新一年又开启了……

石榴的画作完成了，连同之前的作品，一并被运至北京。一同被运去的，还有一筐拉萨河的鹅卵石。卓玛想用它来做布景的点缀。

"石头哪里没有，在北京捡几块不就行了，你就不心疼这运费吗？"

卓玛的做法，让跟她一起去捡石头的多杰很费解，他一边吃力地一块块往岸边抱，一边唠叨着。

"不一样！这你就不懂了，这是一种虔诚。就像麦子宁愿花这么多工夫，搬去一幅画，也不愿用一巨幅的写真喷绘布置背景。"

"唉——"

直到作为特邀嘉宾的多杰到了北京，才知道这堆石头的用途。

T台的尽头是石榴画的那扇门，两侧隔墙上，是两扇窗子，沿着秀台过来，连着一个"回"字形步道。多杰辛苦搬的那堆石头，被堆成了一个玛尼堆，安放在了内框的中间。

多杰眼见那玛尼堆最顶上的一块石头十分特别，并不像他捡的那些石头，跨步走进去，凑近了细看，那是一块珠峰脚下的海螺化石。

"难怪只让我捡了107颗。加上这一颗化石，刚好108颗。真是有心了。"多杰站起身来，端详着这玛尼堆，轻声说道。

这颗化石，是卓玛在珠峰脚下走秀时，从一位老牧人手里收的。在藏族人的心目中，大到山川，小到块垒，都是神灵寓居之处。在满场的工人忙着搭台布景之时，卓玛坚持自己垒起了这个玛尼堆，每触碰、拾起、垒上一块石头，她的心里都默念着美好的祝愿。

"怎么跑进去了？"

身后传来卓玛的声音。多杰转过身来，卓玛和麦子已经站在了他身后。

"这个……"多杰又转身指了一下身旁的玛尼堆，"这个花心思了，早知道，我多给你捡几块了。"

"不用多，是个意象，围着它走，像不像转山、转塔、转着八廓街？"卓玛边说边伸开修长的双臂。

"嗯，像，有那么点意思。"多杰边说，边踏上了秀台。四方形的秀台上，整齐地铺着一张张拼起的卡垫。

"好了，去认识一下新朋友吧。"麦子说。

三人走出秀场，秀场外的阔间，石榴正指挥工人在墙上吊画，她歪着脑袋，左看右看地，沉浸地挥动着举起的两手。这批作品里，除了那些"窗"的主题外，还有一批她这两年写生的作品，有裹着厚厚围巾的牧女、满脸皱纹的农民、天真无邪的孩子、回眸一笑的小僧……

贺一鸣正陪着两位男士站在其中一扇"窗"前，为他们讲解着。

那两人，其中一个人高马大，身穿藏蓝色呢子大衣，气质活像一位王爷；另一位稍微矮瘦一些，约摸不到四十岁的年纪，戴着金丝边的近视镜，倒是有几分书生气质。

三人来到后，也默不作声，静静地等贺一鸣讲完。

"两位贵人，石榴你们已经见过了，这是我们这次活动的经办方，卓玛和麦子。"贺一鸣看了看站在靠后的多杰，伸出手臂，说，"还有我们优秀的青年藏戏演员，多杰。"

"你好。""欢迎来北京。"两人分别与几人握手。

"这两位就是给我们大力支持的王同志、刘同志。"

几人握手的同时，贺一鸣继续介绍。

"我和刘同志，是文化局援藏的前后任。"年长一些的男人笑着，伸手指着一旁的男人，"我是回来了，对你们提供帮助的主要是他，你们得好好感谢一下我们年轻有为的刘同志。"

"我这是接王同志的班。他对你们这个活动很热心，也是咱们的牵线人嘛，还是应该感谢他呀。"年轻一些的同志客气地说道。

卓玛和麦子听着二人说相声般一来二往的对话，也不知该怎么插嘴，倒是旁边的贺一鸣灵光，连忙双手合十，接着话头说道："感谢刘同志，王同志您虽然回京，但心系西藏的情怀，着实也是让我们钦佩。"

"唉，哪里，哪里……"王姓的那位同志把手举起，在面前摆了摆，"三年援藏，终身援藏。作为有过三年援藏经历的人，我们算得上是北京最了解西藏的一拨儿人了。人是回来了，常念起西藏，特别是听说西藏有什么事儿，我们每一个回来的同志，都愿意凑个热心肠。小刘以后肯定也是这样，对吧？"

说完，他又用刚才摆过的手，轻轻拍了一下刘同志的肩膀。

"没错，我们都是连通西藏的一扇窗嘛。"

刘同志转身指了指身后的画作。几人开怀地笑了起来。

这王同志和刘同志本可以在正式演出当天作为嘉宾前来现场观摩的，但由于此活动被纳入了援藏工作其中的一项，他们便相约前来踩点。

就在决定支持这个项目之前，二人曾有过一些不同的看法。刘同志认为，这个项目里的内容不仅有拉萨的，还有江孜的，比方说卡垫，这不太符合北京对口支援的范畴。王同志则不这么认为，他说："文化就像一朵云，看似有形，实则无形，一朵云形成的过程，可能是吸收了江河之气、山川之气、大地之气，在它一点点汇聚形成之前，无法框定它会在哪里出现。当它形成之后，成雨也好，落雪也罢，最终还是还给了山川湖海。可能是山这边的云，但雨下到了山那边；山那边的云，雪却飘到了山这边。做文化工作，得有开放的襟怀和视野，这样才能云涛万里，气象万千，生生不息。再说了，西藏地域广大，形成了不同的地方特色，每一个地方在历史的演进中所生发的文化遗产，都是属于全西藏人民、属于整个中华民族的。"

听到王同志的解答，刘同志茅塞顿开。直呼"姜还是老的辣，做好任何一项工作，光懂专业远远不够呀。"

"一个城市跟一个人一样，得有气度，才能成事，不管从哪里来，只要是在拉萨，都是拉萨市民，应当享受市民待遇嘛。"

"是！"

走秀和展销的日子终于到来了。

灯光暗下来，再照亮门、窗、玛尼堆的时候，人们仿佛置身于真实不虚的西藏，那油画布置的背景，有棱角的颜料块均匀反射着灯光，增添了氛围真实感。模特儿们还在后台蓄势待发，全场已经响起了雷鸣般的掌声。

多杰担纲了前场的热场。整个走秀分为传统服饰、常服礼服和新派藏装，最后一个环节，是卓玛和麦子最为紧张的。卓玛并没有亲自上场。为了确保走秀的质量，她往常都是盯着模特，可等到第一位穿着她们设计的藏装出场的模特一出场，她就在后台扫视着两边观众的目光，心中惴惴不安。

走秀结束后，外场的观众仍意犹未尽，他们驻足在画展、还有那些精美的藏毯之间。

这时，是卓玛和麦子需要应对的、少不了的媒体采访环节。

"西藏文化有着独具特色的魅力，请问，通过这场活动，你们想传达怎样的一种声音？"记者问道。

"就像刚才走秀的三个部分，我们希望通过这场秀，打开一扇外界了解西藏的窗,让外界看到西藏文化的积淀、传承和创新。同时,也希望通过服饰、藏毯、绘画等不同表达形式,多方面传达西藏之美。"卓玛说道。

"那么,通过活动的举办,你们认为达到预期目标了吗?"

"当我们吹散一团蒲公英的时候,风会把它的种粒带到远方。我们还很年轻,能力也很有限,但我们勇敢地吹出了那口气,也希望通过你们的风,可以让它们传播得更广更远。"麦子接答道。

"感谢你们的辛勤工作,这股藏文化的风吹到了首都北京,相信也将吹开更多人了解西藏、热爱西藏、走进西藏的心门。"

"谢谢你们,也谢谢对这次活动给予大力支持和帮助的服装学院、援藏大哥和各界朋友。"麦子说。

……………

正在麦子作答之时,看到记者身后,有一位头戴灰色窄边礼帽、圆脸的中年男士,一只手拿着她们的宣传册,两手抱胸地一直看着她。

待二人与记者致意告别,卓玛便应贺一鸣的招呼,前去和他的几位渠道商聊天。那人把宣传册掖进左腋,轻轻鼓着掌向前走来。等他走近了三五步,麦子注意到他面带微笑的圆脸上泛着一层油光,那油光一直延续到毡帽下,一双带着笑意的单眼皮后,藏着一丝生意人的精明。

"祝贺,祝贺。"

"谢谢!"麦子微笑回应。

"哦,自我介绍一下,我是钟盛煌,做文化公司的,这是我的名片。"

说话间，他从上衣口袋里掏出名片夹，抽出两张名片，递到了麦子的面前。他递名片的双手，白嫩得像女子的纤纤玉手。

麦子双手接过名片，见那白色磨砂的高级名片纸上，一串烫金的阴文印着公司、姓名、职务等信息。翻过名片，背面印着几排小字，上面工整地写着："活动策划、艺术策展、艺术品经销……"

"钟董好，请问有什么指导？"麦子礼貌地问道。

"藏文化是一个比较特殊的领域，我一直都有关注，但苦于门路太窄。所以，这次看到你们的活动，我是一马当先，自己就跑来了。从演出前的画展和卡垫展示，到服饰演绎，都十分精彩。"钟盛煌说道。

"谢谢钟董事长夸奖。"麦子边说，边请他坐在刚才记者的座位。

"藏文化独具魅力的特质，跟它的推广不成正比，需要更多的人参与。"

"钟董事长有兴趣？"麦子问道。

"实不相瞒，正有此意。"

"哦，那太好了。"麦子看了一眼卓玛，接着问道，"我们这次带来的有几个板块，不知道您对哪块儿有兴趣呢？"

"我刚才看到了咱们的藏毯，那不是铺在地上的毯子，那是艺术品呀。关键是它有自己的风格，传递着一种特别的品质、环保和文化理念。我经营着一家艺术家居店，就是想让艺术品走进生活，提倡一种与艺术共生的生活理念。"说到这儿，钟盛煌紧紧地抿了一下嘴唇，"当然，这样的艺术品不会太差，但也不会太过高端，不是博物馆级别的。那样的话，大家消费不起，我们的倡导只能是一种理想。"

"所以，钟董事长可以把我们的藏毯引入选品系列？"麦子接话说。

"一点就通，一点就通呀。"钟盛煌圆圆的脸上，露出了欢畅的笑容。笑起来时，没有一点皱纹。他两手轻轻一拍，指着麦子说。

"钟先生了解我们的藏毯吗？"麦子转而问道。

"有备而来，有过了解。当然，也希望通过我们进一步的沟通，有更多的了解。"钟盛煌转而看了一下外面的画展，"还有那些画作，并没有标价，我想收几幅，可以吗？"

"哦，那些画，可是画家的心血之作。"麦子说。

麦子有些欲擒故纵。其实，麦子的想法，本来就想帮助石榴出手一批画作。石榴最初是不同意的，她只是单纯喜欢画画，对每一幅画都倾注了时间和感情。对她来说，画画是一种治愈。她成长在一个破碎的家庭，继母对她动辄打骂，懦弱的父亲又难护周全。从那个时候起，她就总是喜欢把自己关在屋子里，用手中的画笔解开苦闷。画画的时间总是过得很快，也不用去想身边不开心的事情。可能，同样敏感细致的麦子是走进她内心孤岛的那个人，麦子劝她对画画适当作一计划，哪些是自己喜欢的，哪些是留作画展的，哪些是适时可卖的，要学会计划好自己的生活和工作。卖一些画，也是艺术的传播，艺术的价值不仅在于创作，也在于交流、传播和有人欣赏。再说了，拉萨在建新房多，盘活一些画作后，还能给自己添置一个大房间，可以拥有一个面朝拉萨河的大画室。

就在麦子与自己找上门的钟盛煌"短兵相接"之时，不远处的卓玛却在"舌战群儒"。这些嘉宾基本都是贺一鸣特意邀请来的渠道商朋友,还有服装学院的教授。

"感谢大家对我和家乡的支持。刚才的展示只是个亮相,期待大家的支持和指导。"卓玛一一微笑示意,彬彬有礼地说。

"大家对藏文化虽然感兴趣,但具体到要了解并购买具体的一个产品时,我们在这方面的知识储备会比较欠缺,因而在推广产品之前,需要先去教育引导客户,这是比较麻烦的。"

"我们在欧洲有家合作的终端店,他们主打纺织类家居精品,可以尝试推荐过去。"

"如果销量可观,产量能跟得上吗?"

"藏毯的图样可以定制吗?我们看到的大多是方形,可以做成异形吗?"

"服装很有特色,但主体风格还没有得到很好的提炼,我们学院可以一起探讨和改进设计。"

……

卓玛认真地倾听着每个人提出的问题,心中酝酿着她的答案。

带着丰硕的交流成果,卓玛一行返回了拉萨。

北京之行的宣传效应,像丢进水里的一块石头,波纹层层荡漾开来。这是个媒体时代,是个传播的时代,媒体需要吸引眼球的故事,它们追逐着新奇特的事件。卓玛得到了关注,各种采访、路演、分享活动的邀约纷至沓来。

这天,刚参加完一场创业经验分享活动后,卓玛去看望多杰和阿妈啦。妈妈在屋里织毛衣,他们坐在院子里以前爷爷喝茶晒太阳的小阳光棚下，团子安静地趴在多杰的脚边。阳光棚的角落，有张蜘蛛网，细细的蛛网，在阳光的照射下，闪着莹莹的光。在那个大一些、已经有点残破的蜘蛛网下，有一只小蜘蛛，正在慢悠悠吐丝织着一张新网。

"小时候，我会调皮地用枝条去搅掉那些蛛网。爷爷总会拦着我，他说那小小的蛛网，就是蜘蛛的家，不要去破坏它。"

多杰扭头看着角落的蜘蛛网，嘴角带着一丝微笑。

"多多，想波啦了？"

"嗯。你看，那些小蜘蛛都会学着织网了。"

"你说，那是它们的遗传天性，还是跟大蜘蛛学的呀？"

"不知道，也许都有吧。"多杰还在看着那一大一小两张蛛网，"感谢波啦给我指引了一条路。波啦小时候，为了混口饭吃，到藏戏班卖力，后来成了一名藏戏艺人，把藏戏视作自己的生命。唉，每一位老人的逝去，都使传统离我们更远了一点，我们拼命保护传承的，就是他们当年生活的……"

"你成熟了。"卓玛瞅了一眼蛛网，接着说道，"这些天到处跑着出镜，感觉像个成功人士一样了，但又觉得不太真实，一边是故事里的自己、别人眼里的自己，一边是真实的自己。"

"这也是我想跟你说的，既然你都提出了，我也说说我的看法。"

"嗯。"

"把一些经验分享给更多的人，特别是那些刚走上创业之路的人，也是有意义的。不过，我总觉得成功并没有什么模板，说来说去，都是一些心灵鸡汤。"

"嗯。"

卓玛拨弄着自己的手指，她又看了一眼那个还在一圈圈向外结网的小蜘蛛。

"这些活动占用了你太多的时间,应该静下心来,认真梳理一下最近该做的事情。你看,爷爷以前就常给我说,就像这苹果树,一年盛果,一年疏果,果树也需要休息和积淀,不会一直处在亢奋状态。"

多杰抬头看了一眼那棵老苹果树,卓玛也看了一眼多杰,随着他的视线看了过去。

听到多杰这么说,卓玛的心里更踏实了,或许还有一丝的感动。那些能在你虚荣飘浮时拉上一把的人,才是真正了解自己、也是真正关心自己的人。两人刚开始相处时,她还担心多杰不能理解她所做的事。

她默默走到苹果树下,伸手轻轻拉了一下那枝枝向上的枝条。

"是呀,等到长满苹果的时候,这些枝条就会被压得头朝下了。"卓玛松开手,扭头看了一眼随后走到她身边的多杰,深情地说,"谢谢你!"

"什么?"

"谢谢你!这段时间,你不仅给了我温暖的陪伴,也给了我很好的建议。可能我有时会忙得忽视了你,但在我内心感到彷徨的时候,是你让我在这个城市里感到无比的踏实。"

"我,我也没做什么……"

"以前,我对你会有期待,害怕我们想不到一起,聊不到一起。现在,我觉得,心里浮躁的时候,坐在你的身边,什么话也不说,心里就是踏实的。你,能懂那种感觉吗?"

卓玛轻轻牵起了多杰的手。

"嗯,懂!"多杰点点头,稍稍握紧了卓玛的手。他聊起历史、传统和文化时，总是侃侃而谈，可听卓玛这么一说，反倒显得木讷起来。过了一会儿，他才抬起头，看着卓玛说，"希望我不是一个猪队友。"

"你呀，你一定能成为一个好队友。"卓玛开心地笑了。

……………

"卓玛，来试试，给你织了一件毛衣呢。"阿妈啦边说，边两手握着一件奶白色高领毛衣从屋里走出来。

"啊？"

卓玛转过身，松开牵着多杰的手，有些不知所措。她看到阿妈啦织这件毛衣时，还以为是给美朵织的。

"阿妈啦织了好久了，这个季节还能穿。"多杰说。

"来，比一下。"

说话间，阿妈啦已经走到了卓玛的跟前，提着毛衣的肩角，轻轻贴按在了卓玛的身前。卓玛来不及多想，自然配合地伸开了双臂，瞟了一眼左边的多杰，又低头看着比试的毛衣。多杰也微笑着看向那毛衣，毛衣用超粗的马海毛线织成，这种毛线有细长柔软的绒毛，织出的毛衣不会显得单薄，而是有一种松活的时装感，既可以打底，也可以外穿。

眼见大小刚合适，阿妈啦露出了微笑。

从小缺失母爱的卓玛，心中顿时涌起一股暖流。阿妈啦的两手还摁在她肩头，头微微后倾地上下打量着，卓玛却鼻子一酸，不由自主地前倾，从肩上抱住了阿妈啦。阿妈啦收弯起胳膊肘，手还捏着那件毛衣。

"谢谢阿妈啦……"

说这话时，卓玛的脸埋在阿妈啦的左肩。说完，她的双唇紧紧地抿在了一起。

在阳光的映照下,苹果树溜光的枝条上,芽苞已经萌出。阳光不语,春风无言,俱已入了中庭。

终于等到了藏毯厂正式开业的日子。

原来通阔的厂房,被分作了编织、剪花和产品展示等不同的功能区。经过培训的乡亲们,一个个神情专注地坐在织机旁,他们有男、有女、有老、有少。只要喜欢并且去做,什么时候都不会晚。

刚进厂子的第一个空间,就是藏毯工艺陈列室,爸啦把他珍藏多年的几十块老藏毯都拿了出来,一张张错落有致地挂在墙壁上。

剪花的工区还比较空旷,老剪工米玛次仁把正在做的活儿也搬了过来。

"累不累呀?"卓玛走到他跟前,俯身问道。

"不累,干这个四十多年了,不累。"他右手握着剪刀,伸出左手,比画出四根指头。

"厂里的新毯都才开始织,你这毯子是以前的吧?"

"是的。"

"你可以晚点上班的,等他们织好了再来剪呀。"

"这里人多,干活热闹。刚好以前这个要剪,先教他们。"

米玛次仁指了指旁边两个年轻小伙儿。他在说话时,一直咧着嘴笑。格桑平措穿着蓝色的工装,头上戴着蓝灰条纹的套头毛线帽,脸颊消瘦,突出的颧骨上,皮肤又红又薄,隐约可以看到每一根毛细血管一般。由于长年握着剪刀,他右手中指和无名指的外侧都结成了茧子,腕关节也变得突出。可能是时常瞪大了眼睛看着剪刀的游走,他额头堆起了深重的抬头纹。他跟卓玛的爸啦有一个共同的爱好，就是吸鼻烟。按他的说法，这个爱好很好，干累了过过瘾，不像抽普通的香烟那样，厂里防火管得严，连个火都带不进来。

"为什么不用电动的？"旺姆问。

"技术这东西，有些可以改良，有些就不可以。你看，这大剪刀在一个娴熟的人手里，往毯子那绒面上头一搁，就像火车开上轨道一样，在剪刀、绒线和手指的平衡之间，剪出最合适的纹路。你可以想象一下，它们之间是有默默地沟通和对话的。如果用电动的，电机推着手，手再抖动着，感觉是机器在带着人走，出来的效果还是不一样。"

"嗯！"

"手工织品这东西，温度就藏在那感觉里。这种手工出来的东西，带着自然的肌理，虽然细看不像机器里出来的毯子细滑平整，但是越看越好看，那种自然古朴的美感是任何先进的机器都代替不了的。做东西，慢一点有慢一点的好处。"

"慢工出细活儿。怕的就是，以前慢，生活也慢，人们的脚步也慢。现在这市场需求和生活节奏一样，逼着你往前赶。"

就在她们说话的时候，老剪工格桑平措又开始剪花了。只见他站在挂起的藏毯旁，左手伸到藏毯的背面，右手握着剪刀，左手掌根稳住，指尖轻轻用力，剪刀便顺着背后的指引，在那一层层花纹间穿梭，根据花纹的大小和线条的曲直，他时而平推、时而转剪、时而剔剪，几十年的经验成就了这行云流水般的操作。随着他开合剪刀的动作，瘦骨嶙峋的手上，一根根青筋毕露，可以看到包括手背之上的每一根骨头都在有节奏地联动着。一旁边的两个学徒也瞪大了眼睛在仔细观摩。

"看，他一手在前，一手在背后的样子，像不像在拥抱着这张藏毯。"卓玛看了一会儿后，又给姐姐问道。

"真像。"

"我们这些产品，好就好在，从拉起第一根线开始，都在被匠人们拥抱、抚摸、温暖着，最后又陪伴着人们的生活，这才是最有温度的产品呀。"

……………

编织车间架起了四十多台织机，它们整齐分作两排，中间隔着一个通道，每个卡垫的织机下，都坐着两个人。从他们编织的手速就能看得出来，一个是熟练工，一个是学徒。他们时而低头交谈，师傅会耐心地用手拢着经线，细致地讲解拼花时如何换线等等。

纺织车间里，除了"嗒嗒"的打板声，就是手和线之间"沙沙"的摩擦声，像几只秋虫穿过一片干枯的草丛。织工们盘腿而坐，腿上盖着一大块布垫子，上面放着随手需用的工具。再大的毯子也要经由这一个个经纬交接的结扣，他们时而抬头看看花样草图，可如果结错了，师傅也会毫不客气地剪掉重来。

"还是这种传统师傅带徒弟的办法最管用。这一行里，没有单纯可以教教课的师傅，不管是再老的师傅，也得亲自动手。也没有单纯听听就会的学徒，再聪明的学徒，也得让手指在经线间绕过十万八千次，才能完成对一张藏毯的修行。"卓玛对一旁的姐姐说。

"是呀，一个带一个，多了也带不好，我们厂都结了三十几对了，他们学得很快。"说到这儿，旺姆将视线从织机上移开，她看着卓玛说，"还是你能干，我原来想，一下弄这么多机器,还有这么多人在一起,没有订单的话,也是一笔不小的开支呢,再加上这毯子织的时间又长,养活这么多人可不容易呢。"

"有事做了,就有钱挣了,他们也有家要养呀,这多好。"

卓玛看到,右边两个女工,正在埋头理线,她们的身旁,有两个女孩,约摸四五岁的样子,对坐在一起,安静地玩着。她们玩的玩具,正是女工编织的工具。

卓玛看着这忙碌的厂房、这劳动的场景,还有这些目光里都写满了热爱和纯净的工人,心里充满了欣慰。她暗想,不论外界如何浮躁,美和爱都是存在的,它就存在于这劳动之中,存在于这创造之中,存在于这生活之中……不论有怎样的出身背景,经过什么样的困境挫折,勇敢地去追寻美和爱,才是生命的解药,才是荒原的甘霖。而我们这一代人,不必像老一辈人那样,在诵经中寻求内心的慰藉,把生命最宝贵的时间,投入到对生存意义的探索中,就能够让渺小的自我成为对社会有益的存在。

麦子从北京赶回来了。

"回来这么早,怎么不在家多待几天?"卓玛问。

"一鸣出国了,上次带去北京的样品也被带走了。"

"贺大哥真好,是我们的贵人呀。"

"嗯,贵人。"

麦子低下了头,声音变得温柔。她拢了拢左耳滑落的秀发,左手的中指戴着一枚钻戒。

卓玛一把抓住了她刚才在耳边拢过头发的手,像发现了宝藏的孩子,惊呼道:"哇——贵人?是贵人?"

"嗯！"

麦子嫣然一笑。

"一定是个惊喜吧。快说说，他是怎么表白的？"

"流星。"

"什么流星？"

卓玛松开了麦子的手，眼睛都不眨地盯着她的眼睛。

"他说这是天意，是流星，是燃烧不尽的真爱。"麦子轻抬左手，看着那颗钻石，"有天傍晚，他来接我，车子一直开到了郊区的山上，原来是看好了流星雨的时间。流星划过时，我低头许愿，还无比虔诚地双手合十，等我一睁开眼睛的时候，他就半跪在了面前，手里捏着这……"

"哇，流星，这就是那颗能实现梦想的流星。好浪漫呀！"

卓玛眼睛又盯着那钻戒。她在听这故事时，两只手也不由自主地指尖轻触。

"什么事情，大惊小怪的？"强子带着笑容走进了店铺，站在那里说。他右手挂着拐杖，左手握着一包茶，就站在背光的门口。

"强子老师，快进来，快进来，有大喜事呢。"

卓玛扭过头来，乐得合不拢嘴，冲强子招着手。

"朋友从云南寄来的红茶，给你们匀点。"强子把那油纸包放在桌上，"哦，什么大喜事呀，让你高兴的。"

"看，流星。"

卓玛指着麦子手上的钻戒，她还没从那故事的浪漫与惊喜的氛围中跳出来。

"哦？"

强子毕竟不同于闺蜜之间，麦子把手轻轻抽了回去。卓玛则举起两只手，伸出两根中指，将指尖在强子面前轻轻对碰了几下，向他暗示。

强子又看了一眼麦子刚才缩回去的手，这才恍然大悟。

"谢谢你的茶。"

麦子有些不好意思，便转移着话题。

"哦，不客气，今天这茶礼是送对日子了。怪不得一早就觉得拉萨城祥云环绕。"

"还是强子老师读书多、会说话，我就净搁这儿傻笑了。"卓玛笑着说。

"我也新瓶装旧酒，在线上把车队又组起来了，还是互联网好使，备战新的旅游季。"强子握着拳头，在二人面前挥了挥，高兴地说，"这么多开心的事情，应该庆祝一下呀。"

"好呀，怎么庆祝？"

话音未落，卓玛已站起身来。

"有个老乡卖烟花的，过年没卖完的送了我好多，晚上去河边把它们给放了吧。"

"好呀，我叫上多多和美朵，美朵最爱干这事儿了。"卓玛欢喜得拍起手来。

"嗯，我去接石榴。"麦子也跟着说道。

……………

傍晚，色拉乌孜山顶浓云密布，无风而动，如焰自升。那云越积越高，四散漫卷开来，仿佛山是大号的煨桑炉，它们就是炉中升腾的烟。

随着夜幕降临，巨大的山体也愈显威严沉静，像在黑暗中弓伏蓄力的巨兽，带着神性的庄严。

拉萨河畔，烟花腾起，在空中盛开出朵朵彩色的花……

凌晨时分，白雪挣脱了云雾的缚藏，以翩跹的姿态飘落人间。

次日清晨，那些雪花的精魂，化作北山的玉龙、南山的白虎、岭间的哈达、枝头的素苔……

朝阳再次从东山升起，拉萨河畔的第一滴融雪，闪着太阳的光芒，汇入悠长的河水。水面上，轻雾漫笼，寒烟淡锁，翡翠般清洌的河水流动在洁净的大地上，一行鸿雁从河心飞来，隐入白茫茫的河岸边。

拉萨河又将迎来她的丰沛，她从源头流来，也从远古流来，天地悠悠、山川形胜、人文千古……

杰出如松赞干布、吞弥·桑布扎、汤东杰布等，抵岸澄思，临河观照，也难以将照影永久留刻。但生生不息的拉萨河，应该记得她宽阔河床里的每一滴水、每一粒沙和每一个曾经遇见的身影。

终究，我们不过是天地微尘、山川隅魂、人文过客，是历史长河中的一滴融雪，被时光和宿命裹挟着向前。也只有融入这长河之中，才能真正明悉所来、所在、所往……